Die Hintertür zur Ekstase

Bianca Cuir & André Lederer

Erotische Geschichten
rund um die anale Lust

© /Copyright: 2024 Bianca Cuir & André Lederer
   (Lord for Passion Books)

Umschlagdesign & Bild: fiverr.com/ Sumo (design-erbeauty)

Verlag: BoD · Books on Demand GmbH,In de Tarpen 42, 22848 Norderstedt
Druck: Libri Plureos GmbH, Friedensallee 273, 22763 Hamburg

Produzent: André Lederer
(Lord for Passion – Books Project)

André Lederer
c/o AutorenServices.de
Birkenallee 24
36037 Fulda

E-Mail-Adresse: kontakt@lord4passion.de
Web: www.lord4passion.de
Instagram: lord4passion

Lektorat / Korrektorat: Laura Schneider (& Wortliga)

ISBN: 978-3-7693-2154-8

Auflage 1 / Dezember 2024

INHALTSVERZEICHNIS

VORWORT:

Erotikgeschichten stehen für sinnliche Lust und leidenschaftlichen Sex in literarischer Form. Wie der Titel bereits erahnen lässt, stehen dabei die vielfältigen analen Freuden in diesem Buch im Vordergrund. Über einen Zeitraum von mehr als einer Dekade haben wir Autoren einzeln oder auch gemeinsam (im Rahmen unseres „Lord for Passion" Projekts) mit absolutem Herzblut für die Kinky-Erotik erregende Geschichten aufs Papier gebracht. Tauche ein in die Erzählungen, deren Spektrum von sinnlich und leidenschaftlich, bis hin zu Hardcore und BDSM eure Fantasie in Ekstase versetzen wird.

Unsere Geschichten beschränken sich dabei nicht nur auf „die Eine" Sache, sondern leben von abgerundeten Handlungen, die mit Humor, Drama, Emotionen und Spannung gepaart sind.

Wir hoffen, mit diesem Buch und den dahinterstehenden Geschichten sowie Sachbeiträgen die Kernrubrik zum einen, den weniger erfahrenen auf dem Gebiet näherbringen und schmackhaft machen zu können. Zum anderen wollen wir allen Liebhabern ein Werk voller Lust-steigender Episoden bieten.

In diesem Sinne wünschen wir allen beim Lesen viel Freude und auch aufkommende Erregung!

HINWEIS:
All unsere Bücher, Geschichten, Web-Posts etc. sind aus Leidenschaft erstellt, von Hand geschrieben und garantiert frei von KI erzeugten Texten oder Textpassagen! Schreiben ist geistige Schaffenskraft, Handwerk und Kunst, die uns nicht von Technik entrissen werden darf!

6

Jung, unschuldig, aber versaut!

Von Bianca & André

Es war der letzte Nachmittag der Kursfahrt nach Berlin. Den ganzen Tag hatte der Lehrer die Klasse des Abschlussjahrgangs durch die Hauptstadt gescheucht, all die üblichen touristischen Punkte mit ihnen abgeklappert: Bundestag, Brandenburger Tor, Hohenschönhausen, Madame Tussaud und so weiter. Nun war noch etwas Zeit zur freien Verfügung – mit anderen Worten: Abhängen.

Manche lungerten auf ihren Zimmern herum, versunken in ihrer iPhone-Welt, andere saßen vertieft in ein Kartenspiel auf der Dachterrasse und einige spielten in der Hotellobby Billard oder nutzten hier exzessiv das gratis WLAN mit ihren mobilen Endgeräten.

Nicht so jedoch eine aus der Gruppe. Eine die immer ihr eigenes Ding machte. Statt der medialen Welt bevorzugte sie lieber die Reale. Statt WhatsApp-Chats favorisierte sie Gespräche von Angesicht zu Angesicht, und an Stelle eines Smartphones hielt sie eher ein Buch in den Händen. Dennoch war sie keines Wegs ein Nerd, sondern eine junge, sehr attraktive Frau. Eine, die auf eigenen Füßen stand und nicht wie alle anderen mit der Masse ging, wie ein mit der Strömung treibender toter Fisch. An Stelle von Primark Oberteil, Leggins und Nike-Sneekers, fühlte sie sich eher im Punk-Gotik Style zu Hause. Statt Mainstreamer Mark Foster, Justin Bieber oder Piedro Lombardi wohnten eher Broilers und Battle Beast in ihren Kopfhörern. Versunken in diese Klänge, saß sie in einer Sofaecke in der Lobby. Auf ihren Knien ruhte ein bekanntes Buch von E. L. James, indem sie die letzte Stunde gelesen hatte. Vom Inhalt irgendwie aufgeheizt um nicht zusagen so ein klein wenig angegeilt, musste sie mal kurz durchatmen.

Im Eingangsbereich des Hotels nahm das Begängnis in dieser späten Nachmittagsstunde zu. Ein anreisender Gast nach dem anderen schneite herein. Eine gute Gelegenheit für ein wenig "People Watching" – so waren doch immer mal wieder interessante Charaktere dabei.

In der kleinen Warteschlange vor dem Check-in Counter, entdeckte sie einen Herren in glänzend schwarzen Schuhen, feiner dunkelblauer Hose, weißem Hemd mit Navy-Blauen Schulterstücken, die von vier goldenen Streifen verziert waren. Trotz dass die Lobby nur von künstlichem Licht erhellt wurde, hatte er noch immer eine Sonnenbrille auf. Seine tief schwarzen Haare im Duett mit einem südeuropäischen Teint, ließen vermuten, dass er von weiter weg war. Sieht aus wie ein Pilot – sinnierte sie. Alles in allem sehr gepflegt, elegant und vermutlich Anfang 30. ...Hübsch, hübsch!

Typen wie dieser waren ja genau ihr Geschmack! Nicht diese halbstarken, lauten, pubertierenden, Pseudo-Bad-Guys aus ihrer Schule, auf die die anderen Mädels ihrer Klasse abfuhren. Aber auch nicht die Typen, die zwar vorgaben Stiel zu haben, jedoch Geld und Statussymbole als Frauenmagneten benötigten. ... Nein – so etwas! Ein Typ, der aussah, als ob er Klasse und Niveau besaß, aber keinen Pascha heraushängen ließ. Stattdessen lächelte er beim Check-in die junge Rezeptionistin an, als sei er die Lebensfreude in Person. Prompt fühlte sie sich ein wenig eifersüchtig auf die Dame hinterm Tresen. Diese hatte gerade das Vergnügen mit dem Typen zu sprechen, ja vielleicht sogar zu flirten. Hilfe, vielleicht fragte er die Rezeptionistin ja sogar, ob sie mit ihm nach Feierabend ein Drink nehmen würde.

Eine Stimme im Inneren sagte ihr: Den Himmelsstürmer solltest du dir nicht entgehen lassen! So ein kleiner Flirt … vielleicht sogar etwas mehr … ja so ein klitzekleines Abenteuer am letzten Abend der Klassenfahrt eventuell – warum nicht. Muss ja keiner erfahren. Also tu was, bevor er im Aufzug verschwindet!

Rasch ging sie zu den Aufzügen und stellte sich wartend davor. Als er den Check-in abgeschlossen hatte und herüberkam, drückte sie die Taste. Ganz wie sie es sich überlegt hatte, stiegen sie gemeinsam in den Lift. Nur die beiden, sonst keiner. Im ersten Moment tat sie völlig desinteressiert an seiner Person. Erst als sie bemerkte, wie er sie musterte – sie trug Lackplateauschuhe, einen Glockenrock aus schwarzem Leder, ein Shirt irgendeiner düsteren skandinavischen Metallband und eine schwarze Lederjacke – nahm sie Blickkontakt auf. „Hi, how are you?", fragte er sofort, als kanten sie sich bereits. „Hi", antwortete sie etwas schüchtern. „Ganz gut". Vor lauter Schreck hatte sie gar nicht bemerkt, dass er sie auf Englisch gefragt hatte, ihre Antwort jedoch auf Deutsch war. „Nice Book!", sagte er mit einem Augenzwinkern, während er auf das Exemplar von „Geheimes Verlangen" zeigte.

Ein wenig war ihr der Moment peinlich. Sie versuchte, das Buch mit den Händen zu verdecken. Dass sich die Situation so entwickeln könnte, hatte sie nicht geahnt. Wie sich da jetzt richtig verhalten, die Gelegenheit beim Schopfe packen und nicht alles vergeigen? Fragte sie sich. Flucht nach vorn, riet ihr die innere Stimme, auf die sie meistens hörte.

„My name is Rafael, and yours?", fragte er charmant. „Anna-Lena", antwortete sie knapp. Fügte dann aber ein „nice to meet you" hinzu. Er reichte ihr die Hand. Eine weiche, aber kräftige Hand mit festem Druck. „Nice to meet you too. You can call me Rafa ...like all my friends!" sagte er mit ruhiger Stimme und es hatte etwas Erotisches in ihren Ohren. „Wo bist du her ...ähm where are you from?" wollte Anna-Lena wissen. „Girona, Spain" lautete seine Antwort. „Viva Espania!", grinste sie sogleich, bevor sie sich fragte, ob dies vielleicht etwas peinlich wirkte. „How old are you?" fragte er als Nächstes. „18 ... since a view weeks" erklärte sie, worauf hin er erstaunt blickte. "You look like 16 or 17! No importa que - wonna go for a drink later on?" schmunzelte er plötzlich. Für einen Moment herrschte Stille. Bingo! Schrie ihre innere Stimme. Aber sollte sie wirklich darauf eingehen? „Ahmm, I'm not sure!", erwiderte sie. „I'm here with my School-Class. My Teatcher shouldn't see that!" erklärte sie – ein bisschen auch um ihn zu testen. Gab er wohl auf? Oder würde er noch ein Versuch starten, sie zu einem Drink einzuladen.

Wortlos nahm er einen Kugelschreiber aus der Innentasche seiner über dem Arm liegenden Jacke. „Gimme you're hand!", forderte er sie auf. Gespannt was nun kam, tat sie was er wollte. Eine Reihe von Ziffern schrieb er langsam darauf, ohne den Augenkontakt zu ihr zu unterbrechen. „Here is my number. Text me, if you want. I would love to see you later!"

Just in diesem Moment öffnete sich die Fahrstuhltür – seine Etage war erreicht und er verließ den Lift. Vollkommen geflasht stand Anna-Lena da. Sie blickte auf ihre Hand. Wow ... der Typ hatte so eine fantastische Art. War das eben wirklich passiert?

Der restliche Nachmittag verging, die Nacht fiel. Nach und nach kamen ihre Mitschüler zurück ins Hotel. Manche hatten das von den Lehrern ausgesprochene Alkoholverbot etwas auf die leichte Schulter genommen, andere waren einfach noch aufgedreht und in Partystimmung – rannten zwischen den Zimmern hin und her. Zwei ihrer Mitschülerinnen saßen in Gesellschaft einer Flasche Hugo mit Anna-Lena im Zimmer und unterhielten sich über Blowjobs sowie das Gerücht, wer wohl mit wem in den letzten Tagen heimlich herumgemacht hat, und wo. Anna-Lenas Gedanken kreisten stattdessen. Schließlich griff sie doch zum Handy, tippte die Nummer von ihrer Handfläche ab und sendete eine kurze WhatsApp Nachricht. Lange Minuten vergingen. Dann, endlich, das erhoffte Vibrieren. >Hola rosa negra! Nice to see your message. Will you join me at the roof-top-bar?< las sie. Nach kurzer Überlegung schrieb sie zurück: „Sorry. I think some of my theachers are there!" Wieder längeres warten. Gespannt starrte sie auf das dunkle Display. Da wurde es hell. >If one of them got the name Horst ... yes!< Irgendwie musste sie darüber unweigerlich lachen. In der Tat war dies der Vorname ihres Klassenlehrers. Noch während sie überlegte, was sie nun schreiben könnte, kam die nächste Nachricht: >my room is 904. Thats a teatcher free zone. See you there in ten minutes!"

Oh ha! Mit großen Augen starrte Sie auf ihr Display. Krass! Es beeindruckte sie, wie er fest davon ausging, dass sie kam. Kurz überlegte sie, was sie antworten könnte. Doch er war nicht mehr online. Ihr Bauchgefühl sagte: Was auch immer sie jetzt schrieb, er würde es nicht lesen. Entweder sie ginge jetzt dahin oder sie ließ es blieben und die Sache war ein für alle Mal erledigt. Die Gänge waren schon alle leer. In manchen Zimmern jedoch noch lebhafte Unterhaltungen. Lachen drang durch die eine oder andere Tür. Sie hoffte, keiner der Lehrer würde ihr begegnen. Egal ob volljährig oder nicht, die Anweisung bezüglich gewisser Verhaltensregeln war von Seiten der Lehrer sehr klar gewesen. Aber na ja, vorzeitig heimfahren war nun kein Thema mehr. Morgen würde es eh zurückgehen.

Da ihr der Aufzug zu unsicher war, nahm sie das Treppenhaus. 6 Stockwerke waren nicht ohne. Zudem war 904 nicht weit entfernt vom Treppenhaus, so stand sie etwas außer Atem vor der Tür. Sollte sie? Überlegte Anna-Lena noch einmal.

Ein kleines Stück weiter, gleich um die Ecke vom Gang hörte sie, wie sich Fahrstuhltüren öffneten. Stimmen. Bekannte Männerstimmen! Scheiße, ein Lehrer hatte doch sein Zimmer auf dieser Etage. Eilig klopfte Sie, ohne weiter nachzudenken. Als sich die Tür öffnete, sprang sie Augenblicklich hinein.

„Wow, you are very stormy, young lady" stellte Rafael fest, als sie ihm regelrecht in die Arme sprang. Mit dem Fuß schloss sie hinter sich die Tür und deutete mit dem Daumen hinter sich „Horst was comming!" Beide lachten herzhaft über die Situationskomik. „I hope you like Sex on the Beach?", fragte er, ihr tief in ihre stahlblauen Augen schauend. „Ähmm ...", sie wusste gleich gar nicht, was sie jetzt dazu sagen sollte. Dass er vorgeschlagen hatte, sie auf seinem Zimmer zu treffen, hatte sicher andere Absichern als ein bisschen Smalltalk bei Orangensaft, aber dass er gleich so direkt wurde ...

Vom Ecktisch in dem kleinen Doppelzimmer nahm er einen rötlich gefärbten Cocktail und reichte ihr diesen. „Sorry I didn't know what you like – hope this one is fine?" Es dauerte noch zwei Sekunden bis es bei ihr endlich Klick machte. Prompt musste sie über sich erneut lachen. „Yes, thank you! ...I was confused for a moment. I tought you ask for sex!" Nun sah er Ihr noch tiefer in die Augen, zog dabei seine rechte Augenbraue hoch. „Just in case of... what would be you answer then, Anabell?"

Verrückt dachte sie! Da war sie gerade mal eine Minute in seinem Hotelzimmer und schon ging es darum, ob sie theoretisch mit ihm in die Kiste springen würde. Unglaublich wie schnell, geschickt, charmant und redegewandt dieser Typ Eis brechen konnte. In ihrer Magengrube kribbelte es wie verrückt. Ihr war auf einmal ziemlich warm und zwischen ihren Beinen spürte sie plötzlich dieses Jucken. Mensch, das war genau die Art von verrückter Nummer, die ihrem Geschmack entsprach. Entsprach dies durchaus dem, was ihr in Sachen erotischer Fantasie schon mal durch den Kopf gegangen ist? Zumindest ähnliches. ... Also was nun? Ein schüchternes, verlegenes, na ja vielleicht? Ein nicht ernst gemeintes Nein um zu testen, mit welcher Raffinesse er sie erobern wird? Ein forderndes finde-es-heraus? Es gab keinen Grund für taktische Spiele, sie waren hier ganz für sich allein – also warum es unnütz in die Länge ziehen. Das Abenteuer klopfte da gerade an die Tür, so beschloss sie aufzumachen. Einfach mal die Karten auf den Tisch legen und schauen, was er draus macht!

„Not Anabell, my name is Anna-Lena!" verbesserte sie ihn. Dabei betonte sie Ihren Namen so, dass es wie Anal Lena klang. Nach einem Augenblick kam sie ihm etwas näher und fügte flüsternd, als sei es ein Staatsgeheimnis das kein Abhörmikrofon aufnehmen sollte, hinzu: „And this name is programm!"

Jetzt brauchte er einen kleinen Moment Reaktionszeit. „Yes? ... Wow! ...I like your way!" Nach einem weiteren Moment des Schweigens und gegenseitigen Musterns küsste er sie plötzlich. Und verdammt – er küsste gut!

Der typische spanische Herrenduft seines Parfüms stieg ihr in die Nase und steigerte ihren Willen auf das bevorstehende Abenteuer mit ihm. Sich von ihm gelöst, ging sie rückwärts. Gerade einmal 3 Schritte waren es bis zum Bett. Rafael folgte ihr, nahm ihr den Cocktail aus der Hand, stellte ihn bei Seite, schob sie weiter zurück bis sie auf der Bettkante saß. Er kniete sich vor sie, küsste sie erneut, half ihr dabei aus ihrer Jacke. Unterdessen öffnete sie sein Hemd, strich über seine glatte, braune, trainierte Brust. Zugleich spürte sie, wie seine Hände unter ihren nicht ganz knielangen Rock wanderten.

Mit geschlossenen Augen ließ sie sich nach hinten fallen. Nun auf dem Bett fliegend öffnete sie ihm ihre Schenkel. Rafa schob daraufhin ihren Rock etwas nach oben und befreite sie von ihrem schwarzen Spitzenslip. Sanft begann er ihre Schamlippen zu streicheln und mit dem Daumen leicht ihren Kitzler zu umkreisen.

Diese junge, irgendwie unberührt und unschuldig, aber zugleich auch sehr versaut anmutende Rock-Gothic-Göre machte ihn verdammt an. Dass der Tag so enden würde, hatte er nicht geahnt, als er am Mittag den Anruf bekam, mal eben für einen Kollegen einspringen und nach Berlin fliegen zu müssen, anstatt mit Freunden an den Strand fahren zu können. Ach wie langweilig ist es dagegen mit einer Cerveza in der Hand im Sand der Costa Brava zu liegen.

Innig grinsend steckte er seinen Kopf zwischen ihre Schenkel, begann ihre südliche Öffnung zu lecken, ihre Perle mit der Zunge zu umkreisen. Bis auf einen kleinen gepflegten Punk über der Klitoris war sie glattrasiert wie ein Baby. Allmählich entlockten seine Zunge ihr die ersten wohligen Laute. Für ein paar Minuten setzte er das Spiel noch fort, leckte sie in die Erregung. Dabei genoss er die ersten Tropfen ihres Saftes, der in einem seichten Rinnsal Richtung Damm aus ihrem Inneren hervortrat. Seine Hose schien dabei bald zu bersten. Er konnte es nicht mehr erwarten, die deutsche Chica zu vernaschen.

Zurück auf seinen Beinen zog er seine Hose aus. Das Kondom, was er sich mit einer gewissen Vorahnung, in seiner Gesäßtasche bereit gesteckt hatte, holte er heraus. Anna-Lena, die schauen wollte, warum er sein erregendes Lecken unterbrochen hatte, erspähte wie er sich auszog. Ebenfalls erblickte sie sein hart aufgerichtetes Glied. Dies animierte sie nun automatisch, sich aufzurichten und sich erst einmal diesem zu widmen. Der Anblick seiner Männlichkeit bekräftigte ihr brennendes Verlangen.

Wie sie ihm bereits mittels eines erfundenen aber sehr passenden Namens, der jedoch nicht ihr wirklicher war, zu verstehen gegeben hatte, hatte sie eine gewisse Vorliebe für Analsex. Diese rührte daher, dass sie bereits recht früh angefangen hatte ihre Sexualität zu entdecken. Da sie sich aber "das erste Mal" für einen Mann – eine wahre Liebe – aufheben wollte, hatte sie sich stattdessen immer mal etwas in ihre zweite Öffnung eingeführt. Anfangs mal ein Stift, dann ein Finger, später den Griff einer Haarbürste. Irgendwann verband sie dieses Gefühl einfach mit Erregung. Es gehörte bei ihr zum Masturbieren wie heute der Kaffee zum Frühstück!

Als sie vor etwa einem Jahr mit ihrem damaligen kurzzeitigen Freund ihr "Erstes Mal" hatte, war dies eher unschön. Von daher kehrte sie immer wieder zu ihrer geheimen Vorliebe zurück, die sie inzwischen auch mit dem einen oder anderen Jungen ausgelebt hat. Am normalen Sex hat sie zwar inzwischen auch viel Gefallen gefunden, doch den besonderen Kick empfand sie, wenn ihr Hintertürchen zum Haupteingang wurde. Beim simplen Betrachten seines stehenden Penis' war daher auch ihr erster Gedanke die Frage, wie der sich wohl in ihrem Po anfühlen würde. Zu ihrem Glück war er nicht zu groß dafür.

Während er sich seines Hemdes entledigte, ergriff sie seinen Ständer, begann ihn mit lockerer Hand zu reiben. Schließlich nahm sie ihn in den Mund, saugte und lutschte daran. Er schmeckte gut. Beim Blasen blickte Sie zu ihm auf. Rafaels Gesichtsausdruck verriet, wie heiß er es fand. Zugleich sah sie ihm jedoch an, dass er das, womit sie ihn scharf gemacht hatte, wohl nicht länger erwarten konnte: einen schönen Arschfick. Ein Kondom hielt er ja bereits in der Hand. Sie entriss es ihm, öffnete unter Zuhilfenahme ihrer Zähne die Verpackung und streifte ihm den Gummi über. Gleich darauf erhob sie sich, bot ihm ihre Lippen zum Küssen an.

Nach einem kurzen, aber wilden Zungenspiel drehte sie sich herum, kniete sich auf den Bettrand und beugte sich vor, um sich auf ihren Ellenbogen abzustützen.

Ein herrlich einladender Anblick, wie dieses junge, wilde Ding bereitwillig vor ihm auf dem Bett kniete und ihn erwartete. Bis auf Jacke und Slip immer noch voll bekleidet, was davon zeugte wie erregt sie zu sein schien. Rafael hob den weichen Lederrock, der locker über ihrem offensichtlich knackigen Po hing, hoch. Er schlug diesen zurück auf ihren Rücken. Die aufreizende Verpackung hatte nicht zu viel versprochen! Zum Vorschein kam ein Makelloser, runder, straffer Mädchenpopo. „Dulce Culo" schwärmte er. Seine schwarzen Augen wurden groß. Genussvoll nahm er seine harte Männlichkeit in die Hand. Die Eichel an ihre zarten Schamlippen geführt, rieb er diese daran auf und nieder. Etwas von ihrem Sanft angefeuchtet, glitt er erstaunlich leicht in Anna-Lena hinein.

Überrascht hielt sie still. Zwar entlockte das Eindringen ihr ein lustvolles Stöhnen, dennoch war sie ein bisschen verwundert. Irgendwie hatte sie ihn in dem anderen Loch erwartet. Traute er sich etwa nicht? Na ja vielleicht war es ganz gut so. Ruhig erst einmal ein bisschen die Pussy ficken, bevor dann hoffentlich noch ihr Arsch an die Reihe kam – das steigerte die sexuelle Spannung!

Rafael genoss das Gefühl, sich in ihrer noch nicht so viel benutzten, jungen Muschi zu bewegen. Dazu den Blick auf ihren makellosen, süßen, runden Po. Dabei schoss ihm wieder ins Bewusstsein, wie sie ihren Namen betont hatte und was sie bezüglich des Weiteren dazu sagte. Anal – das ist bei ihr Programm. Das ein junges Ding wie sie so direkt war, war schon selten. Für ihn aus dem deutlich konservativeren Süden ist die Tatsache, dass ein Mädchen Posex praktiziert und dies obendrein beim ersten gemeinsamen Mal äußerte, absolut außergewöhnlich. Es erregte ihn total. Bekam er doch daheim eher selten mal die Gelegenheit den viel engeren, aufregenderen Hintereingang zu nehmen.

Geschmeidig zog er seinen Schwanz aus dem kleinen Fötzchen. Rasch beugte er sich runter. Diese kleine, zarte Rosette lachte ihn schon seit einigen Minuten an. Mit seiner Zunge begann er sie zu umkreisen. Augenblicklich kamen wohlige Laute über ihre Lippen. Ja genau, dachte er. Welche Frau mochte das nicht, egal ob sie auf Analsex stand oder nicht. Dies fühlte sich für alle immer herrlich an. So leckte er ihre Rosette nach Strich und Faden. Mal kitzelte er den Rand sachte mit der Zungenspitze, dann schlabberte er wild drauflos oder bohrte seine Zunge regelrecht in Anna-Lenas Hintern hinein. Fast so als wolle er sie auf diese Weise ficken. Hin und wieder nahm er noch einen Finger zu Hilfe. Nicht aber um sie zu fingern, sondern einfach nur um sie zusätzlich zu stimulieren. Er übte mit dem Daumen gezielt Druck aus. Drang dabei aber nur ein ganz klein wenig ein – nicht richtig.

Anna-Lena machte es verrückt! Sie hatte inzwischen Kopf und Brust auf das Laken gelegt, nur ihr Po ragte hoch in die Luft. Schön weit für ihn herausgestreckt! Die Augen geschlossen, genoss sie stöhnend. Zungenanal war einfach nur wundervoll. Einen harten Schwanz in den Arsch gerammt zu bekommen war nicht immer das größte Vergnügen, auch wenn sie es dennoch sehr geil fand. So ein Rimjob dagegen war die pure Wonne! Schlichtweg der Himmel und perfekt zum Genießen sowie sich auf "größeres" vorzubereiten.

Schließlich hatte sie der Analingus so erregt, dass sie nun mehr wollte. ... Dass sie vorangehen und die Initiative ergreifen wollte! Genug der Zungenspitze in ihrem Poloch, jetzt war es Zeit für mehr! Sie entzog sich ihm, krabbelte vom Bett. Unter seinen etwas verwunderten Blicken – vielleicht fragte er sich, ob er zu weit gegangen war und sie jetzt das Interesse verloren hätte – zog sie ihren Rock aus. Das Shirt folgte. Gleich danach half sie ihm aus der Hose und allem, was er sonst noch am Körper trug. „Lay down", forderte sie ihn anschließend frech auf.

Rafaels zur Zimmerdecke zeigender Ständer bettelte regelrecht um Aufmerksamkeit, beinahe wie wenn sie sich im Unterricht meldete. Okay, hast gewonnen. Aber nur kurz! Dachte sie sich, kniete sich neben Rafael aufs

Bett und begann seine Männlichkeit zu blasen. Schön auf und ab, ihre Lippen fest um seinen Schaft gesaugt. Ein bisschen anfeuchten musste ohnehin sein. Bewusst nahm sie ihn so tief es ging in den Mund – bis der Würgereflex einsetzte. Dies regte die Speichelproduktion an, wusste sie. Während sie so an seinem Ding lutschte, spukte sie immer wieder auf ihre Finger, um nebenbei ihr Hintertürchen weiter zu befeuchten. Zugleich versuchte sie es etwas mit den Fingern vorzudehnen. Beim Anblick seiner prallen Latte war da schon ein wenig Respekt – ob das wohl passen wird? ... Genau das wollte sie jetzt wissen. Sie wollte ihn nun endlich in sich spüren – erfahren, wie es ist, wenn der spanische Pilotenschwanz ihren Po ausfüllt.

Anna-Lena rappelte sich auf, stieg auf ihn und ließ sich auf seinen Joystick herab. Mit ihrer Rechten führte sie seine Eichel an ihre Rosette. Ganz langsam ging sie tiefer, steigerte den Druck. Dabei fühlte sie, wie seine Penisspitze immer weiter ihr Hintertürchen öffnete. Borrr ist der riesig, dachte sie, wohl wissend, dass dem gar nicht so war – sie kam nur momentan einfach viel zu selten dazu, diese Vorliebe mit Kerlen auszuleben. Dementsprechend untrainiert war sie auch. Schließlich schaffte sie es, Rafaels Eichel in sich hineinzuzwängen.

„Oh wow ...", japste sie nach Luft und stoppte erst einmal. Auf den aufkommenden stechenden Schmerz im Schließmuskel, wenn es zu schnell ging, hatte sie gerade keinen Bock. Es dauerte einige Augenblicke, dann hatte sie sich endlich an den "Fremdkörper" im Hintern gewöhnt. Nun ließ sie sich, sachte ganz auf ihn herab, nahm ihn komplett in sich auf. Als er voll drin zu sein schien, machte sie ein Hohlkreuz, streckte ihren Po noch etwas nach hinten raus. Und siehe da, er ging noch ein

Stück tiefer rein – bis ihre jungen, runden Pobacken seinen Schoß erreichten. „Hilfe ... oh my goodness!", stöhnte sie auf. Das war echt so irre, derart ausgefüllt zu sein. Einen man so intensiv ihn ihrem aller privatesten zu haben, dies war etwas ganz Besonderes für sie. Plötzlich hatte sie überall Gänsehaut.

Beeindruckt beobachtete Rafael diese junge Dame ... dieses versaute Mädchen, das offensichtlich so viel Erregung dabei empfand, sich auf seinen Ständer zu setzen. ... Sich sein Ding in den Arsch zu schieben. Ihn machte es natürlich total an. Zudem fühlte sich dieser sagenhaft enge Schließmuskel, der seinen Schaft fest umklammerte, verdammt geil an.

Völlig in ihrer Faszination des Momentes gefangen, bewegte sich Anna-Lena vorsichtig auf und ab. Offensichtlich kostete sie jeden Millimeter von ihm aus. Der gesamten Länge nach genoss sie seine Männlichkeit. Jedes Mal, wenn sie ganz oben angelangt war, so das er fast herausrutschte, fühlte es sich mit am interessantesten an. So änderte sie etwas die Taktik und bewegte sich an der Stelle nur wenige Zentimeter zügig hin und her. Das Gefühl, wie die Eichel durch ihre Rosette raus und rein streifte, hatte etwas besonders Lust steigerndes. Es verursachte so ein leichtes, anregendes Jucken im Schließmuskel.

Herrlich anzusehen, fand Rafael, wie sie mit ihm spielte. Wie sie auf ihm reitend etwas herumexperimentierte und sich dabei ihrer Lust hingab. Ihre großen blauen, schwarz geschminkten Augen funkelten. Dabei strich sie sich durch ihre langen schwarz-lilafarbenen Haare oder griff selbst nach ihren Brüsten, als ob sie sich daran festhalten wollte.

Irgendwann hatte sich Anna-Lena an den Schwanz im Arsch gewöhnt, hatte sich gänzlich entspannt. Nun konnte sie es richtig genießen. Das anfänglich noch komische Gefühl war verflogen. Indes begannen die versauten Gedanken in ihrem Kopf zu sprießen. Die bis dato noch vorhandenen Hemmungen vielen allmählich ab. >He man, du reitest gerade einen verdammt schnuckligen Piloten, hast seinen Schwanz in deinem Arsch. Und das auf der Kursfahrt, mit den Lehrern nur paar Zimmer weiter< dachte sie sich. >All die anderen Langweiler aus der Klasse, die zwar den ganzen Tag vom Herummachen quatschten, lagen jetzt vermutlich schon im Bett< sinnierte sie weiter. Dies animierte sie, es richtig wild treiben zu wollen.

Von Rafael gestiegen, kniete sie sich erneut neben ihm aufs Bett. „Come on, take me from beheind!" forderte sie ihn auf. Eine Aufforderung, die er sich nicht zweimal sagen ließ! Rasch ging er hinter ihr in Stellung. „Put'em back in. But nice and easy!" sagte sie, über ihre Schulter blickend. Sie wollte sehen, wie es für ihn war, wieder in ihren Arsch einzudringen. Schließlich musste es für ihn sicher noch geiler sein, als es ohnehin für sie schon war. Leider konnte sie seinen Schwanz und ihr Loch nicht sehen. Das Privileg hatte nur er. Doch sie fühlte wie die Eichel sich wieder den weg in Ihr innerstes bahnte. Leichter als beim ersten Mal ging es aber irgendwie nicht. Darum griff sie kurzerhand nach hinten und zog mit beiden Händen ihre Pobacken auseinander. Zugleich versuchte sie ihren Po wieder weit herauszustrecken und ihren Schließmuskel immer schön locker zu lassen.

Ach Hilfe, alleine, wie sie in dieser unterwürfigen Position kniete, ihm ihr Arschloch zum Ficken bot – das empfand sie schon so herrlich versaut. Mit einem leichten kribbeln in der Magengegend wartete sie auf sein Eindringen. Zum zweiten Mal setzte er an. Schon alleine das Gefühl seiner harten Schwanzspitze an ihrem Loch bescherte ihr eine Gänsehaut. Etwas leichter als zuvor bahnte sich Rafaels Ständer den Weg in ihren engen Mädchen-Po. Kaum war die Eichel erst einmal drin, ging es plötzlich spielend leicht. Der Rest flutschte nur so rein.

„Jahhh, Wahnsinn" keuchte sie. „Scheiße ist das krass!" Dass er nur Englisch verstand, war ihr inzwischen ganz egal. Ihre Pobacken wieder losgelassen, legte sie den linken Arm unter ihren Kopf. Mit der rechten Hand tastete sie nach ihrer Klitoris, um es sich selbst nebenbei zu machen. Posex alleine hatte bis auf ihr versautes Kopfkino wenig tatsächlich erregendes. Doch masturbieren in Kombination mit Analsex war schlichtweg der Hammer für sie.

Diese ungezogene Punk-Göre an ihren Hüften gepackt, fickte Rafael sie nun ordentlich durch. Sie hat es schließlich genau so gewollt. Sein Schoß klatschte rhythmisch gegen ihre zarten Apfel-Pobacken. Wie der Kolben im Zylinder eines Sportwagenmotors stieß er mit seinem stahlharten Ständer in ihre enge, kleine Rosette.

„Jaahh, das ist so scheiß geil. Gib's mir, fick mich richtig durch!" stöhnte sie. Ermahnte sich dann aber, trotz aller Geilheit wieder zum Englisch zurückzukehren. „Yes, fuck my ass! Fuck me nice, hard and deep! I just love it!" Eigentlich war ihr gerade danach mit so richtig versauten Sprüchen, um sich zu werfen, doch vor lauter Erregung viel ihr gleich gar nichts ein. Erst recht nicht auf Englisch. Dieser spanische Pilot fickte sie einfach so gut – mal ganz hart und tief, dann wieder mit kleinen schnellen Bewegungen am Eingang, wie sie es zuvor selbst gemacht hatte. Nun zog er sein bestes Stück auch noch heraus, um gleich darauf wieder von neuem einzudringen. Dies war einfach nur sagenhaft. Augenblicklich begann ihre tropfende Muschi, unter ihren Fingerspielen zu zucken. Ein wohliger Schauer nach dem anderen ging durch ihren Körper. Anna-Lena bebte regelrecht. Geradezu unerwartet kam ein Höhepunkt über sie. Kein sehr intensiver, aber dennoch ein herrlicher Schauer der sie durchzog. Dabei konnte sie sich nicht länger auf den Knien halten und rutschte flach aufs Laken.

Kaum war das herrliche Gefühl am Abklingen, empfand sie den heftig pumpen Penis in ihrem Hintern ein wenig zu viel des guten. „Stopp, slow down please!" keuchte sie.

Wie ihm geheißen, stoppte Rafael, glitt aus ihr heraus. „Every thing fine? Are you okay?" fragte er. Hatte sie etwa schon genug? „All good, just give me a moment!", flüsterte Anna-Lena. Doch Rafael, der von dem scharfen Fick so richtig am Brodeln war, hatte nicht vor jetzt einen Gang zurückzuschalten. Flink rutschte er tiefer, wo er nun ein weiteres Mal ihre Rosette zu lecken begann. Prompt kam sie wieder in Fahrt. Es dauerte nur wenige Momente, bis sie nach hinten griff und die Backen ihres knackigen Apfel-Pos – in die er am liebsten Mal hineingebissen hätte – wieder für ihn spreizte. „You are such a naughty girl!", murmelte Rafael begeistert. „Oh yeah, you are right. I think you can continue now" verkündete Anna-Lena.

Rafael setzte sich auf ihre Oberschenkel, während sie nun flach und ausgestreckt, mit geschlossenen Beinen auf dem Bauch lag. Die Eichel zurück an ihre Rosette dirigiert, drang er langsam in sie ein. Erst beobachtete er noch kurz den herrlich erregenden Anblick des Ganzen, den er dank ihrer gespreizten Backen hatte, dann aber griff er nach ihren Händen und verschränkte ihre Arme hinter dem Rücken, wo er diese dann festhielt. „You are not just naughty, ...you are a dirty bitch! Absolutly kinky. And I like kinky chicas! Your really need it into your ass, don't you?"

Genau so war es richtig, wie er sie indessen festhielt, das hatte was. „Yes! I am a bad girl, I'm very naughty. I need to be fucked in my ass. You have to do this, othervise I can't sleep tonight! I wanna come one more time. I'm Anal-Lena – so gimme the passion I need!"

Nach einer Weile ließ er Ihre Arme wieder los und legte sich auf sie – flach auf ihren Rücken. In der Stellung begann er sie nun mit zügigen Bewegungen weiter in ihren nun noch enger wirkenden Po zu ficken. Dabei griff er ihr in die Haare, zog etwas daran. Zugleich küsste er ihren Hals. Einfach unglaublich, wie geil sie sich anfühlte. Dazu diese pikante Mischung aus einer so versauten Göre, die zugleich wie ein unschuldiges Mädchen wirkte, welches zum ersten Mal ihren Arsch gefickt bekam.

Sein Penis, der sich in dieser Position noch intensiver anfühlte als zuvor, wirkte gerade riesig. Schien sich vermutlich gerade so richtig mit Blut vollzusaugen und noch härter zu werden als je zuvor. Jetzt stöhnte auch er ihr kräftig ins Ohr, hielt sie dabei immer fester. Seine verschwitzte, glatte, muskulöse Brust rieb an ihrem Rücken. Auch wenn so ganz ohne das Streicheln ihres Kitzlers echt, was fehlte, gab sie sich ihm völlig hin. Schließlich begann er mit einem Mal immer schneller zu werden, wieder sehr heftig in sie zu stoßen. Im Duett mit seinem Aufstöhnen spürte sie deutlich das Zucken seines Schwanzes und ein sich ausbreitendes warmes Gefühl in ihrem Inneren.

Keuchend kam er zur Ruhe. Blieb auf ihr liegen, weiterhin mit ihr anal vereint. „Did you come?", fragte sie. „Sí, yes. ...Wow that was great!" flüsterte er, leicht außer

Atem. Anna-Lenas Begeisterung hielt sich in Grenzen. Zwar fand sie es ziemlich geil, dass er gekommen war, während er sie in den Po gebumst hat, doch sie selbst hatte noch nicht genug. „Mister, I hope that wasn't all. I wanna come at least one more time!" protestierte sie.

So ein wildes, versautes Stück, dachte Rafael. Deutsche Mädels halt – wenn sie erst mal aufgetaut sind, geht da deutlich mehr. Nicht so prüde wie die Chicas daheim, die zwar nach außen immer so feurig wirken, aber im Bett eher konservativ sind. Allein das erregte ihn. Ganz zu schweigen davon, wie sich diese Punk-Göre gab, wie sie abging, wie hemmungslos sie war. Klar, dass er da nicht schon kapitulieren wollte. „Un momento!" bad er, um sich zu sammeln. Dabei zog er langsam, seinen immer noch recht harten Schwanz, aus ihrem Po. Das Kondom war gut gefüllt mit seinem Saft. Rasch flitzte er ins Bad, entsorgte es und kam mit einem neuen zurück.

Indes hatte sich Anna-Lena auf den Rücken gelegt, ihre Beine angezogen und spielte mit den Fingern einer Hand an ihrem Kitzler. Die Finger der anderen Hand ließ sie um ihre Rosette kreisen. Bei diesem Anblick nahm Rafaels Standkraft gleich wieder zu. Neben ihr auf das Bett gekniet, ging er ihr zur Hand und spielte etwas mit. Im Handumdrehen kehrte sein Penis zur vollen Härte zurück. Nun noch schnell das Kondom übergezogen, war er bereit für die nächste Runde.

Vermutlich verriet Anna-Lenas schmutziges Grinsen, wie sehr sie der Anblick seines erregten Gliedes in erneute Vorfreude versetzte. Dieser Fleischkolben, der eingehüllt in das Kondom und nun durch Spucke seines Besitzers im Licht der Zimmerlampe glänzte. Gleich würde er ihren Arsch erneut erobern. Sie nochmals in diese abstrakte Gefühlswelt des Analsex entführen. Was auch immer es war, was sie so daran faszinierte – sie wollte es jetzt! Ihre weit gespreizten Beine packte sie an den Kniekehlen, um sie so weit anzuziehen, wie es ging. Einfach mit dem Hintergrund ihren Hintern für Rafael etwas anzuheben, ihm den bestmöglichen Zugang zu gewähren und dabei selbst bestmöglichen Blick darauf zu bekommen. Schmunzelnd ergriff Rafael eines der beiden Kopfkissen. Dieses war zum Glück nicht ganz so voluminös. Genau richtig, sodass es unter ihren Po geschoben, Anna-Lenas Position verbesserte. "That makes it easier" schmunzelte der Spanier. Gute Idee, dachte sie, aber angelte sich zusätzlich noch ihren Rock, um diesen zwischen Po und Kissen zu schieben. Das Leder war schließlich abwischbar – man wusste ja nie. Obendrein war es ein zusätzlich erregendes Gefühl auf der Haut, fand sie.

Rafael rutschte zwischen ihre Beine. Mit seiner Rechten begann er seine Penisspitze erst an ihren Schamlippen zu reiben, dann über ihre Rosette zu streichen. Dies war schon wieder so erregend für sie, dass sie sich auf ihre Unterlippe biss. Anna-Lena erinnerte sich, dass es – warum auch immer – nochmal ein bisschen erregender war, wenn sie ihre Pobacken etwas auseinander zog. So ergriff sie diese und setzte ihren Gedanken in die Tat um. Ungemein einladend musste dies nun für ihn wirken, sinnierte sie dabei.

Exakt das tat es auch! Die gespreizte, aber dennoch geschlossene Rosette rief förmlich Rafael zu: „Komm endlich, stoß mich auf!" Er setzte an und drang ein. Die ersten Millimeter waren abermals von einigem Widerstand geprägt, dann aber glitt er spielend und zügig hinein. Begleitet wurde das Ganze von einem wohltuenden Aufstöhnen ihrerseits.

„Jaaahhhh, genauso! Ist das geil ..." flüsterte sie, mehr zu sich selbst, als zu ihm. Damit sie ihre Hände lassen konnte, wo sie waren, übernahm er das Massieren ihres Kitzlers. Zugleich wechselte er zwischen langen tiefgehenden Bewegungen und flinkem kurzem Raus-Rein, bei dem die Eichel ihren Schließmuskel maximal an triggerte. Schließlich stieß er wieder fest zu. Volle Lotte hinein so tief es ging, aber nur um dort im nächsten Moment regungslos zu verweilen. Was für eine Technik war das nur, die er da vollführte. Es machte sie ganz wild. Doch es sollte noch besser kommen, als er nach kurzer Ruhepause seinen Ständer abrupt und so schnell es ging, komplett aus ihr heraus zog. „Wohhh ...", stöhnte sie auf, von einem plötzlichen Schauer durchzogen. Der Weile genoss er den Anblick ihrer weit offenstehenden, irritierten Rosette. Als diese sich zu schließen begann, drang er sofort wieder zügig in sie ein. Das ganze Spiel wiederholte Rafael nun von vorn. Es machte Anna-Lena wahnsinnig, sodass sie nicht umhinkam, seine Finger zu verdrängen und sich jetzt selbst ihren Kitzler zu reiben. Intensiv, gezielt, mit dem richtigen Druck.

Nun beide Hände freilegte sich Rafael auf sie. Ihre freie Hand nahm er über Ihren Kopf und hielt sie dort fest. Was seine Lendenmuskeln hergaben, vögelte er sie jetzt durch. Dabei küsste er Ihren Hals oder knutschte leidenschaftlich mit ihr. Sie ließ sich von ihm einfach ordentlich durchnehmen, genoss das Gefühl wie so ein bisschen wehrlos zu sein. Lang brauchte es nicht, bis sie immer lauter zu stöhnen begann. „Ja weiter, weiter, nicht aufhören!", jammerte sie rhythmisch. Ihre Rosette begann zu jucken, ihr innerstes heiß zu werden. Nun konnte sie nicht mehr anders und riss ihre linke Hand los. Wieder griff sie ihre Pobacke, zog sie leicht auf, berührte dabei mit den Fingerspitzen sein stampfendes

Glied. Es war so geil für sie. Das Umkreisen des Kitzlers mit ihren rechten Fingern wurde langsamer. Lass den Orgasmus von selbst kommen, dachte sie. Dass er bevorstand, spürte sie ohnehin. Und schließlich brach die sich langsam auftürmende Welle über sie herein. Zuckend, krampfend, windend und laut stöhnend kam es ihr.

Unglaublich wie sie sich so unter ihm rekelte. Wie sie ihn lauthals an ihren Gefühlen teilhaben ließ. Rasch zog Rafael sein Glied aus ihr, riss sich das Kondom herunter, kniete sich neben Anna-Lena, wichste energisch seinen Schwanz und spannte dabei seine Beckenbodenmuskeln an. Nach kurzer Zeit schaffe auch er es zu einem zweiten Höhepunkt. Dabei schoss er seine ganze Ladung auf ihren Bauch und ihre Brüste.

Anna-Lena grinste beim Anblick seines Saftes auf ihrer Haut. Dann ließ sie geschafft ihren Kopf zurück aufs Laken sinken. Das war heftig, aber auch verdammt geil! Indes begab sich der nicht minder geschaffte Rafael ins Bad, um ihr ein paar Papiertücher zum Abwischen des Spermas zu bringen. „German girls are simply ...mui caliente! Puro fuego!" lachte er begeistert. Dabei reichte er ihr ihren Drink. „Sure!", gab sie zurück. „But I should better go back into my room until my teachers find out and get a crisis!" Er konnte dies verstehen, wollte schließlich auch, nicht, dass es irgendwelchen Ärger gab. So reichte er ihr ihre Kleidungsstücke.

Kaum war sie wieder angezogen, brachte Rafael sie zur Tür seines Hotelzimmers. „Let me check the situation outside", flüsterte er und warf einen Blick vor die Tür. Keine lehrertypischen Gestalten auf dem Gang. Bevor er sie aber gehen ließ, blickte er ihr tief in die Augen: „Rosa negra, you are a very unique, hermoso chica! I had a lot of pleassure. Keep how you are – I wish you all the best.

Buenos noches!" Sie strahlte, auch wenn sie nur die Hälfte verstanden hat. Unique – genau das war das perfekte Kompliment. Rasch gab sie ihm noch einen Kuss, dann verschwand sie.

Am Tag darauf ging es für die Gruppe wieder heim. Den Großteil der Busfahrt werteten die Schüler die Ereignisse der vergangenen Nacht aus. Anna-Lenas Freundinnen versuchten einander mit Storys zu übertrumpfen bei welchem Kerl sie im Zimmer warn, mit welchem Typen anderer Gruppen sie geknutscht und gefummelt hätten. Eine Mitschülerin sah mitleidig zu ihr. „Und Ann ... hast du dein Buch gestern noch fertig gelesen?" Diese aber hörte gerade mit einem Ohr dem hinter ihren sitzenden Lehrer zu, der seinem Kollegen von den nächtlichen Geräuschen im Nachbarzimmer erzählte. Wie laut da eine gestöhnt hat und dass man auf solchen Kursfahrten auch von Jahr zu Jahr verrückteres erlebte. Daraufhin drehte sie sich um. "Herr Sembach, irgendwie klingt das als wenn Sie in einem anderen Etablissement die Nacht verbracht haben!" Prompt hatte sie das Gelächter ihrer Freundinnen auf ihrer Seite. Der Lehrer zückte daraufhin seine Gastkarte, auf der neben dem a&o Logo auch die Zahlen 905 zu lesen waren. Als Anna-Lena diese erblickte, drehte sie sich rasch um und rutschte schweigend in Ihren sitz zurück. "Was ist los?" wollte die neben ihr sitzende Janine wissen. "Ja mein Buch hatte einen interessanten Höhepunkt am Ende" sagte Anna-Lena halb laut und sah aus dem Fenster. Janine blickte die anderen beiden, von vorn über die Lehne ihres Sitzes schauenden Mitschülerinnen groß an. Allen drei wurde augenblicklich der Zusammenhang klar und sie blickten überrascht, verblüfft, fast schon entsetzt einander an.

Flink griff Anna-Lena zu ihrem Smartphone und schoss ein Bild der verdutzen Grimassen ihrer Freundinnen. Dieses sendete sie schließlich via WhatsApp mit dem Untertitel „….If you find out, that your classmate had more fun last night" an Rafael. Dazu noch ein „mucias gracias héroe del aire!"

Ein Quicky im Park
Von Bianca

Nach einem halben Jahr im Ausland war ich über Ostern einmal wieder in meiner alten sächsischen Heimat. Unter anderem um eine meiner Freundinnen zu besuchen. Gerade war ich auf dem Weg zu ihr. Es war ein frischer, leicht windiger Tag. Genau das richtige für mich, um ein paar meiner geliebten Ledersachen zu tragen. Bald schon würde der Sommer wieder vor der Tür stehen und dann ist es zu warm für diese Art von Kleidung. Doch im Gegensatz zu sonst, wo ich meist Röcke trug, hatte ich mich heute mal für ein paar Lederjeans entschieden, sowie Handschuhe, ein Sweatshirt und darüber eine Lederjacke an. Eine dieser, die bis über den Hintern reichte, aber bis auf Gürtelhöhe geschlitzt war. Sicher nicht mein heißestes Outfit, aber eines, das ich irgendwie lang nicht mehr getragen hatte. Zudem genau das richtige, um lediglich eine gute Freundin zu besuchen, anstatt mit einem Mann auszugehen.

Ich kam gerade vom Flughafen, nur mit einem kleinen Rucksack als Gepäck. Am Bahnhof Mitte wechselte sie in die Straßenbahn der Linie 2. Um diese Zeit – es war Nachmittag – war recht viel los. Einer der letzten freien Plätze in Fahrtrichtung war neben einem jungen Mann. Er war wahrscheinlich Mitte zwanzig, schätzte ich und damit definitiv ein paar Jahre jünger als ich. Ins Lesen eines Männermagazins vertieft, beachtete er mich nicht wirklich. Typisch deutsche Großstadt, dachte ich mir so. Da die Fahrt jedoch sonst nicht viel Interessantes zu bieten hatte, warf ich immer mal ein Blick hinüber und versuchte heraus zu bekommen, was dieser Typ lass. Soweit sie erkennen konnte, lautete die Überschrift: >>Analsex – der heimliche Traum der meisten Männer<<

Oh, ein Thema, welches mich natürlich sehr interessierte, denn ich selbst stand total darauf. So lehnte ich mich ein wenig weiter hinüber, um mehr lesen zu können. Lang dauerte es nicht, bis es ihm auffiel, dass ich keineswegs unauffällig mit in sein Magazin blickte. „Interessiert Sie das etwa?", fragte er plötzlich. Mit einem Lächeln antwortete ich: „Klar doch!" Nach einer kurzen Pause – wahrscheinlich wüsste er nicht gleich, was er als Nächstes sagen oder fragen sollte – fügte ich hinzu: „Nicht nur der heimliche Traum von Männern!" Jetzt hatte ich ihn so richtig neugierig gemacht und seine volle Aufmerksamkeit auf meiner Seite. Prompt fragte er: „Wieso, etwa auch ihrer? ... Von den meisten Frauen scheint es doch eher ein Alptraum zu sein!" Grinsend entgegnete ich daraufhin: „Es ist kein heimlicher Traum von mir! ... Ich stehe drauf und dazu."

Längst hatten sich die Räder meiner Fantasie in Bewegung gesetzt. So dachte ich mir, dass dieser Typ ganz nett und attraktiv war – genug, um etwas mit ihm zu flirten und zu schauen, wie weit ich gehen konnte. Er machte einen anständigen, zurückhaltenden, aber nicht schüchternen Eindruck. Also sollte keine Gefahr bestehen, dass er einen Flirt als Einladung verstand, aufdringlich zu werden. Ein Spiel, welches ich früher gern gespielt hatte. In letzter Zeit kam ich jedoch nicht mehr dazu. Doch jetzt, hier auf diesem Kurztrip ... Mal wieder so ein kleines Abenteuer nach längerer Zeit? Das wäre doch mal etwas – dachte ich mir. Nun ja, und wenn man einmal solch ein Gedanken im Kopf hat, dann geht der da auch nicht mehr so schnell raus. Stattdessen wächst er mit jeder Minute, in der das Gespräch sich vertieft.

„Echt, Sie stehen darauf?", hakte er noch einmal nach – vermutlich ging sein Puls gerade ordentlich in die Höhe. „Ja!", gab ich zu. „Ich mag es. Es ist eine Kopfsache. Stimmt diese, ist es etwas richtig Geiles. Vor allem kann man Männer damit ans äußerste treiben. Und mal ehrlich … ich verstehe all die Frauen nicht, für die es ein Alptraum ist. He, die quälen sich doch auch, um für Männer gut auszusehen! Sie machen Diäten, gehen ins Fitnessstudio, lassen sich tätowieren, piercen, zwängen sich in unbequeme Klamotten, ja manche machen sogar Schönheit-OPs. Alles nur, um Männern anzuziehen und zu erregen. Aber vor ein paar Minuten Analsex schrecken sie zurück, was bei fast jedem Mann mehr Punkte bringt! Zumindest aus meiner Erfahrung."

„Wow, Ihre Einstellung gefällt mir! Warum denken nicht mehr Frauen so?" fragte er, worauf hin ich meinte: „Wahrscheinlich hat denen das noch keiner verraten. Darüber sollten die in den Magazinen mal schreiben! … Ich bin übrigens Bianca." Wir reichten uns die Hand. „Hi Bianca, und ich bin David!" Ein beidseitiges, sympathisches Lächeln folgte. „Sehr erfreut, David!"

Gerade fuhren wir an der gläsernen Automanufaktur vorbei. „Übernächste Station muss ich aussteigen" verriet ich, woraufhin er mich mit einem bedauernden Blick ansieht: „Schade!" Doch meine Hintergedanken waren bereits weiter, so grinste ich: „Aber vielleicht hast Du ja Lust auf 'nen Kaffee im Park, David?" Dieser schien nur schwer zu glauben, was er da gerade gehört hat. Wortlos schmunzelnd nickt er.

Gemeinsam stiegen wir an der Haltestelle Lipsiusstraße aus. „Gehen wir ins Carola Schlösschen?", schlug er vor. „Das hatte ich mir jetzt auch so gedacht" gibt sie zurück.

Auf dem Weg dorthin durchquerten wir den Großen Garten, der unter der Woche eher leer war und auf diesem Stück beinahe einem Wald glich. Es gab nur wenige Wege, viele Sträucher, Büsche und uneinsehbare Ecken. Indes arbeitete meine Fantasie. Vor meinem geistigen Auge sah ich einen herrlich erregten Schwanz. Die glänzende Eichel ... Im nächsten Moment war der Gedanke an das Gefühl, wenn selbige gegen mein Hintertürchen drückte. Und dann das Gefühl, das pralle Ding tief in mir zu haben. Es erregte mich augenblicklich! Der Gedanke vor einem Mann zu knien, meine Arschbacken auseinander zu ziehen, mich schön versaut durchficken zu lassen, das juckende Gefühl, das dabei an der Rosette entstand, wenn er mich richtig flott nahm.

Oh Gott, ich bin so versaut, so kinky – schoss mir gleich darauf in den Sinn. Aber genau das liebe ich an mir. So fühlte ich, wie ich immer erregter wurde. Mein Slip schien bereits ganz feucht zu sein. Verdammt, was sollte ich mit diesem David denn nur bequatschen, im Café? Wollten wir wirklich zwischen Familien oder Rentnern sitzend über erregende Details des Analsex plaudern? Und wenn ich dann vor Erregung eine Pfütze auf dem Sitz hatte – was dann? Sollte es das gewesen sein? Sollte ich ihn aufs Klo zerren? Ihn überreden, dass er mich mit zu sich nahm?

Nein, meine Freundin war mir wichtig. Aber irgendwie brauchte ich jetzt auch Erleichterung ... Erlösung von diesen geiler werdenden Gedanken. Wenn ich an der Stelle zu mir ehrlich war, gab es bereits kein Zurück mehr. Zumindest nicht ohne dann von mir selbst enttäuscht zu sein, mir später Vorwürfe zu machen. Nein, ich liebte doch verrückte Aktionen, bin schließlich kinky ohne Ende.

„Los komm mit!", sagte ich plötzlich, packte ihn am Arm und zog ihn hinter mir her. Abseits vom Weg, hinter ein paar Sträucher, um mehrere Ecken, bis dahin, wo niemand uns noch sehen konnte.

„Ich habe vorhin richtig Lust bekommen. Das ist also deine Chance!" sagte ich mit einem verführerischen Lächeln. Er nickt sprachlos. „Aber eines noch vornweg: ich suche weder 'nen Freund und wir tauschen danach auch keine Nummern oder so, okay?" Kaum hatte er eingewilligt, stellte ich meinen kleinen Rucksack ins Gras und ging in die Hocke, um seine Hose zu öffnen. Verdammt war ich rollig, wollte das Lust-spendende Stück Fleisch, was sich darin verbarg. Der Inhalt seiner Hose war bereits prall und hart. Sein Schwanz sprang mir förmlich entgegen. Ein schönes Ding, was er da hatte. Unbeschnitten, glatt, mit schöner runder Eichel. Ohne meine Lederhandschuhe auszuziehen, nahm ich diesen Phallus in meine Hand. Langsam begann ich, das immer noch härter werdende Ding zu wichsen. Es war ein unglaublich geiles Gefühl für ihn, wie er mir später verriet – noch nie hatte er einen Handjob von einer Frau mit Lederhandschuhen bekommen. Bald konnte ich mich nicht länger zurückhalten und ließ seinen Ständen in meinen Mund gleiten. Mit meinen weichen, warmen Lippen umschloss ich seine Männlichkeit fest, saugt und lutschte kräftig daran. Zugleich massiert ich seine Hoden, was ihn richtig schön zum Stöhnen brachte.

Da ich merkte, wie höllisch erregt er war, wollte ich das Spiel nicht zu lang ausdehnen. Wäre ja auch zu schade, wenn vorzeitig Schluss wäre. Immerhin war ich total heiß darauf, den strammen Kolben in meinem Hintern zu fühlen. Aus einer Seitentasche meines Rucksacks holte ich ein Kondom, öffnete es und streifte es ihm über. Leider hatte ich kein Gleitgel dabei, doch mir kam

da eine Idee. Ich kramte eine kleine Flasche Be-
panthol Körperlotion heraus. Sicher nicht das Beste dafür, aber ein erstklassiges Gleitmittel, wenn man so
spontan nichts Besseres zur Verfügung hatte. Ein wenig
davon gab ich auf meine Handschuhe, um seinen
Schwanz einzucremen, sodass er schön flutschig war.
Kaum fertig, stand ich auf. Zufällig gab es an dem Platz,
an dem wir uns befanden, eine alte Parkbank. So stellte
ich mich hinter diese, lehnte mich etwas nach vorn, wo
ich mich mit den Ellenbogen auf der Lehne abstützte.
„Na dann leb mal deinen heimlichen Traum aus!", fun-
kelt ich ihn an, während ich meine Jacke etwas bei Seite
schob.

David ließ sich das nicht zweimal sagen. Er stellt sich
hinter sie. Mein knackiger, runder Arsch in den schwarzen, engen Lederjeans muss auf ihn einfach erregend
gewirkt haben – das zeigte zumindest seine Mimik. Bevor er zur Tat schritt, streichelte er erst einmal meinen
Arsch, was mir augenblicklich ein erstes lustvolles Raunen entlockte. Nach einem Klaps – auch der musste einfach sein – zog er mir die Hose halb herunter. „Was für
ein super süßer, wohlgeformter Mädchenpo" schmei-
chelte er mir begeistert.

„Nimm noch etwas Creme und sei bitte vorsichtig!",
bat ich, wobei ich ihn über meine Schultern blickend an-
lächelte. Bei Männern, die ich noch nicht gut genug
kannte und nicht wusste, ob sie das nötige Feingefühl
mitbrachten, war ich immer etwas skeptisch. Mir zuni-
ckend greift David zur Bepanthol-Flasche, goss ein wenig auf seine Finger und verreibt es auf meinem zarten
Poloch. Als ich merkt, dass es gleich so weit war, streckte
ich meinen Po heraus. Das machte das Eindringen er-
fahrungsgemäß leichter. Und da war es wieder, diese
positive Aufregung, diese Vorfreude, dieses Kribbeln,

was ich auch nach Jahren immer noch kurz vom Po-sex stets habe, obwohl ich diesen recht oft habe.

Vorsichtig setzte er seinen Schwanz an meine Rosette an und begann dagegen zu drücken, doch er rutschte immer wieder ab. Dennoch bescherte es mir jetzt schon regelrecht eine Gänsehaut – das Gefühl der anklopfenden Eichel an meiner Pforte der versauten Lust. Dieses Bepanthol-Zeug ist wirklich flutschig wie Sau. So griff ich um mich, um ihm zu helfen. Mit einer Hand zog ich meine Pobacken noch etwas auseinander, mit der anderen dirigiert sie seine Schwanzspitze an die richtige Stelle. „So jetzt, aber schön langsam, das ist hier kein Porno!" mahnte ich, wobei ich mich leicht gegen diese Lanze stemmte.

Auch er drückt er wieder. Diesmal klappt es. Langsam verschwand seine Eichel in meinem warmen Loch. Kurz hielt ich noch meine Pobacken, für ihn gespreizt, wartet, bis er ganz in mir eingetaucht war. Schön langsam drang er in mich vor, so wie ich es mochte. „Wow!", hauchte ich. Er füllte mich so aus, fühlte sich riesig an! Hilfe, das war Anfangs immer so dermaßen ein Kick. Meine Rosette ziepte zwar etwas, musste sich erst noch daran gewöhnen. Dadurch, dass ich seinen Ständer gut eingefettet hat, ging es ziemlich leicht, für so eine spontane Aktion. Recht angenehm war es zudem auch. Oh wie liebte ich das Gefühl, wenn ein harter, warmer, gut gefetteter Schwanz in meinen Po eindringt. Wenn er langsam ganz tief hineingleitet. Pure Wollust überkam mich. Dieser herrliche Druck. Einfach nur der versaute Gedanke in meinem Kopf. Analsex – diese verruchte Sache!

Mein Arsch musste so herrlich eng sein für David, so wie auch er aufstöhnte. Viele sagten zwar, es würde sich wohl fast wie normaler Sex anfühlen – ich kann da schlecht mitreden – doch für ihn war es wohl einfach das Non Plus Ultra. Mit Sicherheit labte er sich obendrein am Anblick. Irgendwie beneidete ich ihn dafür. Versuchte mir vorzustellen wie es für ihn aussah. Vor meinem geistigen Auge liefen Szenen, die ich aus Pornofilmen kannte. Indes hielt ich mich mit den Händen an der Lehne der Bank fest. Meine Jacke hing dank des Schlitzes hinten an beiden Seiten herunter, gab dazwischen meinen nackten Po so frei, als sei sie dafür entworfen worden. Unwillkürlich kam in mir ein Gedanke auf: wie eine bereitwillige Arschfick-Stute vorm analen Deckhengst. Langsam brannten bei mir anscheinend einige Sicherungen durch. Aber war es ein Wunder? War ich doch getrieben vom Gefühle, wie sein geiler Schwanz rhythmisch in mein enges Arschloch stieß.

„Ohh ja, das ist so geil!", stöhnte ich. „Fick mich in den Arsch! Ich liebe es, wenn man's mir in den Po gibt." ... Oh Gott kamen diese Worte wirklich gerade aus meinem Mund? Nicht dass ich so etwas nicht gelegentlich zu einem vertrauten Sexpartner sagen würde, doch hier im Park, zu einem quasi fremden, dem ich gerade mal vor einer halben Stunde begegnet war. Hier kam gerade meine dunkle Kinkyseite so richtig durch. Einfach auf die Banklehne abgestützt, genoss ich mit geschlossenen Augen seine Bewegungen. Ich versuchte es so lang wie möglich auszuhalten, ohne bei mir selbst zusätzlich Hand anzulegen. Dieses einzigartige Gefühl, wenn sich ein geiler, praller Schwanz in meinem Hintern hin und her bewegt, wenn er fast ganz hinausglitt und wieder tief hineinstieß. Dieses Gefühl, wenn sich der Schließmuskel dabei ganz entspannt hatte, sodass es super leicht ging und total angenehm war. Diese versaute Lust, wenn man sich diesen Kolbenbewegungen ganz hingibt, wenn man spürte, wie der Druck in einem wächst und der Schoß des Mannes gegen die Pobacken klatscht, des Sitzfleisch spankte, während die Schwanz-spitze ganz tief vordrang. Und erst recht, wenn er eine kurze Erholungspause einlegte, versuchte noch tiefer hineinzukommen, sich dabei sein Glied mit noch mehr Blut fühlte und es einem aufblasbaren Analplug gleich kam. Oh ja, der Wahnsinn.

... Erst nach einigen Minuten, als ich merkt, wie sich David anscheinend dem Höhepunkt langsam nähert, begann ich mit einer Hand meinen Kitzler zu reiben. Mein Ficker glaubt unterdessen im Himmel zu sein. Mein enger, heißer, flutschiger Arsch brachte ihn ge-fühlt ebenso an den Rand des Wahnsinns – oder schlich hier ein brünstiger Hirsch durch den Park. Bei den Ge-räuschen hinter mir konnte ich mir diese Frage schon einmal stellen. Nein, seine Laute befeuerten meine Erre-gung nur noch mehr. Ich liebte es zu sehen, zu hören und zu spüren, wenn es einem Mann so richtig gefiel. Doch da drosselte er ein wenig sein Tempo, um das ganze noch ein wenig länger genießen zu können. Oh wie gern hätte ich jetzt gesehen, wie sein glänzender Schwanz meinen Po durchfickt. Klar, in einer anderen Stellung hätte ich vielleicht einen Teil des Anblickes er-haschen können, doch von Hinten genommen zu wer-den war bei Anal doch schlichtweg am schärfsten. Jedes Mal, wenn er tief in mich hinein stieß, stöhnte ich lustvoll auf. Er hätte noch ewig so weiter machen können, doch ich spürte, dass es bei mir bald so weit ist. Kurz nach dem ich angefangen hatte, mich nebenbei selbst zu streicheln, begann mein ganzer Körper zu zucken und ich zu keuchen. Als ich so in den aufkommenden Höhe-punkt hineingestoßen wurde, spannte ich zudem unbe-wusst meinen Schließmuskel an. Der Druck auf Davids Schwanz machte es jetzt noch viel intensiver für ihn – ich war gleich noch deutlich enger. Das hielt er nur noch wenige Augenblicke aus. Dann kam auch er. Stoß um Stoß entlud er sich. Es schien ein heftiger Orgasmus zu sein.

„Warte noch einen kurzen Moment!", keuchte ich. Noch einmal genoss ich für einen Augenblick, das Gefühl des abklingenden Höhepunktes, sowie des Schwanzes in meinem Hintern. „Okay, zieh ihn ganz langsam raus!" David tat, was ich gesagt hatte. Auch für ihn war es nochmal ein geiles Gefühl, seinen immer noch Steifen aus meinem engen Loch zu ziehen, welches ihn noch immer fest umklammert. Ein letztes Mal stöhnte ich, als der Kolben durch meine Rosette streicht und diese schließlich verließ.

Während er sich des Kondoms entledigte, holte ich ein Taschentuch hervor, wischte mir die Creme vom Hintern ab und zog meine Lederjeans wieder hoch.

„Das war mal wieder gut! Genau das richtige jetzt. Nun fühle ich mich wieder so ...whuu jahh, so herrlich wie man sich eben nach 'nem gutem Arschfick fühlt" schwärmte ich. War quasi noch high vom eben erlebten. Er nickte fasziniert: „Das war hammergeil! Analsex mit 'ner Frau wie dir könnte ich ständig haben!" „Na ja, nur noch wäre ja auch langweilig" warf ich ein. „Dann verliert es auch irgendwann den gewissen Reiz. Aber hin und wieder ... egal, gehen wir Kaffee trinken!"

Wir gingen hinüber zum Carola Schlösschen, wo wir gemeinsam noch eine "Tasse Kaffee danach" tranken und etwas über das Thema, welches uns das Abenteuer beschert hatte, plauderten. Dann trennten sich unsere Wege wieder. Ich hielt mich tatsächlich an das, was ich mir vorgenommen hatte und widerstand, mit ihm Telefonnummern oder ähnliches zu tauschen. So blieb doch irgendwie das Besondere am ganzen erhalten.

Happy New Year
Von André

Da jemand anderes krank geworden war, sprang ich ein. Sonderlich begeistert war ich nicht, die Silvesternacht auf der Arbeit zu verbringen – es gibt definitiv versautere Hobbys. Doch andererseits hatte ich mir gesagt: Ich genieße es noch einmal. Es war schließlich meine letzte Nachtschicht als Rezeptionist in der Hotelbranche, denn in wenigen Tagen würde ich den Job wechseln. Gemeinsam mit meinem etwas älteren, kleinen, mexikanischen Kollegen Eddi, oder Speedy Gonzales, wie ich ihn gern nannte, hielt ich die Stellung am Empfang. Wir hatten uns kurz zuvor zusammen das Feuerwerk angesehen, nun hielten wir den Posten am Empfang, um den ganzen angetrunkenen Gästen, die allmählich durch die Tür heim geschwebt kamen, ein frohes Neues zu wünschen und ihnen die Schlüssel auszuhändigen. Gegen zwei ebbte der Zustrom langsam ab. Das bedeutete: von jetzt an würde es ein langweiliger Kampf gegen die Müdigkeit werden. So beschloss ich, mich einiger Arbeiten am Computer zu widmen.

Die Worte „Happy New Year! Den Schlüssel für 615 bitte" rissen mich aus meiner Arbeit. ... Eigentlich kümmerte sich Speedy immer darum, wenn ich am PC arbeitete, doch er glänzte irgendwie gerade durch Abwesenheit. Ich blickte auf, direkt in das Lächeln einer hübschen blonden Dame. Rasch holte ich ihren Schlüssel, um weiter arbeiten zu können. „Happe New Year ihnen ebenso!", sagte ich.

Die Dame, die offensichtlich osteuropäischer Herkunft war – ich tippte auf Tschechien oder Slowakei – sprach fast akzentfrei Deutsch. Sie schwärmte von der einzigartigen Schönheit Dresdens, wie toll der Jahreswechsel in der Stadt war und, dass sie am Neujahrstag gern noch einiges ansehen würde, bevor sie wieder abreist. Ihre Frage, was sie denn so machen könne, hatte ich bereits erwartet. So gab ich ihr einen Stadtplan und reichlich gute Empfehlungen sowie einige Geheimtipps. Ob ich auch einen Geheimtipp hätte, wo sie die Nacht noch etwas feiern kann, fragte sie mich schließlich. Sie hatte anscheinend nichts gefunden, sah jedoch aus, als käme sie gerade aus irgendeinem Club. Unter ihrem langen Mantel, den sie offen hatte, trug sie ein kurzes, schwarzes, Lederkleid und Stiefel. Begeisterung hob meine Augenbrauen an.

Leider hatte ich keinen guten Tipp für sie, wo man um die Zeit noch hätte hingehen können. Schließlich musste ich arbeiten, da waren mir Partys egal. Doch ich scherzte, dass sie ja hier Party machen könnte und drehte das Radio etwas lauter. Lachend begann sie mir noch ein paar Fragen über das touristische Dresden zu stellen, wobei ihre blauen Augen mich anfunkelten. Es war unübersehbar, dass sie versuchte mit mir zu flirten.

Neben den vielen negativen Seiten des Jobs liebte ich jedoch diese positive Seite und flirtete zudem recht gern mal mit den weiblichen Gästen. Hier an der Rezeption war ich in meinem Element, in meiner Welt, konnte meine Rolle spielen, den Entertainer geben. Kurzerhand wechselte ich die Seite – ging um den Tresen herum und stellte mich neben sie, um mit ihr zu plaudern. Auch ich flirtete nun, mischte die eine oder andere anstachelnde Bemerkung in meine Worte. Die Dame hatte schon was, war wirklich attraktiv und der Geruch ihres Parfüms stieg mir langsam in die Nase. Sie roch verdammt gut.

Schließlich sagte sie zu mir, dass sie jetzt aufs Zimmer gehen wolle. Allerdings beabsichtigte sie noch eine Flasche Piccolo Sekt für sich mitnehmen.

Gerade als ich ihr diese verkaufen wollte, korrigierte sie sich: „Nein, ich nehme doch zwei. Vielleicht wollen sie mir ja später noch etwas Gesellschaft leisten!" Ganz professionell ging ich nicht weiter darauf ein, zwinkerte ihr jedoch zu. So verschwand sie. Im selben Moment kam Rodrigez um die Ecke, der den Flirt aus einiger Distanz mitbekommen hatte. „Amigo, die Señorita will Bonga Bonga machen!" grinste er in seiner typischen Art. Ich nickte: „Ja, schien mir auch so." Selbstverständlich wusste ich, was es bedeutete, wenn eine Frau einen zu sich einlud und Alkohol ins Spiel brachte, das war zweifelsfrei eindeutig!

Nun ja, inzwischen war es ruhig. Egal was ich anstellen würde, hinausschmeißen konnten sie mich dafür eh nicht mehr. Und noch mal ein schönes gediegenes Abschiedsnümmerchen in diesem Haus stand durchaus auf meiner geheimen to-do-Liste.

„Los Amigo, geh schon! Ich halte den Posten!" stachelte mich mein Kollege an, dem man durchaus den Neid vom Gesicht ablesen konnte. „Okay. Aber wenn es irgendein Problem gibt, rufst du an!" „Sí, sí, vamos!" nickte er und warf mich damit regelrecht aus dem Rezeptionsbereich hinaus.

Ich verschwand im Fahrstuhl, ließ mich in die oberste Etage befördern, während mich mein Ebenbild im Spiegel angrinste. Zu ihrem Zimmer gegangen, klopfte ich an. Vorsichtig öffnete sich die Tür einen Spalt und ich erblickte das hübsche Gesicht der ausländischen Blondine. Augenblicklich grinste sie und öffnete mir ganz die

Tür. „Komm rein!" Nach wie vor hatte sie ihr langärmliges, kurzes, schwarzes, Echtleder-Kleid an, zu meinem Bedauern jedoch ihre Stiefel ausgezogen und nun barfuß unterwegs. Frauen in Stiefeln liebe ich absolut – finde es einfach nur heiß. Doch ihr Kleid war mir lieber – dieses empfand ich optisch noch heißer als jegliche Stiefel.

Sie drehte sich herum, ging die zwei Schritte zum Tisch, präsentierte mir somit ihre Rückansicht. Für ihr Alter – ich schätzte sie auf mindestens Ende dreißig, vielleicht sogar noch ein paar Jährchen älter – hatte sie einen verdammt knackigen Hintern. Zudem fielen ihre langen, leicht gelockten, blonden Haare wundervoll über ihren Rücken, bildeten dort einen herrlichen Kontrast zu ihrem schwarzen Kleid.

Vom Tisch nahm sie zwei Sektgläser und gab mir eines davon. „Happy New Year nochmal!" ... Wir stießen an. „Irgendwie habe ich Lust auch noch was Verrücktes", funkelte sie mich an. „... Um angebracht ins neue Jahr zu starten!" fügte ich hinzu. „Genau!", nickte sie.

Auf ins Gefecht, sagte ich mir, bevor die Situation anfing blöd und verfahren zu werden. Mein Glas abgestellt, küsste ich sie und das gleich ziemlich leidenschaftlich. Als ich den Kuss kurz darauf unterbrach, um ihr für einen Moment tief in die Augen zu schauen – ich hoffte da vielleicht zu sehen, was sie gerade denkt – ging sie quasi auf mich los. Sie drückte mich an die Wand, neben dem Eingang zum Bad. Es schien, als hätte ich die Rakete gezündet. Nun war sie es, die mich leidenschaftlich küsste. Dabei hauchte sie mir ins Ohr: „Genau so habe ich mir das vorgestellt. Ich will jetzt einen richtig geilen Neujahrsfick!" Bei den Worten hatte ich augenblicklich einen Harten in der Hose. „Für nichts anderes bin ich hier!", gab ich zurück, wobei ich sie scharf ansah. „Und dieser Service geht sogar aufs Haus!" Prompt streifte sie mir mein Sakko ab. Von da ab verzierte es den Fußboden. Mein Hemd knöpfte sie mir bis zum Hosenbund auf. Ihre Hände glitten hinein, streichelten meine glattrasierte Brust. Schade, dass ich keine ähnlichen Möglichkeiten bei ihr hatte. Wenn, dann konnte ich ihr allenfalls das Kleid komplett ausziehen. Noch nicht, beschloss ich. Stattdessen zog ich es vor, ihren knackigen, geil verpackten Arsch zu massieren. Echtes Leder fühlt sich einfach nur grenzenlos erregend an – dieses Material an sich ist schon einmal purer Sex.

Jetzt ging die Süße vor mir auf die Knie, wo sie meine Hose öffnete. Mein hartes Teil sprang ihr regelrecht entgegen. „Oh ja, das ist ja mal ein geiles Ding!", sagte sie, mit erotisch hauchender Stimme. Dabei blickte sie mit großen Augen zu mir auf. „Ich kann es zwar kaum erwarten den in mir drin zu haben, aber erst will ich mal ein bisschen daran lutschen!" Im nächsten Moment ließ sie ihre typisch osteuropäisch rot geschminkten Lippen über meinen Ständer gleiten. Oh ja!

Ich packte sie am blonden Schopf, führte ihre Bewegungen. Sie blies gut, saugte richtig kräftig dabei. Der Anblick war verdammt heiß. Auch wenn ich mich gern mit geschlossenen Augen zurückgelehnt hätte, um den Blowjob einfach zu genießen, konnte ich meine Blicke nicht von ihr abwenden. Mit der zweiten Hand knetete ich ihren Busen, der sich durch ihr Kleid ebenso genial anfühlte, wie ihr Po. Währenddessen öffnete sie meine Hose noch etwas weiter, zog sie ein Stück herunter, um dann ihre Hand hineinzustecken. Mit Mittel- und Zeigefinger fuhr sie unter meine Hoden, streichelte und massierte meinen Damm, übte etwas Druck aus. Man, sie hatte es echt drauf!

So gut es war, ich wollte mehr ... wollte sie jetzt richtig nehmen. Immer noch an den Haaren gepackt, zog ich sie hoch. „Genug gelutscht, ich will dich jetzt ficken", raunte ich. Dem entgegnete sie mit den Worten: „Ich hab heute echt Bock auf was Versautes! Mir ist mal wieder nach einem Schwanz im Arsch." Das war Musik in meinen Ohren!

„Komm süßer, helf' mir mal aus dem Kleid!", sagte sie und wand mir den Rücken zu. Langsam öffnete ich ihren Reißverschluss, fragte mich zugleich, wie sie allein in das Kleid gekommen war und bedauerte, dass sie es auszog. Es ist für meinen Geschmack deutlich heißer, wenn die Frau ein heißes Outfit beim Sex anhat, als komplett nackt zu sein. Obgleich sie einen verdammt knackigen Körper hatte, der ihrem Alter keineswegs entsprach, e- her einer Mittzwanzigerin.

Sie streifte sich ihr Kleid ab, dann half sie mir dabei, mich zu entblättern. Kaum war ich ebenso nackt wie sie, schob sie mich rückwärts zum Tisch. Schnell war mir klar was sie beabsichtigte und setzte mich auf einen Stuhl. Aus ihrer Handtasche auf dem Tisch holte sie ein Kondom – sehr gut sie dachte mit, war vorbereitet. Dummerweise hatte ich nämlich keines dabei. Mit den Zähnen riss sie gekonnt die Packung auf, dann rollte sie mir das Ding über. Dabei begann ich etwas ihre Muschi und ihren Kitzler zu streicheln. Sie war ordentlich feucht, schien also auch gehörig erregt zu sein.

„Komm, setzt dich auf mich! Ich kann zwar deinen heißen Arsch kaum erwarten, aber lass ihn uns erst mal etwas anfeuchten." Im nächsten Moment setzte sie sich auf mich – spießte sich auf. Einfach herrlich wie meine Stange in ihre feuchte Grotte glitt. Uns küssend, ritt sie auf mir. Es genießend dachte ich daran, wie geil ich es fand, kurz vor Ende nochmal Sex am Arbeitsplatz zu haben.

Meine Hände auf ihren glatten, festen Arschbacken, dirigierte und führte ich ihren Ritt. Dabei leckte ich an ihren vollen Brüsten, saugte an ihren Nippeln, die vor Erregung abstanden. Hart wie Glasschneider waren sie. Provozierten mich daran zu knabbern.

Vorfreude ist bekanntlich die schönste – daher wollte ich nicht zu schnell wechseln, auch wenn mein Schwanz von den Säften ihrer Pussy längst genug angefeuchtet war. Doch irgendwann konnte ich es schließlich auch nicht mehr erwarten, noch einen Gang hochzuschalten. Die Vorstellung, in den Arsch einer fremden Osteuropäerin einzutauchen, war einfach zu verlockend. Offensichtlich las sie mir genau das von den Augen ab. „Komm schon, du weißt, was ich will" funkelte sie mich an. Damit signalisierte sie mir, dass sie geführt und genommen werden wollte.

„Steh auf!", wies ich sie an. Lies sie anschließend auf der Bettkante Platznehmen. Von selbst spreizte sie ihre Beine. „Ein klein bisschen musst du dich noch gedulden", flüsterte ich ihr zu, kniete mich dabei vor sie. Erst wollte ich noch schnell ihre Perle lecken, wenigstens einmal kurz den Saft ihrer Muschi schmecken. … Es war lecker, machte mich noch geiler. Flink ließ ich meine Zungenspitze um ihren Kitzler gleiten. Gleichzeitig steckte ich einen Finger in sie. In der Tat war sie triefend nass. Mit genug dieser Feuchtigkeit am Finger, ging meine Hand tiefer. Da war es nun, das Ziel unserer Begierde: ihr Hintertürchen! Dieses mit der Fingerspitze umkreisend verteilte ich etwas von ihrer flüssigen Geilheit darauf. Dann strich ich von unten in Richtung Damm darüber, wobei ich bei jedem Mal etwas mehr Druck ausübte.

„Himmel ist das geil", stöhnte sie los. „Du weißt genau wie man das richtig vorbereitet!" Sie warf den Kopf in den Nacken, schloss die Augen, ließ es auf sich wirken. Zugleich drang ich mit meinem Finger in das kleine, enge Loch ein. Parallel fühlte ich, wie mein Ständer seine Vorfreude auf selbiges, durch weiter steigende Härte, zum Ausdruck brachte. Die Wärme in ihr war herrlich. „Dein Finger fühlt sich verdammt gut an. Aber ich will mehr, ich will dich, was Großes drin haben, füll mich aus!" bettelte sie.

Den Zeigefinger in ihrem Po, wollte ich gerade mit dem Daumen ihren Kitzler bearbeiten, da stand sie auf, drehte sich herum, kniete sich vor mich aufs Bett. Streckte mir genau ihr Arschloch entgegen. Na wie du willst, dachte ich mir und kniete mich hinter sie. Dennoch wollte ich sie noch ein wenig länger zappeln lassen. Der Anblick machte vorerst Lust auf etwas anderes. So beugte ich mich vor, begann ihre Rosette zu lecken, sie mit der Zunge zu umkreisen. „Oh Gott, du bist verrückt" keuchte sie. Ja genau, das bin ich! Welche Frau mochte das nicht! Ich kannte keine, selbst die, die nicht auf Anal standen, mochten das. Immerhin ist Rimming für schlichtweg jeden ein sehr schönes, super angenehmes, ungeheuer Lust steigerndes Gefühl. Es machte sie sichtlich verrückt, als ich sie zudem noch mit der Zunge ein wenig fickte, dabei obendrein noch mit den Fingern am Kitzler spielte.

„So geil deine Zunge sich auch anfühlt, ich will deinen Schwanz im Arsch spüren!", flehte sie. Genau so wollte ich das hören. Und weil ich davon nicht genug bekam, hakte ich gleich nochmal nach: „Was möchtest du?" „Man los jetzt, fick mich endlich", schrie sie mich beinahe schon an.

Länger konnte ich dem ganzen nun echt nicht widerstehen und richtete mich auf. Hinter ihr kniend, schob ich ihr meinen prallen Knüppel in die Muschi – auch die fühlte sich in dieser Stellung gleich noch viel besser an. Unter anderem deswegen war Doggy meine Lieblingsstellung. Ehe sie aber begann Anstalten zu machen, weil es der falsche Eingang war, zog ich ihn wieder heraus. Leider war jedoch der gewünschte Eingang etwas zu weit oben für mich, so stand ich auf, hockte mich schräg über ihren Po, der hoch in die Luft ragte. Sie streckte ihn für mich richtig schön heraus. Allem Anschein nach war sie darin recht erfahren – wusste, dass Mann viel tiefer und besser hineinkommt, wenn sie ein Hohlkreuz macht. Aber so wie sie nach einem Arschfick bettelte, war das ohnehin selbstredend.

Ich ergriff meinen Schwanz, drückte die Eichel gegen ihre Rosette ... drückte etwas mehr. Auch sie drückte, entspannte sich bewusst. Langsam und butterweich tauchte ich in sie ein. Der Anblick dabei war immer wieder einzigartig, machte mich unbeschreiblich an.

„Oh jaahh, geil!", stöhnte sie auf, als sie mich in sich spürte. Mein Ständer war vor lauter Erregung so prall, dass er etwas schwierig in das enge Loch hinein ging. Kurzerhand zog ich ihn noch einmal raus, spuckte auf ihre sich gerade wieder schließende Rosette, ganz so wie man es aus Pornos kannte. Gleich darauf versuchte ich es erneut. Indes langte sie mit beiden Händen nach hinten, griff ihre Arschbacken und zog diese auseinander. An sich war dies in der Stellung völlig überflüssig, doch sie meinte: „So macht es mich irgendwie noch geiler." ... Mich allerdings auch! Abermals setzte ich an. Nun ging es besser. Ganz geschmeidig drang ich in ihren Arsch ein, schob ihn langsam schön tief hinein. Richtig schön tief! Unglaublich, aber er ging wirklich komplett rein. „Ooohhh...!" schönte sie, drückte dabei ihr Gesicht aufs Laken. Ganz in ihr steckend, verweilte ich einen Moment, damit sie sich dran gewöhnen konnte. Ihr Anus umklammerte meinen Schwanz fest – was für ein herrlicher Druck. Meine Schwellkörper saugten sich noch voller. Genau das fühlte sie ebenfalls. „Wahnsinn, wahnsinn!" japste sie.

Auch wenn es so schien, als tat sie dies öfters und mochte Analverkehr, bewegte ich mich fürs Erste langsam. Einfach auch um es zu genießen, den Anblick in mich aufzusaugen, wie mein Rohr in dieser engen Öffnung hin und her glitt. Aber auch der Blick auf ihren runden, knackigen Po; ihren Rücken und sie – wie sie sich mir hingab, war gigantisch. Mit gleichmäßigen Bewegungen, im gemächlichen Tempo, nahm ich sie. Ich nutzte die volle Länge meines Ständers. Zog ihn manchmal fast ganz heraus.

„Hilfe, das ist irre!" keuchte sie weiter. Nun ließ sie ihre Pobacken wieder los, stützte sich abermals auf ihren Unterarmen ab, blickte dabei über die Schulter zu mir. „Dein Schwanz so tief im Arsch zu haben, ist der Hammer. Ich liebe diesen Druck da drin. Du füllst mich so herrlich aus. Wenn du wüsstest, wie irre das ist!" ... Keine Sorge, das weiß ich – dachte ich nur, innig grinsend.

Uns machte es gegenseitig an, in das Gesicht des anderen zu blicken, die von Geilheit geprägte Mimik zu sehen. Zugleich spielte ich etwas –fickte sie mit kleinen schnellen Bewegungen dicht am Eingang. Zwischendurch stieß ich immer mal wieder tief in sie hinein, bis mein Becken gegen ihren Po klatschte. Bei jedem dieser besonders innigen Stöße stöhnte sie auf. „Dieses Hin und Her in meinem Arsch macht mich ganz wild!", kommentierte sie. „Ich liebe diese Intensität. Wie dein Schwanz meine Rosette weitet. Posex ist doch einfach so versaut geil. Das muss sich doch auch für dicht irre gut anfühlen? Komm sag mir wie es für dich ist!" „Oh ja, es ist unbeschreiblich geil, dein Arsch fühlt sich gigantisch an. Und dieser Anblick erst!!" gab ich zurück. Noch nie hatte ich erlebt, wie eine Dame soviel dabei sprach, mir quasi genau beschrieb, was sie fühlt – wie es sich für sie anfühlt. Dies war unglaublich erregend!

„Los fick mich härter" forderte sie mich auf. Da ich mich in dieser über ihr hockenden Position ohnehin nicht länger halten konnte – es ging zu sehr in die Beine, auch wenn's verdammt geil war – zog ich meinen Schwanz aus ihr. Ihr Arschloch blieb, wohl vor lauter Erregung, weit offen, gewährte mir tiefe Einblicke. Was für eine versaute Bitch!

Abermals ging ich hinter ihr auf die Knie, veranlasste sie aber ihre Beine weiter zu spreizen und zudem etwas anzuziehen, damit sie tiefer kam. Sowie sie die richtige Höhe hatte, dirigierte ich meinen Schwanz wieder zu ihrem Arschloch. Fast von selbst glitt er zügig zurück in ihr heißes Inneres. „Genau wieder schön tief rein in den Arsch!", kommentierte sie, wobei sie sich mit einer Hand begann am Kitzler zu reiben. Unterdessen packte ich sie am Arsch. Der war echt so herrlich apfelrund, dass mir spontan das Lied vom geilsten Arsch der Welt in den Sinn kam.

Am Arsch gepackt, tat ich nun das worum sie mich die ganze Zeit bettelte: Ich fickte sie ... so richtig. Schön hart und flott nagelte ich ihren Knackarsch. Schlug ihr dabei auch ein paar Mal kräftig darauf. „Uhhh, uhh, uhh!", stöhnte sie laut, mit zum O gespitzten Lippen. „So ist's geil! Ich ficke dich in den Arsch, fick ihn dir richtig hart durch bis du nicht mehr kannst, du geile Sau!" stöhnte jetzt auch ich. Immer kräftiger machte sie es sich selbst, steckte sich dabei sogar zwei Finger in die Muschi, was augenblicklich zu rhythmischen Pussyfarts führte. „Klingt das geil. Du bist so ein versautes Stück, unglaublich!" „Jaaaaahh...", wimmerte sie in drei Oktaven höher auf. So hab ich mir das vorgestellt. „Das ist es, was ich wollte. Einen richtig wilden, versauten Silvesternachts Fick!" Fast schien es, als sei sie halb in Trance – als hätte sie irgendwas genommen. Sie zitterte schon, wand sich. Ihr Gesicht auf das Bettlacken gepresst, klang es, als wenn sie nicht mehr nur lauthals stöhnte, sondern regelrecht in die Matratze brüllte.

Schließlich schlug sie mit der flachen Hand neben sich aufs Bett. Was auch immer das bedeuten sollte, ich begann langsamer zu werden. Vermutlich war es ihr gerade gekommen. Bitte noch nicht, war mein erster Gedanke. Die darauffolgenden Worte erleichterten mich: „Rumdrehen! Lass uns herumdrehen. Ich will dich sehen!" ... Okay, schade, nix mehr Doggy. Und das, wo ich auch fast so weit war.

Kaum war ich aus ihr raus, drehte sie sich herum, legte sich auf den Rücken, zog aber die Beine richtig weit an, hob sogar ihren Hintern für mich etwas an. Parallel rieb sie weiterhin ihren Kitzler. Und da war es wieder – ihr noch leicht geöffnetes Poloch, das mich anlachte, geradewegs so als riefe es mir zu: „Komm schon, gib's mir!"

Ich rutschte an sie heran, ließ meinen Schwanz wieder in sie hinein flutschen. Datei stieß ich ihn gleich der ganzen Länge nach hinein. Oh ja, in der Stellung, so wie sie die Beine bis fast an die Ohren hochgenommen hatte, kam ich auch wieder richtig tief in sie. Und sie fühlte sich enger an als zuvor. „Los, mach mich fertig!" hauchte sie mit fiebriger Stimme, sah dabei aus als sei sie in einer anderen Welt.

Mit aller Kraft, getrieben von meiner eigenen Erregung machte ich mich dran, ihr die Seele aus dem Arsch zu vögeln und mich selbst in den ersehnten Höhepunkt. Wie ein Pornostar stöhnte sie, wobei ich mich fragte, ob das sogar Speedy Gonzales unten an der Rezeption hören konnte. Die Vorstellung, dass er es konnte, trieb mich zusätzlich an. Ja, sie verlieh mir sogar ein gewisses Grinsen. Laut klatschte mein Schoß an ihren Po – ja, ich versohlte ihr den Arsch von innen und außen. Unsere Haut glänzte. Da zitterte und bebte sie erneut. Diesmal heftiger als zuvor. Ohne Zweifel kam sie gerade, das sah ich ihr an – hörte es zudem. Dabei zog sich ihr Schließmuskel zusammen und gab mir den finalen Kick. Ebenfalls laut aufstöhnend überrollte mich mein Orgasmus. Schade irgendwie, dass man nicht auf das Kondom verzichten sollte, denn ich hätte ihr zu gern meinen Saft tief in den Darm geschossen. ... Und später mit angesehen, wie er wieder aus ihrem Arsch heraus läuft.

Unterdessen kratzte sie mir über Brust und Rücken, zog mich sogleich fest an sich. Am liebsten hätte ich ihr in dem Moment in die Schulter gebissen. „Jaaaahhhh!", kam es kraftvoll über meine Lippen. „Scheiße war das geil!"

Langsam zog ich den immer noch sehr harten Schwanz aus ihr und entledigte mich des mit Sperma vollgepumpten Kondoms. Die Süße lag immer noch völlig fertig da, zitterte leicht. „Das war so geil ... besser, als ich mir das vorgestellt hatte. So mag ich das in der Silvesternacht" keuchte sie, immer noch etwas heißer klingend. „Du sagst es. Nun kann das Jahr beginnen!" gab ich zurück, woraufhin sie erwiderte: „Und ich dachte schon, ich muss auf den Neujahrssex verzichten. Danke dir!"

U-Boot von hinten
Von Bianca

Es war die Zeit von Boygroups, Eurodance und der allerersten Handys – damals Anfang der 2000er. Eine Zeit, in der ich noch Single war, gerade erste Erfahrungen sammelte und mich selbst entdeckte. Ich war damals gerade 18 geworden und hatte ein Date. Der Typ hieß Olli, war 3 Jahre älter und ein sehr sympathischer Kerl. Das neue Jahr zählte erst einige Tage. Nachdem wir zweimal zusammen essen gewesen sind, wollten wir nun etwas anderes unternehmen. So trafen wir uns, gingen Bowlen und danach ins Schwimmbad. Es war mitten in der Woche, also nicht viel los. Wir schwammen ein paar Runden, alberten in einem der flacheren Becken herum, amüsierten uns auf der Rutsche und landeten irgendwann im Whirlpool. Dort fing der gute Olli schließlich an mich zu streicheln. Verdeckt durch das sprudelnde Wasser landete seine Hand schließlich zwischen meinen Beinen. Es erregte mich schon ziemlich. ... Wie es halt so ist. Als junge relativ unerfahrene Frau findet man jede Berührung noch sehr aufregend, besonders außerhalb der heimischen vier Wände. Ich hatte zwar etwas Bedenken jemand könnte es sehen, aber andererseits reizte mich das Ganze auch irgendwie.

Wenig später hauchte mir Olli fragend ins Ohr, ob wir raus ins Freibecken gehen wollten. Dahin wo wir alleine waren, wo uns auch niemand sehen würde. In Gedanken war ich längst in meine Fantasie versunken – spontaner Sex mit einem fremden Jungen in der Umkleidekabine eines Schwimmbades. ... Okay das Freibecken hatte sicher auch seinen Reiz!

Wir wechselten also das Becken und schwammen durch den Tunnel hinaus. Vom Himmel fielen vereinzelte Schneeflocken. Dampfschwaden stiegen vom reichlich warmen Wasser in den Nachthimmel auf. Längst war es dunkel. Die Kälte zwickte im ersten Moment in der Nase. Es hatte etwas von einer dieser heißen Quellen irgendwo auf Island oder so. Das Licht der wenigen Lampen versetzte alles in eine mystische Stimmung. Ganz nach hinten, bis in die letzte Ecke schwammen wir. Dort waren wir nicht nur völlig alleine für uns, sondern auch durch all den aufsteigenden Wasserdampf nicht länger zu sehen.

Endlich küssten wir uns, knutschten wild, wie auch leidenschaftlich, machten herum, rieben unsere nassen Körper aneinander. Man war das damals erregend für mich. Endorphine strömten durch meinen Körper. Es war alles noch sehr aufregend. ... Olli rieb mit seiner Hand zwischen meinen Beinen, schob seine Finger in mein Bikini-Höschen. Mein Kitzler freute sich sehr über den Besuch und ich wurde immer erregter, hatte bald richtig Lust auf Sex – jetzt und hier! Leidenschaftlicher Sex – solchen wie man ihn aus Fantasien und Filmen kennt.

Doch in dem Moment wurde mir bewusst, dass es da ein Problem gab: Ich hatte gerade meine Tage! Mist! Dachte ich mir. Meine Muschi war bereits durch einen Tampon besetzt, den ich in diesem Moment auch unmöglich entfernen konnte. Aber ich war verdammt nochmal geil auf einen Schwanz! Wollte seinen Penis spüren – der bereits schön Hart mit einer Beule seiner Badehose wartete. Emsig rieb ich indes an seinem Schritt. Mir blieb also nichts weiter übrig, als meine Karten auf den Tisch zu legen – alle, auch mein Trumpf!

„Ich habe die rote Tante zu Besuch und schon was drin stecken", verriet ich ihm. Sofort sah man eine gewisse Enttäuschung in seinem Gesicht. Während die Sache damit hatte beendet sein können, entschied ich mich allerdings dafür mein Trumpf aus dem Ärmel zu ziehen. Ich hatte bereits einige Zeit vor meinem ersten Mal andere Erfahrungen gemacht. Erfahrung mit Po-Sex. Gute Erfahrungen! Okay im Wasser hatte ich noch nicht ausprobiert, aber dafür war jetzt eine prima Gelegenheit!

So sah ich ihm ganz tief in die Augen, drückte meine Wange an seine und flüsterte ihm ins Ohr: „Aber wenn du willst, kannst du stattdessen gern versuchen meinen Po zu erobern." Die Worte retteten augenblicklich die Situation. Aus seiner Enttäuschung wurde prompt Ungläubigkeit, dann Freude. Zugleich schien er sich auch etwas über meine mädchenhafte Formulierung zu amüsieren. „Hab ich das richtig verstanden, ich darf dich in den Arsch ficken?" hakte er lieber noch einmal nach. „Du willst es anal machen?" Ich nickte, grinste, meinte dann: „Keine Sorge, ich hab das schon ein paar Mal gemacht. Du bist da also nicht der Erste." Jetzt war er völlig baff. Zugleich sah ich aber wie er vor Vorfreude ganz unruhig wurde. Es gab wohl nicht viele Mädels, die mal eben solch ein Angebot machten.

Ich ließ nichts anbrennen, schritt gleich zur Tat und drehte mich herum. So gut es in dem nicht sehr flachen Wasser möglich war, ging ich in die Knie und begann meinen Po an seinem Schoß zu reiben. Er hatte solch einen Ständer in der Badehose, dass er damit einen gefrorenen Acker hätte Pflügen können. Mein Bikinihöschen zog ich einfach bei Seite. Dann begann ich mich erst einmal selbst etwas zu fingern. Aus meiner bis dato gesammelten Erfahrung wusste ich, dass es nicht ganz ohne jegliche Vorbereitung ging. Es machte mich augenblicklich noch um einiges schärfer, als ich meine Finger an meiner Rosette spürte. Ja, das war echt aufregend! Eines von den verrückten, versauten Dingen auf deren Geschmack ich zu dieser Zeit mehr und mehr kam.

Das gute war, dass das warme Wasser wunderbar entspannte. So war mein Hintern recht schnell bereit, glaubte ich. Er war indes hinter mir in Position gegangen, hielt sein prallen, steinharten Schwanz bereit. Sein Glück konnte er wohl immer noch nicht fassen. Dabei wusste ich nicht einmal, ob es für ihn das erste Mal anal war. Ich hoffte, dass auch er schon Erfahrung damit hatte, hoffte er würde wissen wie Mann es richtig macht.

„Okay dann versuch es mal, aber langsam und vorsichtig sein", sagte ich zu ihm. Zugleich zog ich meine Pobacken weit auseinander, um ihm das Eindringen leichter zu ermöglichen. Gleich darauf spürte ich seine Eichel an meinem Hintertürchen klopfen. Er zielte gut und drückte fest dagegen. Allerdings tat sich nichts. Trotz dass er immer fester presste während ich mich bewusst entspannte, gegen hielt sowie meinen Arsch so weit es ging auseinander zog.

Das Wasser war zwar feucht besaß jedoch keine Gleitfähigkeit. Das wurde mir in diesem Moment bewusst. Damit hatten wir ein kleines Problem, so richtig wollte es nicht gehen mit dem Eindringen. Also was nun? Ich dachte für einen Moment darüber nach, mich über den Beckenrand zu legen, sodass mein Po aus dem Wasser kam. Doch da würde Olli nicht mehr ran kommen und falls es dann jemand sah ... Sein Ding anzulecken und mit Spucke etwas rutschiger zu machen war im Wasser ebenso zwecklos. Ein Kondom oder gar ein wasserfestes Gleitmittel hatten wir erst recht nicht dabei.

Somit sah ich also keinen Ausweg als das er es so schaffte oder wir es lassen mussten. Allerdings machte mich seine Eichel an meiner Rosette nunmehr so scharf ... ich wollte jetzt unbedingt einen Arschfick. Koste es was es wolle! Daher sagte ich ihm, er solle ruhig noch etwas fester drücken – wenn es weh tun sollte würde ich ihm das schon zu verstehen geben – und ich würde auch noch einmal mein Bestes tun, um ihn aufzunehmen. Damit setzte er mit seinem U-Boot, oder besser gesagt Torpedo, zum zweiten Angriff auf meine Rückseite an. Er drückte fest, ich stemmte mich dagegen, versuchte meinen Schließmuskel so gut es ging zu entspannen. Und da passierte es – das was passiert, wenn man es auf diese Weise im Wasser versucht. Mit einem Mal rutschte es dann doch! Er drang ein. Ahhh, scheiße das ziepte. Jep, es tat weh. Ein spitzer Schmerz durchzog meine Rosette. Oh, verdammt! Ich ließ sofort meine Pobacken los, rief „HALT" und schnappte nach Luft. Zum Glück wusste ich auch, dass der Schmerz schnell wieder vorüberging. Da Olli Glücklicherweise keinen Monsterschwanz hatte, sondern knapp unterm Durchschnitt lag, kam mir hier zugute. Wir verharrten kurz bis es wieder ging. „Okay du kannst weiter machen", sagte ich. Zugleich suchte meine Rechte den Weg in mein' Bikini Höschen. Analsex machte schließlich erst so richtig Spaß, mit den Fingern am Kitzler.

Langsam schob er seinen harten Freudenspender tiefer in meinen Po. Erst stockte es wieder etwas, doch allmählich schien es zu gehen. Oh ja, das war geil. Sehr geil! Meinen Kitzler mit einer Hand stimulierend empfand ich den Posex ausgesprochen reizvoll. Hinzu kamen die wilden, versauten, schmutzigen Gedanken, die ich sogleich bekam – weitaus heftiger als beim üblichen »Gänseblümchensex«. Ich genoss es, gab mich dem wundervollen Moment hin, sog alles in mich auf. Es hatte schon was, ein Arschfick des Nachts im Winter in einem gut geheizten, dampfenden Freibecken eines Schwimmbads, versteckt zwischen all den aufsteigenden Dampfschwaden. Sein Schwanz bewegte sich tief in mir hin und her. Dabei bekam ich glatt eine Gänsehaut. Schauer durchliefen meinen Körper. Allmählich behinderte das Wasser nicht mehr, sondern es half, dass es richtig gut ging. So nahm mich Olli mit langen gleichmäßigen Bewegungen. Er keuchte bereits hinter mir vor Geilheit. Im Gegensatz zu ihm traute ich mich nicht recht hier herum zu stöhnen, so wie ich es sonst gern tat.

Zunehmend fickte er schneller, stieß mich härter. Meine Finger umkreisten meinen Kitzler wilder. Inzwischen hatten wir einen perfekten Rhythmus gefunden – ich hoffte nur, es schlug nicht zu auffällige Wellen. Bald war ich regelrecht in einem Rausch. Langsam spürte ich einen zunehmenden Druck in meinem Hintern. Vielleicht machte mich gerade das immer verrückter. War es nur sein bestes Stück, welches noch praller und praller wurde, sich durch meinen engen Schließmuskel immer weiter mit Blut füllte? Oder füllte sich mein Hintern durch die Bewegungen im Schwimmbecken langsam mit Wasser? Im Unterbewusstsein begriff ich zwar was los war, doch ich war machtlos etwas dagegen zu unternehmen. Ich wollte einfach dem Moment um jeden Preis voll auskosten, wollte selber dabei kommen. Wer kennt das nicht, wenn man im Angesicht eines näherkommenden Höhepunktes wie gelähmt ... wie gefesselt ist. Mehr und mehr drückte er mir hinein. Langsam wurde es unangenehm, doch ein wenig hatte dieses bizarre Gefühl auch seinen Reiz. Olli bewegte sich mit den Stößen tiefer und tiefer in mir. Meine Gedanken kreisten dabei darum, wie geil ich hier gerade den Po gefickt bekam und das meine langweiligen, prüden Freundinnen mit sowas nicht mithalten konnten. Oh ja man, der Schwanz, der da gerade das innere meines Arsches polierte, fühlte sich schon krass an. Derart vertieft in diese Sache, höllisch erregt durch die meine kreisenden Finger, begann ich am ganzen Körper zu zittern, zu vibrieren, zu zucken. Und dann lief es schließlich wie eine Tsunami-Welle durch meinen ganzen Unterleib – ein äußerst erfüllender Orgasmus überkam mich. Er dauerte lang. Ich wand mich, ertappte meine linke Hand, wie sich diese fest in meine linke Brust krallte. Schließlich entspannte ich mich langsam wieder.

In dem Moment stellte ich fest, dass indes auch Olli seinen Höhepunkt gehabt hatte. Jetzt wollte ich seinen Schwanz schleunigst loswerden und hegte nur den Wunsch mich gleich mal auf Toilette zu begeben. „Wir sehen uns dann einfach bei den Umkleidekabinen", sagte ich und verschwand. Auch wenn man oft erst danach die Rechnung präsentiert bekam, hatte ich es genossen. Als ich kurz darauf mit einem innigen grinsen unter der heißen Dusche stand und mich aufwärmte, spürte ich die noch immer in meinem Körper zirkulierenden Glückshormone. Die Aktion hatte sich gelohnt, keine Frage!

Wenn der Bruder zwei Mal klopft
Von Bianca & André

Als Christina an diesem Herbstnachmittag von der Schule heim kam, hatte sie nur eines im Kopf ... schmutzige Gedanken.

Sie hatte die langweilige letzte Stunde – trockene Wirtschaftskunde bei Frau Schneider – geschlafen. Na ja nicht ganz. Mit geschlossenen Augen den Kopf auf ihrer Schulbank gelegt, hatte sie an Sex gedacht. Ihre Gedanken kreisten, um Analsex ... um das besondere Gefühl einen Schwanz im Arsch zu haben. Vielleicht mit dem einen oder anderen Typ aus der Klasse? Dieser Gedanke faszinierte sie. Sie fühlte sich dabei wie die geile Bitch, auf die alle abfahren, weil sie diejenige ist, die die abgefuhrenen und versauten Dinge mitmacht, während die anderen alle nur langweiligen Gänseblümchensex praktizieren. Bei der Vorstellung kam sie sich besonders begehrt und erwachsen vor. Gedanken die ihren Unterleib zum kribbeln brachten. Kopfkino welches sie erregte.

All das hatte sie die Stunde hindurch dermaßen erregt, dass sie schon mit dem Gedanken gespielt hatte, auf die Toilette zu verschwinden und es sich rasch selbst zu machen. Doch sie hatte es nicht getan, denn sie dachte an die Möglichkeiten, welche sie daheim hatte. So war sie nun schnellstmöglich nachhause geeilt.

Kaum in ihrem Zimmer angekommen, landete ihr Rucksack in einer Ecke. Die Jacke gleich daneben. Eiligst zog sie noch Schuhe und Slip aus. Mit dem Rest wollte sie keine kostbare Zeit verschwenden. Zu groß war die Gier nach analer Befriedigung ihrer Lust. Socken, T-Shirt und ihr Jeansminirock waren da kein Hindernis.

Christina ging um ihr Bett herum zum Kleiderschrank. In einem Schubfach ganz unten, versteckt unter einer Tarnschicht von Klamotten, lag ihr wertvoller Schatz: ein Dildo, den ihr eine ältere Freundin besorgt hatte. Es war ein recht einfacher aus buntem Jelly, in Form eines lang-gezogenen Tropfens. An der dicksten Stelle maß er um die dreieinhalb Zentimeter. An der dünnsten nur gut an-derthalb Zentimeter. Lang war er allerdings an die zwan-zig Zentimeter. Sie mochte ihn!

Rasch holte sie von ihrem Schminkschrank noch eine Dose Nivea Creme. Ein Hechtsprung aufs Bett folgte und sie begann ihren Po zu streicheln. Mit beiden Händen knetete sie ihre Arschbacken, schob dabei ihren Rock nach oben. Nebenbei platzierte sie sich so, dass sie sich in dem großen Spiegel an der Tür vom Kleiderschrank von hinten sehen konnte. Was für ein sexy Anblick stellte sie fest und ging auf alle Viere. Dann öffnete sie die Ni-vea. Schon allein der Geruch dieser Creme steigerte ihre Erregung. Hatte sie diese doch schon oft zum Spielen mit ihrem Dildo missbraucht. Ein wenig von dem fetti-gen, weißen Zeug auf die Finger genommen, verteilte sie es auf dem Dildo. Ganz besonders auf der Spitze. Aufregung und Vorfreude machte sich breit. Sie konnte es kaum noch erwarten loszulegen.

„Na wie gefällt dir das? Hast du Lust mich zu ficken?" fragte sie in den leeren Raum, als sei da jemand. Noch-mals nahm sie Creme auf die Finger. „Nein, die Mushi ist was für kleine langweilige Mädchen, du darfst meinen Po haben!" hauchte sie dem imaginären Typen zu, wel-cher in ihrer Fantasie mit auf dem Bett kniete.

Christina verteilte die Creme sorgfältig auf ihrer Ro-sette. Dies erzeugte schon mal ein anregendes Gefühl. „Ja, so ist es gut", flüsterte sie. „Leck mich, mach mich bereit. Ich kann's kaum noch erwarten, dich in mir zu spüren." Sowie sie ihr Hintertürchen ausreichend einge-cremt hatte, griff sie zum Dildo. „Wenn du magst, darfst du mich jetzt in den Po ficken! … Ha ha, ja klar weiß ich, dass du das willst! Und ich bin ja keine von den anderen die das nicht zulässt. Also los, ich bin bereit!"

Mit der einen Hand zog sie ihre Pobacken auseinan-der, mit der anderen führte sie die Spitze ihres Dildos an ihre Rosette. „Aber mach bitte trotzdem schön langsam und sei vorsichtig, ja?"

In Gedanken hörte sie den Typen hinter sich auf ihre Frage antworten und entspannte sich. Dabei drückte sie den Dildo gegen ihren Schließmuskel. Es brauchte einen Moment, bis dieser nachgab, sodass ihr Spielzeug lang-sam eindringen konnte. Durch ihre Beine hindurch beo-bachtete sie die Pornoszene im Spiegel. „Wow dein Ding ist ja riesig!", stöhnte sie, als die dickste Stelle des Dildos den Widerstand des Ringmuskels überwand. Danach konnte sie den Rest, begleitet von einem leisen Stöh-nen, verhältnismäßig leicht hineinschieben. „Ja, das fühlt sich gut an!"

Als sie das Spielzeug, soweit es fürs Erste ging, in ih-ren Po geschoben hatte, stoppte sie. Mit beiden Ellen-bogen abgestützt, drehte sie sich etwas und labte sich dabei am Anblick ihres Spiegelbildes. Es sah geil aus. Richtig versaut! … Ja, ja die anderen Tussis aus ihrer Klasse mögen zwar die Heldenweiber sein, doch in Wirk-lichkeit war sie die, die ausgefallene Dinge draufhatte. Das stille, tiefe, schmutzige Wasser. Christina grinste ihr Spiegelbild an. Sie genoss einfach einen Moment lang ihre Gedankengänge. Genoss, wie sich ihr Po an den un-natürlichen "Fremdkörper" gewöhnte. Wie immer fühlte es sich erst einmal etwas gewöhnungsbedürftig an. Das Gefühl, als sei etwas in ihr, was da nicht hingehörte und was sie wieder hinauspressen sollte. Doch dann besann sie sich abermals ihrer versauten Sexgedanken. Prompt schlug das Gefühl in Erregung um. ... In den Drang danach mehr spüren zu wollen, vor allem Bewegung spüren zu wollen.

Als wollte sie damit jemanden antörnen ließ sie ihren Po kreisen. Im nächsten Moment streckte sie ihn wieder hoch hinaus. Mit ihrer Rechten ergriff sie den Dildo. Langsam begann sie diesen Hin und Her zu bewegen. Immer wieder ein interessantes Gefühl. „Ja, so machst du das gut!", sagte sie zu dem Typen in ihrer Fantasie. Das Gesicht aufs Laken gesenkt, gab sie sich ganz den Bewegungen hin, probierte dabei etwas herum, welcher Winkel der Beste war. Zugleich fing sie an sich mit der anderen Hand ihre Blume zu reiben. „Oh ja das ist es! Das ist so geil!" stöhnte sie. „Ich liebe es, wenn du mich in den Po fickst! Du kannst ruhig noch einen Zahn zulegen."

Nun bewegte sie den Dildo nicht mehr nur langsam in ihrem Po, sondern fickte sich damit etwas flotter. Sie zog ihn bis zur dicksten Stelle hinaus und ließ ihn wieder ganz hineingleiten. Inzwischen hatte sie sich daran gewöhnt und es ging spielend leicht. „Ja komm gib's mir, lass mich deine Po-Sex-Bitch sein. Fick mich richtig durch! Ohhh jahhh!" schrie sie, allmählich lauter als nur im Flüsterton.

Plötzlich klopfte es an ihrer Zimmertür. Doch sie war so in ihre geilen Gedanken vertieft, dass sie es nicht wahr nahm. Es klopfte ein zweites Mal und diesmal hörte sie es. Augenblicklich stoppte Christina. So ruhig es ging, verhielt sie sich, damit es schien als sei sie nicht da. Die Tür war eh abgeschlossen ... oder doch nicht?

Die Klinke senkte sich. Dann begann sich die Tür zu öffnen. „He Chris, alles okay bei dir?"

Scheiße!!! Sie hatte vor lauter Erregung und vertieft in Gedanken an ihr Vorhaben ganz vergessen abzuschließen. Flink zog sie den Rock zurück über ihren Po, doch es war bereits zu spät. Ihr vier Jahre älterer Bruder Marc stand bereits in der offenen Tür. Sein Blick fiel genau auf sie: wie sie auf dem Bett kniete, ihren Jeansminirock hochgeschoben, den Po nackt und etwas steckte tief drin. Er sah es gerade noch bevor sie ihren Rock richtete. Erschrocken setzte sich Christina auf ihr Bett. Ihr Gesicht begann sich zu röten. Oh das war peinlich! Verdammt, wie konnte sie nur vergessen abzuschließen!? Und was sollte sie jetzt tun? Wie sollte sie reagieren? Das war eine doofe Situation! Am liebsten wäre sie im Boden versunken. Als sei sie zu Stein erstarrt saß sie da, blickte ihren Bruder groß an.

Im ersten Moment schien es als würde Marc gleich wieder verschwinden, um sie nicht weiter zu stören, doch dann meinte er: „Was war das denn Schwesterchen?" Er machte eine Pause, kam ganz herein und schloss die Tür hinter sich. „Ich hatte ungewöhnliche Geräusche gehört und wollte nur mal sehen, ob alles okay ist. Hatte ja keine Ahnung, worin du hier gerade vertieft bist ..." Marc setzte sich auf das Bett neben sein Schwesterherz, die immer noch versteinert da saß. „Keine Angst Kleine, ich sag' Mom und Dad nichts davon. Du kannst dich wieder rühren!"

„Verdammt, ich dachte, ich hätte zugeschlossen!" stotterte Christina leise. Marc beruhigte sie: „Ach mach dir nichts draus. Ist nicht so wild, sowas passiert. Ich hole mir auch manchmal mal einen Runter und wurde schon von Mom ertappt. Egal! ... Sah aber scharf aus! Sag mal, hattest du etwa 'nen Dildo im Arsch?"

Letztere Frage trug keineswegs zu ihrer Entspannung bei. Herum stammelnd suchte Christina nach Worten.

„Ähm, na ja, äh ..." Scheiße, dachte sie, er hat es ja doch gesehen. Sie war nicht schnell genug gewesen. „... Ja hatte ich" gab sie schließlich kleinlaut zu.

Marc begann regelrecht zu feiern und zu toben. „Wah ...joo, wuhu!! Meine kleine Schwester steht auf Analsex, ich geh' kaputt. Voll krass, seit wann lässt du dich schon in den Arsch ficken?" wollte er neugierig wissen. Verlegen antwortete sie: „Eigentlich noch gar nicht, ich mach' mir es nur manchmal selbst auf diese Weise. Ist halt irgendwie geil versaut." Verblüfft sah Marc seine Schwester an: „Echt? Wie lang machst du das schon? Und richtig hat dich noch keiner so gefickt?" Allmählich begann Christina zu lachen. „Ja echt, ich liebe das irgendwie. ... Mach das bestimmt schon ein Jahr. Hab erst mit ''nem Finger angefangen, dann mal mit 'einer dünnen Kerze oder dem Griff einer Haarbürste. Inzwischen hab ich aber meinen coolen Willi. ... Aber einen Typen ... ich weiß nicht. Ein Schwanz ist noch größer. Zudem müsste ich genug Vertrauen haben. Die wollen doch alle nur Rammeln, aber haben keine Ahnung wie sie es so machen müssen, das es gut ist – sagt zumindest meine Freundin Doro, die das schon probiert hat."

Marc winkte ab: „Ja die Typen in deinem Alter, lass mal lieber! Bleib bei deinem Willi. Andererseits ..." Der Gedanke, wie sich seine Schwester in den Arsch ficken lässt, wie sie dabei abgeht, es will, ja sogar voll darauf abfährt, erregte nun auch ihn. Kurz überlegte er. Sollte er? Oh Gott der Gedanke war verrückt. Aber vor ein paar Jahren hatten sie sich schon einmal gegenseitig an ihren Geschlechtsteilen herumgespielt. Komisch fanden sie es beide nicht. So begann er unter ihr T-Shirt zu greifen und ihre kleinen festen Möpse zu streicheln. „... Ich hab durchaus Erfahrung damit, weiß wie man es macht ... und deinem Bruder kannst du schließlich vertrauen!"

Christina sah ihn mit großen Augen an. Hilfe das war verrückt, was er da in den Raum warf. Andererseits war da sofort eine innere Stimme in ihr, die lautstark rief: so schlecht ist die Idee in der Tat nicht! Gerade war sie eh so geil, dass sie ihr Spielchen unbedingt fertig machen wollte. Sie spürte wieder den Dildo, welcher immer noch tief in ihrem Po steckte. Einerseits wollte sie ihn gern herausziehen, denn so ohne jegliche Bewegung war es doch recht störend. Auf der anderen Seite erregte es sie fortwährend. Nach einem sehr stillen, quälend langen Moment meinte sie schließlich: „Aber du bist mein Bruder. Das ist doch verboten!" Kopfschüttelnd erklärte Marc: „Sex unter Geschwistern ist nur verboten, weil es zu behinderten Kindern kommen kann. Aber seit wann kann man von Analsex schwanger werden?" … Stimmt, dachte Christina. Sie grinste verlegen. Es kostete sie zwar noch einen Augenblick Überwindung, doch dann nickte sie. „Okay! Lass es uns probieren."

„Na dann dreh dich mal um!", sagte ihr Bruder mit einem vorfreudigen lachen. Ebenfalls lachend drehte sich Christina von ihm weg, kniete sich hin, beugte sich vor und stützte sich auf ihre Ellenbogen. Rasch schloss Marc das Zimmer ab. Eine weitere Überraschung wäre unter den Umständen deutlich ungünstiger. Schnell entledigte er sich noch seiner Hose. Dann entdeckte er die Nivea Creme auf ihrem Bett. „Oh, du hast an alles gedacht. Keine schlechte Idee." Er griff zu der Dose, nahm zwei Finger voll Creme. Sorgfältig verteilte er sie auf seiner Eichel, sowie etwas auf dem Rest seines in kürzester Zeit hart gewordenen Gliedes. Schließlich wollte er das es gut gleitet, um seinem Schwesterherz nicht weh zu tun – schon gar nicht beim ersten Mal Anal.

Während dessen beobachtete Christina ihren Bruder. Ob es wohl so viel anders sein wird einen Penis in den

Po zu bekommen, anstelle ihres Dildos? Ob es wohl unangenehm sein würde, ja vielleicht sogar weh tun könnte? Der Penis ihres Bruders war schon etwas größer als ihr Willi. Zudem konnte sie sich erinnern auch bei diesem – als sie ihn das erste Mal verwendete – ein wenig Schmerzen gehabt zu haben. ... Aber nein, da lag es daran, dass sie keine Creme genommen hatte und zu stürmisch, wie auch nicht entspannt genug war. Also zog sie abermals den Rock hoch und entspannte sich.

Marc ging neben ihr auf die Knie. Wie er sah, konnte es seine kleine Schwester kaum noch erwarten. Nur ihr Loch war noch nicht ganz bereit – es war immer noch besetzt! Vorsichtig begann er am Griff des Dildos zu drehen. Nach den fünf bewegungslosen Minuten ging es jedoch etwas schwer. Der Po seiner Schwester hatte sich anscheinend zu sehr an das Sexspielzeug gewöhnt, wollte es nicht so leicht hergeben. Erst nach einigen Augenblicken konnte Marc den Dildo ohne großen Widerstand bewegen. Langsam zog er ihn heraus. Dabei gab Christina ein leichtes Wohlfühlknurren von sich. Ohne lang zu zögern, hockte sich Marc über den knackigen, runden, jungen Mädchen-Po. Er drückte seinen Schwanz hinab, an die immer noch leicht geöffnete Rosette. Gern hätte er den Moment länger ausgekostet, ja am liebsten sogar mit seinem Handy festgehalten, doch er wollte eindringen, bevor sich ihr Hintertürchen wieder ganz schloss. Er sah, dass Christina im Hohlkreuz da kniete und sich entspannte. Keine Frage, sie war bereit. Sie wusste wohl von ihren Spielchen genau wo es lang ging.

Vorsichtig drang er in den engen Po seiner Schwester ein. Es ging erstaunlich leicht. Bei den paarmal, die er Analsex mit Antje – dieser immer geilen „Love-Peace-Öko" Kommilitonin von seiner Uni – hatte, war es zum Anfang immer recht schwierig. Er musste sehr langsam

machen und sie brauchte stets einige Eingewöhnungs-
zeit. Doch bei Christina war dies anders. Sein Schwanz
flutschte geradezu hinein – fast wie von selbst. Dennoch
war der Arsch seiner Schwester herrlich eng – eigentlich
sogar noch enger als der von Antje, wenn die erst einmal eingefickt war.

Christina sagte keinen Mucks. Sie bat ihn nicht zu
warten oder nicht zu tief einzudringen, sie jammerte
nicht herum. Nein, sie kniete da, stöhnte leise, hörte sich
an wie eine die es genoss.

In der Tat genoss sie es. Dieses Gefühl war überwältigend, viel besser als ihr geliebtes Spielzeug. Wow, sie
hatte einen echten Schwanz im Po. Konnte sie das glauben? Ein wunderbar natürlich warmes Ding und trotz
dass er vor Erregung steinhart war, fühlte er sich dennoch weicher an als ihr Dildo. Selbst die Größe war angenehm. Nicht einmal weh getan hat es, als ihr Bruder
ihn hineingeschoben hatte. Spielend hinein geglitten
war er, obgleich sie im ersten Moment dachte: wow, der
fühlt sich noch viel größer an. Zwar spürte sie, wie gespannt ihre Rosette jetzt war, doch all das fühlte sich
schlichtweg genial an.

Marc beobachtete fasziniert seine kleine Schwester,
diese geile Sau! Er streichelte ihre süßen Pobacken, während sein Ständer glänzend dazwischen verschwand. Für
den Anfang nahm er sie erst einmal ganz langsam. Dafür
drang er so weit es ging in sie ein. Fast die komplette
Länge seines Schaftes konnte er in ihr versenken. Soweit
hatte auch sie ihren Dildo nie hineingeschoben. Herrlich
wie sie dabei überwältigt keuchte.

Während sie von ihrem Brüderchen gemächlich gefickt wurde, stellte sie sich vor, wie geil es jetzt wohl gerade für ihn war und wie heiß es wohl aussehen musste.
Eine Tatsache die ihre Lust zusätzlich puschte. Da fielen

ihr die Spiegel am Schrank ein. Ein wenig gedreht blickte sie auf. Sah sich von vorn und hinter ihr sah sie ihren Bruder, der über ihrem weit in die Luft gestreckten Po hockte und mit, vor Geilheit verzerrtem Gesicht, sein Glück nicht fassen konnte. Es sah ziemlich heiß aus, doch das reichte ihr nicht. Sie wollte mehr sehen.

„Los, lass uns mal wechseln, damit ich alles besser sehen kann!" schlug sie sofort vor. Marc stoppte. Keine schlechte Idee, zumal er sich ohnehin schneller als gewünscht einem Orgasmus näherte. Noch wollte er nicht kommen, wollte diesen vielleicht einmaligen Moment maximal auskosten. Da kam ein Stellungswechsel gelegen. „Wie willst du es?", fragte er. „Keine Ahnung", antwortete sie. „So, dass ich mehr sehe. Vielleicht sollten wir uns einfach nur drehen?" Eines wollte sie auf jeden Fall, weiter von hinten genommen werden. Das gehörte in ihren Gedanken irgendwie zum Po-Sex, wie die Schüssel zur Suppe. Zudem liebte sie den Gedanken sich auszuliefern, sich dem Mann dabei ganz hinzugeben, zu unterwerfen, ihm einfach nur den Po anzubieten und zu genießen.

Das Kopfkissen brachte sie auf eine passende Idee. Sie legte sich darüber auf den Bauch. Damit lag ihr Po etwas erhöht, gerade zu perfekt. Eigentlich auch gut um erst mal den Po versohlt zu bekommen, sinnierte sie. Doch sie konzentrierte sich schnell wieder auf ihren Bruder, brannte einfach zu sehr darauf, den Schwanz zurück im Po zu haben. Gerade fühlte er sich regelrecht leer an! Mit beiden Händen griff sie nach hinten und zog ihre Arschbacken weit auseinander. „Los steck ihn wieder rein und fick mich weiter!" Ihre bettelnde Stimme klang heißer vor lauter Endorphin.

Dieser Satz aus dem Munde seiner Schwester plättete Marc. Zugleich machte er sich dran der Aufforderung schnellstens nachzukommen. Er setzte sich auf ihre Oberschenkel, drückte seinen Schwanz hinab gegen ihre inzwischen wieder geschlossene Rosette, die zwischen den weit auseinandergezogenen Pobacken sehnsüchtig wartete. Wie in Zeitlupe, um es maximal auszukosten, schob er seinen Ständer nach vorn. Dabei beobachtete er, wie die Eichel erst gegen den Muskel drückte, ihn dann langsam aufstemmte und sich Zugang verschaffte. Millimeter für Millimeter bohrte sich die Spitze seines Schwanzes hinein, begleitet von Christinas erfülltem Stöhnen. Schließlich verschwand die dicke Eichel ganz. Der Rest seiner harten Stange folgte etwas schneller. Schließlich rutschte er noch etwas besser in Position und forderte seine Schwester auf ihre Pobacken jetzt wieder loszulassen.

Sie tat es. Auf dem Bauch liegend, drehte Christina den Kopf zur Seite, sodass sie weiterhin alles im Spiegel beobachten konnte. Sie sah sich über dem Kissen liegen, den Rock hochgeschoben, den nackten Po erhöht, als würde sie gleich den Hintern versohlt bekommen. Sie bekam auch in der Tat den Arsch voll, nur eben etwas anders. Was für ein Reality-Porno! Erregt verfolgte sie, wie der harte Schwanz ihres Bruders von schräg hinten in ihrem Po verschwand. Während sie das geschehen wie eine außenstehende im Spiegel mit beobachtete, spürte sie zugleich das aufregende Gefühl. Dieses große, warme Ding ... Am liebsten hätte sie es regelrecht eingesaugt, fühlte genau wie tief er eindrang und ihn wieder zurückzog. Hilfe, das hatte einfach was total Versautes. Gab es eine Möglichkeit diesen Moment zu konservieren? Ihn für später abzuspeichern? Gott, sie wollte einfach diese Empfindungen von eben, ihre Emotionen, das Gefühl unverblasst in ihrem Gedächtnis behalten – noch ganz lang. Denn wer weiß, wann sie das nächste Mal in den Genuss kam.

In jener Stellung fühlte sich der Hintern seiner Schwester noch enger an als zuvor. Während sie den Anblick im Spiegel, oder einfach mit geschlossenen Augen genoss und dabei an ihren Fingern lutschte, starrte Marc auf den Arsch vor sich. Dieser war echt das geilste, in das er je seinen Schwanz stecken durfte. Verdammt, warum war dies seine kleine Schwester und nicht seine Freundin?

Nun begann aus Christinas leisem Stöhnen ein lautes lustvolles Keuchen zu werden. Ihre zweite Hand hatte sie mittler Weile unter ihren Schoß geschoben. Da flehte ihr Kitzler nach Aufmerksamkeit. Da sie ohnehin schon bis zum Anschlag aufgeladen war, dauerte es nur noch Momente, bis sie zu zucken begann. Der Höhepunkt war die pure Erfüllung. So heftig war sie durch anale Spielerein noch nie gekommen.

Is Marc das sah, war es auch um ihn geschehen. Zu lang hatte er sich bereits zurückgehalten. Jetzt konnte er nicht länger. Im nächsten Moment floss zum ersten Mal heißes Sperma in den Arsch des jungen Mädchens. Sie konnte es spüren und krallte sich am Laken fest. So fühlte sich das also an! Ausgesprochen geil, stellte sie fest. Leider gab es ja keine Abspritzfunktion an ihrem Dildo. Das wollte sie schon ewig mal spüren. Wie ihr Bruder dazu hinter ihr aufstöhnte, sein Schwanz in ihr zuckte – es war einfach nur der Hammer. Den analen Orgasmus kannte sie schon, doch das war neu.

Langsam kamen beide zur Ruhe. Kurz streichelte Marc noch den Rücken seiner Schwester, dann zog er ganz vorsichtig seinen Schwanz aus ihrem leicht zuckenden Po. Ein kleiner Tropfen seines Saftes folgte. Doch

Christina war bemüht den Rest drin zu behalten, um keine Sauerei im Bett zu hinterlassen. Sie rollte sich von ihrem Kissen, legte sich auf den Rücken und grinste. „This Ass-Sex fucking ruled!", meinte sie begeistert im englischen Pornoslang. Sie würde wohl in Zukunft öfters ihren guten Willi gegen einen echten Schwanz tauschen. ... Nicht immer, aber sicherlich immer öfter! Und das heutige Erlebnis blieb ein besonderes Geheimnis zwischen beiden, das sie fortan noch enger verband.

Lang und verführerisch
Von Bianca

Inzwischen war es wieder einmal Herbst, die Bäume hatten sich bunt gefärbt, das Laub viel von ihnen herab. Bei mir machte sich wie jedes Jahr um diese Zeit die übliche Herbststimmung breit – ein gewisser Blues, dass der Sommer, vorüber war und der kalte, dunkle, triste wie auch graue Zeit an die Tür klopfte. Auf der anderen Seite aber auch eine leichte Freude auf die Vorzüge dieser Jahreszeit: baden im Kerzenschein, in nachmittägliche Teezeit am Kamin, sich beim Fernsehen in die Decke einzukuscheln, während es draußen stürmt und wieder mehr Lederkleidung tragen. Leder war schon lange mein Fetisch. Ich stand seit meinen späten Teenager-Jahren darauf, liebte dieses Material, das Gefühl, den Geruch, es zu tragen. Ganz besonders mochte ich Röcke und hier gern auch längere.

Dies war zudem die Zeit, in der ich meinen späteren Mann kennenlernte. Wir hatten uns bereits einige Male getroffen, waren allerdings noch in der Datingphase. Zudem stand ich total auf harte Rockmusik aller Art. Neben Ramstein, Evanescence und einigen anderen Bands dieser Art mochte ich ebenfalls die Scorpions. Ich hatte Karten für ein Konzert der Sting-in-the-Tail-Tour. Leider konnte meine beste Freundin diesmal nicht. So fragte ich jenen Mann, den ich damals gerade Datete. Er stand zwar auch total auf Hardrock, jedoch eher auf die amerikanischen Klassiker der Achtziger. Dennoch willigte er ein, mich zu begleiten. Wir verabredeten uns bei mir am Nachmittag, um erst noch etwas Zeit für einander zu haben, bevor es aufs Konzert ging.

Vorab sprach ich mit meiner besten Freundin – mit der hab ich auch schon so einige versaute Erlebnisse hatte. Ich bat sie um Rat bei der Wahl meiner Kleidung. Ein wenig hatte ich im Hinterkopf den Herrn zu verführen, schließlich wollte ich ihn von Anfang an! Der Gedanke, dass wir nach einem heißen Rockkonzert noch ordentlich das Bett gemeinsam rocken könnten, trieb mich an.

Meine Freundin und ich waren uns schnell einig, dass ich etwas aus Leder anziehen würde – das passte schließlich zum Rockkonzert. Erst dachte ich an eine knackige Lederjeans, doch da ich Röcke stets bevorzugte, tendierte ich eher dazu. So heiß Lederhosen waren, ich wusste, dass Männer im Allgemeinen eher auf Damen in Röcken abfuhren. Die Frage war nur, welchen Rock ich anziehen würde. Einen kurzen mit hohen Stiefeln meinte ich, damit bekäme ich diesen Herren am ehesten verführt.

Meine beste Freundin war jedoch deutlich anderer Meinung. Sie sagte daraufhin, so könnte ich mir auch gleich ein Schild umhängen und »fick mich« draufschreiben. Wenn ich den Herren ernsthaft verführen wolle, und zwar nicht nur für eine Nacht, sollte ich etwas Stilvolleres tragen.

Da ich mit ihr gemeinsam gelegentlich derartige Kleidung shoppen ging, wusste sie, was ich im Schrank hatte. „Zieh den neuen langen an" riet sie mir. „Wieso den?", wollte ich wissen. Darauf hin erklärte sie mir: „Süße, Leder an sich sagt schon mal über dich aus, dass du Lust auf Sex hast und dass du keinen Gänseblümchensex magst, sondern auf härteres, ausgefalleneres stehst! Wenn du einen kurzen trägst, hat das eher etwas von einer Nutte, Striptänzerin oder einer notgeilen Tussi, die 'nen One-Night-Stand braucht. Also ist das nix, falls du den Mann ernsthaft willst. Ziehst du aber den langen an, zu dessen Kauf ich dich überredet habe, wird er Augen machen. ... Frauen in kurzen Rücken gibt es viele Ecke, aber welche in den passenden langen, die zudem sexy sind, findet man selten. Damit hebst du dich ab! Der hohe Schlitz hinten zeigt immer noch genug Bein. Zugleich bist du aber auch geheimnisvoll. Männer wollen etwas haben, dass ihre Fantasie anregt und was sie ausziehen können. Zudem hat es auch etwas Elegantes und leicht dominantes. Als wir in Kambodscha waren, fandest du auch, dass die Dienstmädels im Hotel in ihren langen Röcken, was erstaunlich Weibliches ausstrahlen."

Mit diesen Argumenten – die mir einleuchteten – überzeugte mich meine Freundin, das Experiment zu wagen. Der Tag kam. Im frühen Nachmittag machte ich mich fertig. Ich machte mir die Haare, trug dezent etwas Make-up auf – wusste ich doch, dass er es möglichst natürlich mochte. Dann entschied ich mich für ein einfaches enges, dunkelgraues T-Shirt und dazu holte ich den kürzlich erworbenen, noch nie getragenen Rock aus dem Schrank. Er war aus weichem Lammleder, lang, schwarz, glatt, gerade geschnitten, aber dennoch Pobetonend und er hatte diesen verführerischen, bis über die Kniekehlen reichenden Schlitz auf der Rückseite.

Mich selbst im Spiegel beobachtend, stieg ich hinein, zog ihn langsam hoch bis über meine Hüften und den Po. Irgendwie fand ich das schon etwas antörnend, denn der Rock bot einfach mehr als ein Kurzer – mehr Material, das quasi die Hälfte meines Körpers umhüllte. Dazu legte ich noch einen breiten, Metall besetzten Ledergürtel an, welcher locker um meine Hüften lag. Er hatte etwas von einem Patronengurt. Das würde auch fürs Konzert sehr gut passen. Braune Stiefel rundeten das Bild ab.

Ich drehte mich vor dem Spiegel, betrachtete mich, schwang meine Hüften etwas, lief etwas hin und her. Es sah schon cool aus wie der Rock sich beim Gehen bewegte. In meinen Gedanken versuchte ich mir vorzustellen wie es auf ihn wirkte. Wenn ich an mir hinab sah, hatte ich zwar ein wenig das Gefühl, eine Schürze zu tragen, aber das hatte auch etwas, denn es erinnerte mich an eine ausgefallene Kinky-Aktion mit meiner besten Freundin. Ich kam mir darin definitiv elegant, sexy und erhaben, ja fast schon etwas dominant vor. Fehlte eigentlich nur noch eine Peitsche, schoss mir durch den Kopf. Mein Spiegelbild grinste mich bei diesem Gedankengang frech an. Auch mein Po sah darin verdammt knackig aus, das hatte ich so gar nicht in Erinnerung. Der Rock umspannte ihn herrlich, besonders wenn ich in die Knie ging. Immerhin trug ich diesen Rock zum ersten Mal – zumindest bewusst, denn im Laden hatte ich ihn nur kurz an, meiner Freundin zuliebe. Doch da für mich schon fest stand, diesen nicht kaufen zu wollen, betrachtete ich mich nicht wirklich drin. Es war meine Freundin, die mich auf dem Weg, ihn zurück ins Regal zu hängen, doch noch überzeugte das Teil mitzunehmen. ... Ich würde es nicht bereuen, zwinkerte sie mir zu. So betrachtete abermals ich mein Spiegelbild und fragte mich, wie der Rest des Tages wohl verlaufen würde. Da wir noch nicht so oft zusammen ausgegangen waren, war ich nach wie vor etwas aufgeregt.

Eine halbe Stunde später kam er. Ich werde nie seine großen Augen vergessen, als er aus dem Auto stieg und mich das erste Mal in diesem Kleidungsstück sah. Es hatte ihn offensichtlich verblüfft, anscheinend sogar überrascht, ja vielleicht sogar vollends seinen Geschmack getroffen. Wir entschieden uns gleich erst einmal eine Runde spazieren zu gehen. Meine Eltern hatten ihren Hund den Tag über bei mir abgegeben. Mit ihm machten wir uns auf den Weg. Immer wieder bemerkte ich, wie seine Blicke an mir klebten, wenn er glaubte, ich bekomme es nicht mit. Bewusst lief ich oft ein wenig vor ihm oder er ließ sich gelegentlich etwas zurückfallen, um meine Rückansicht zu genießen. Kein Wunder, ich wusste ja, wie knackig mein Arsch wirkte, besonders wenn ich mich hinhockte, um einen Stock aufzuheben, welchen ich dann für den Hund warf.

Wir schlenderten durch ein Wäldchen. Das Wetter war kühl, grau, etwas windig. Alles lag voll von buntem Laub. Die gefärbten Bäume waren das einzig heiter wirkende an dem tristen Herbsttag und dennoch empfand ich alles ganz anders als sonst. Irgendwie wundervoll. Passend und auf eine ganz eigene weise schön. Lag es an meiner Gefühlslage? Der Rock passte jedenfalls perfekt in diese Szene und ich fühlte mich unglaublich sexy während ich so den Waldweg an seiner Seite dahin lief. So anziehend hatte ich mich noch nie in Herbstkleidung gefühlt.

Nach dem Spaziergang entschieden wir uns dazu bei mir eine Teatime einzulegen. Als wir ins Haus kamen und ich meine Jacke auszog, bemerkte ich erneut wie er mich musterte. Was ging wohl gerade durch seinen Kopf? Ich hatte ihn vollkommen verblüfft, verriet er mir einige Zeit danach. Hatte genau das erzielt, was meine Freundin mir vorausgesagt hatte. Er meinte später, ich wäre super sexy aber eben nicht billig oder optisch aufdringlich herübergekommen. Verführerisch aber dennoch geheimnisvoll. Die Lust auf Sex äußernd aber mit Stiel. Und ich habe bei ihm die Fantasie auf ausgefallene

Sexspielchen geweckt. Habe damit den Eindruck gemacht, dass ich im Bett keine Schlafmütze bin und Dinge mitmache die manch Andere nicht macht – Bingo!

Während er auf einem Barhocker am kleinen Tisch in meiner Küche Platz nahm, machte ich uns einen Irish Coffee. Die ganze Zeit beobachtete er mich. Seine Blicke sprachen Bände, klebten förmlich an mir, als konnte er nicht genug von diesem Anblick bekommen. Dadurch fühlte ich mich so gewollt wie noch nie.

Gemütlich tranken wir unseren leckeren Kaffee mit Schuss, erzählten, amüsierten uns und fingen an zu flirten. Er begann mir Komplimente zu machen, wie toll ich aussah, was für schöne Haare ich hatte. Ihm gefiel mein leicht Gotik angehauchter Stiel mit meinen langen, tiefschwarzen Haaren und Pony. Aber er sah mit seinem Gentleman Haarschnitt und gepflegtem Dreitagebart auf echt lecker aus! Nach etwas zögern komplimentierte er dann auch noch mein Outfit. ... Besonders der Rock sähe »geil« aus, fügte er abschließend hinzu. Fast schien es, als hätte er Angst, ich könne auf die Idee kommen, er habe einen Lederfetisch. Innerlich grinste ich, mir käme es ja entgegen, denn ich hatte diesen definitiv. Mein Stil würde mich von der breiten Mehrheit auf eine interessante Weise abheben, fand er. Im nächsten Moment legte er mir eine Hand auf den Oberschenkel. Er streichelte diesen leicht, ertastete das weiche, warme Leder, genoss sichtlich wie es sich anfühle. Ich konnte erkennen, dass Leben in seine Hose kam, obgleich ich mir davon nichts anmerken ließ. Ich grinste ihn einfach an, überlegte kurz wie ich reagieren sollte, stellte dann aber fest, dass das Momentum ja auf meiner Seite lag. Daher beschloss ich die Angel, an der ich ihn hatte, etwas einzuholen in dem ich in die Offensive ging. „Fühlt sich gut an, oder?", fragte ich mit einem Augenzwinkern. „Allerding! ... Nicht nur gut, sondern erregend" gab er zurück. Es war so süß wie es ihn erregte, er aber versuchte dies zu verbergen und Haltung zu bewahren. Ich mochte einfach Gentlemans, die zu Beginn nicht gleich über einen herfielen, wen man ihn etwas Erregendes bat. Stattdessen flüsterte er mir ins Ohr, wie es ihn angetörnt hatte, mich zu bei unserem Spaziergang zu betrachten. Wie heiß er meine Rückansicht fand, den äußerst knackig wirkenden Po. Wie er den Anblick genoss, wenn meine Beine beim Laufen durch den Schlitz im Rock zum Vorschein kamen. Zudem wie sich der Rock beim Gehen bewegte und wie er über meinen Beinen lag, während ich auf dem Barhocker saß.

Als er so nach an mir war, fühlte ich seinen Atem an meinem Hals. Prompt breitete sich eine Gänsehaut an einigen Stellen meines Körpers aus. Zugleich sog ich den Duft seines Parfüms auf. Eine männlich herbe Note und trotzdem auch leicht süßlich frisch. Okay, wer von uns war in diesem Moment mehr vom Anderen angetan?

Mit tiefen Blicken wollte er wissen, ob ich so etwas öfters trug. Daraufhin verriet ich, dass ich diesen Rock zum ersten Mal anhatte, aber ich gestand auch meinen Lederfetisch, verriet, dass ich noch weitere Kleidung aus diesem Material besaß. Es erregte sichtlich seine Aufmerksamkeit. Später, im Laufe der Zeit stellte sich heraus, dass er meine Vorliebe für dieses Material unheimlich liebte. Er verriet mir, dass ich in diesem Outfit den Eindruck erweckte etwas Besonderes zu sein. ... Jemand der Sexhungrig war, aber es nicht ganz so offen zeigte und keine Person ist, die man mal eben so für eine schnelle Nummer abschleppen konnte. Jemand der im

Bett kein Langweiler ist und bestimmt auch Dinge mitmacht, die nicht jede macht. Jemand für den auch Themen in Richtung BDSM nicht uninteressant wären – schließlich würde ich in dem langen Lederrock schon den Hauch einer Domina innehaben. Wie recht er doch hatte ... Ich war dank meiner Freundin tatsächlich gerade auf dem Weg dieses Thema zu entdecken. Dabei gab es gelegentlich auch mal eine dominante Seite an mir. Hin und wieder mal die Rolle einer Herrin zu spielen, den Ton anzugeben ... jep das lag mir! Bei ihm, der in seinem Job das Sagen hatte und dort von Frauen umgeben war, die meist kurze Röcke trugen, war dies etwas völlig anderes. Genau das richtige!

Allmählich kamen wir auf das Thema Sex zu sprechen, tasteten uns langsam heran, die Vorlieben des anderen herauszufinden. Hierbei erzählte ich ihm, Kleidung aus Leder nicht nur zu mögen, sondern diese auch gern beim Sex zu tragen. Es hatte für mich einen gewissen extra Kick, war mein Kink! Ihn reizte es eben so, wenn Frau beim Sex nicht ganz nackt war. „Nackt sehen alle irgendwo gleich aus, aber ein interessantes, heißes Outfit gibt die richtige Würze für ein feurig scharfes Liebesspiel. Das sprichwörtliche Dressing für den Sexsalat sozusagen", fand er. Der Meinung konnte ich mich nur anschließen. Mich reizte es ebenso, wenn der Herr noch ein klein wenig verpackt und verziert war. Solch ein Harness zum Beispiel ließ meine Gedankengänge regelrecht wild werden.

Er indes verriet: Mein jetziges Outfit sei ein hochinteressantes, exotisches Gewürz, welches ihn Reizte, dieses zu probieren. Somit ließ er durchblicken wonach ihm gerade war. Ich nickte, meinte dann allerdings: „So fantasieanregend, erotisch mein Rock für dich sein mag, er dürfte für Sex etwas unpraktisch sein. Da sind kurze schon deutlich besser! Die kann man einfach nur hoch-schieben." Hier gab er mir recht, fügte dann aber hinzu, dass der Reiz jedoch in dem unüblichen bestand. Darin mal was Anderes zu probieren. Diese Einstellung gefiel mir, entsprach sie doch ganz der meinen! Langsam fing es an in meinem Bauch merklich zu kribbeln. Es war diese aufkommende innere Vorfreude, wenn man das Gefühl hat, da bahnt sich etwas Aufregendes an. In mei-nem Kopf begann es zudem die Fantasie zu beflügeln. Ich bekam plötzlich richtig Lust auf ein kleines Nümmer-chen. Nur wie sollte dieses aussehen? Dies fragte ich schließlich auch ihn. Er grinste. „Steh mal auf" meinte er. Nach einer kurzen Pause folgte ein: „Dreh dich!" Dieser Bitte kam ich gern nach, während er sichtlich den An-blick genoss. Kaum hatte ich ihm den Rücken zugedreht, spürte ich seine Hand auf meinem Po. Er streichelte dar-über, ertastete abermals das Material, ließ meine kna-ckige Rundung auf sich wirken. Mich erregte es sehr, an wie er meinen Arsch berührte. Ich beugte mich leicht nach vorn, streckte den Hintern heraus um ihn noch knackiger erscheinen zu lassen. Die wachsende Beule in seiner Hose war inzwischen unverkennbar.

„Sieht höllisch geil aus wie du in dem Rock so da stehst!" Es schien ihn in den Fingern zu jucken darauf-hauen zu wollen. Man konnte ihm diesen Gedanken ge-radewegs vom Gesicht ablesen. „Mach ruhig!", flüsterte ich. Sanft gab er mir einen Klaps. Oh das fühlte sich in-teressant an, machte mich immer schärfer. Das leichte Kribbeln in mir entwickelte sich zu einem Bienen-schwarm in meinem Bauch. Als er bemerkte wie es mich antörnte, zog er mich näher an sich, packte mir fest an den Arsch. Dabei rutschte er auf dem Barhocker etwas zurück und deutete an, ich solle mich über seine Ober-schenkel beugen. Wow, dafür das wir noch nicht viele

Dates hatten, ging es nun gleich richtig los. Ohne zu zögern, tat ich es, kam jetzt richtig in Fahrt.

Über die Knie meines Dates gelegt, spürte ich wie der Rock um meinen Po spannte. Ein Bild für die Götter, welches ich ihm damit vermutlich bot. Es brachte mich glatt dazu mir auf die Unterlippe zu beißen. Etwas zögerte er – ich glaubte, nicht dass er sich nicht traute, sondern dass er einfach den Moment genoss. Um so überraschte war ich, als mich plötzlich ein Klaps traf. Weh tat es überhaupt nicht, aber es klatschte herrlich. Der Rock fing alles ab, sodass es einfach nur ein irres Gefühl war. Unglaublich, ließ ich mich wirklich gerade spanken? Verrückt! Er gab mir ein Klitsch nach dem anderen, während ich immer feuchter wurde. Das gute war – dachte ich mir so – dass er diesen Rock wegen seiner Länge nicht einfach hochschieben konnte. Mir den nackten Arsch versohlen zu lassen wäre mir in diesem Moment doch etwas viel gewesen. Zudem hätte es mit Sicherheit auch weh getan. Diese gewisse Verhüllung war dann doch ganz angenehm – physisch wie auch psychologisch.

Schließlich stoppte er, streichelte meinen Po nur noch sanft. Anscheinend hatte er dasselbe eben auch bemerkt. „.... So unendlich heiß das ist, aber hier ist dein Rock nun doch eher unpraktisch. Einen kurzen könnte man einfach hochschieben." Ich lachte: „Hat auch seine Vorteile für mich!" „Ja, ich verstehe schon" grinste er. „Aber wenn das so ist, sieht es mit vögeln bissel schlecht aus?"

Ich erhob mich von seinen Oberschenkeln, betrachtete mich, betrachtete meinen Rock. „Naja auch einfach hochschieben. Ist lediglich etwas mehr und geht nicht in jeder Stellung. Lass es uns doch mal probieren." Während ich dies sagte und mit den Händen über meinen

Rock strich, wurde mir bewusst wie erregt ich gerade war. Es musste wohl Vorlieben liegen, über die wir kurz zuvor gesprochen hatten. Dadurch wusste ich, dass er auch kein Langweiler war, sondern das nicht alltägliche, ausgefallenes bevorzugte. Ich wollte ihn, das wusste ich genau, und zwar nicht nur für ein paar Dates. Mein Gefühl sagte mir, wenn ich es geschickt anstellen würde, hätte ich ihn. Mit Speck fängt man Mäuse. Die gewagte Entscheidung, die ich zuvor bezüglich meiner Kleidungswahl getroffen hatte, hatte sich ja als goldrichtig erwiesen. Warum also nicht noch etwas riskieren. Wer wagt, gewinnt. Inzwischen war ich zu jeder Schandtat bereit, obgleich mich mein Verstand fragte, ob ich wirklich schon so weit gehen wollte. Bekanntermaßen fallen aber mit steigender Erregung auch zunehmend die Hemmungen ...

„Wenn du die freie Wahl zwischen allen drei Löchern hättest, für welches würdest du dich entscheiden?" fragte ich ihn provozierend, mit einem tiefen Blick. Prompt wurde das Grinsen merklich breiter. Man sah wie er vor aufkommender Erregung fast vom Barhocker fiel. Mit einer solchen Gelegenheit hatte er definitiv nicht gerechnet. Umso besser!

Während er noch sprachlos da saß, nutzte ich erneut mein Momentum und setzte die Offensive fort. Ich gab ihm einen heißen leidenschaftlichen Kuss bevor ich vor ihm in die Knie ging. Als ich seine Hose öffnete, sprang mir sein hartes Glied förmlich entgegen. „Wow, Hello Mr. Boner!", sagte ich. Für meinen Geschmack gerade zu eine Prachtlatte mit glattem Schaft und vorn um die Eichel herum etwas dicker. Wundervolle 17 Zentimeter, schätzte ich, die mir bestimmt in Zukunft noch sehr viel lustvolle Momente bereiten würden. Den Freudenspender gepackt, leckte ich daran, als sei es ein Eis am Stiel.

Gleich darauf ließ ich ihn durch meine Lippen ganz in meinen Mund hinein gleiten. Ich liebte es einen Schwanz zu lutschen, ihn schön tief in den Mund zu nehmen, kräftig daran zu saugen, ihn schön mit den Lippen zu massieren. Sichtlich genoss er es. Zwar erregte mich irgendwie der Gedanke ihn zu blasen bis der Würgreflex einsetzte oder ihn zu melken bis er kam und mir alles auf meinen Rock spritze. Doch das waren eher Bilder, die in meinem Kopf geil aussahen, aber nichts was ich wirklich wollte. Ihn spüren wollte ich, tief in mir ... in meinem Arsch – darauf war ich jetzt scharf!

Ich stand wieder auf. Mit einem verführerischen Lächeln zog ich ihm das Hemd aus. Dann streichelte ich kurz seine glattrasierte Brust. „Nicht weglaufen!", hauchte ich ihm ins Ohr.

Auf dem Weg aus dem Raum wackelte ich verführerisch mit den Hüften, spürte dabei wieder seine Blicke auf meinem Po. War sogar etwas neidisch jetzt nicht an seiner Stelle den Anblick genießen zu können. Mich erregte es selber zu merken, wie wuschig ich ihn machte.

Zwei Minuten später kam ich zurück mit einem Fläschchen Gleitgel. In der Zwischenzeit hatte er sich seiner Schuhe, Socken und Hose entledigt. Wir wechselten hinüber in den Wohnzimmerbereich. Dort ölte ich seinen Schwanz ordentlich ein. Bei dem Anblick der prallen, ölig-glänzenden Stange in Kombination mit der Vorstellung diese gleich in meinen Arsch zu bekommen, hatte ich sofort wieder reichlich Schmetterlinge im Bauch. Nun stand nur noch die Frage im Raum wie wir es tun sollten, speziell, weil wir es ja testen wollten, ob ich meinen Rock dazu anlassen könnte. Gut ich könnte den Reißverschluss hinten öffnen um dann den Rock ein Stück herunterziehen, aber das war nicht in unserem Sinne. Also stattdessen irgendwie hochschieben das gute Stück. Gesagt, getan: Ich zog den Saum etwas höher, danach raffte ich den Rock und zog ihn hoch. Gerade weit genug, sodass es reichte – es war unkomplizierter als gedacht. Durch den hohen Schlitz hinten reichte es ihn nur halb noch zu ziehen. Wie es so meine Art ist, gab ich ordentlich Gas, wenn ich einmal richtig in Fahrt kam. Hinter mir Stand ein Couchhocker. Schnell noch den Tanga ausgezogen, kniete ich mich auf den Hocker. Weit nach vorn gebeugt, streckte ich ihm genau meinen entblößten Po entgegen. So kribblig wie in dem Moment war, war ich selten.

Mein Date kniete sie hinter mich, streichelte meinen Po und setzte schließlich an mich zu lecken. Oh wow, ich liebte Zungen-Anal einfach, schmolz augenblicklich dahin. Dieses Kitzeln der Zungenspitze an meiner Rosette war schlichtweg der Hammer. Aber auch meine Muschi kam nicht zu kurz.

Von einem Mann Doggystyle geleckt zu werden, hat doch einfach etwas so höllisch erregendes. Zugleich spürte ich seine Finger an meiner Perle. Himmel! Ich gab mich dem ganzen ganz hin, hatte das Gefühl auszulaufen. Mein zukünftiger Mann traf genau meinen Geschmack. Neben seiner Zunge bespielte er meinen Anus jetzt noch mit seinem Daumen, begann diesen lustvoll auf das vorzubereiten, was da kommen mochte. Er hatte ja vorab schon zugegeben beim Thema Anal keineswegs unerfahren zu sein – definitiv, er wusste genau eine Frau lustvoll darauf vorzubereiten.

Nun verteilte er erst einmal etwas Gleitgel auf meinem Ringmuskel, ließ mich dabei noch ein wenig zappeln. Ein Schauer lief durch meinen ganzen Körper als sein Finger durch mein Hintertürchen drang. Vermutlich hatte ich am ganzen Körper kurzzeitig eine Gänsehaut! Momente später spürte ich dann endlich seine Eichel an meinem Loch. Sie an die richtige Stelle dirigiert, drückte er dagegen. Leicht kam ich ihm entgegen. Sein Ständer drang ein klein wenig in mich ein. Indessen bewegte er sich leicht hin und her. Immer wieder ganz zurück dann einen Millimeter weiter als zuvor. Es fühlte sich saugeil an was er da tat. Ich brauchte im Gegensatz zu sonst gar nichts tun. Meine Rosette entspannte und öffnete sich langsam von ganz allein. Als sie weit genug war, tauchte er ein. Aber erst einmal nur mit der Eichel. Wow das war schon mal ordentlich. Mein Schließmuskel spannte, doch es tat kein bisschen weh. Ein leiser Stoßseufzer kam mir über die Lippen.

Bis auf ein paar Spielchen mit meinen Toys hatte ich schon lange keinen richtigen Arschfick mehr gehabt. So sehr ich es mochte, aber ich hatte bislang nur wenige hinten reingelassen. Dieser Herr hatte sich als würdig erwiesen. Gerade bewies er warum. Er wartete kurz. An der Stelle brauchte ich fast immer einige Sekunden Gewöhnungsphase. Anscheinend hatte er es geahnt. Nach wenigen Augenblicken bewegte er sich erst wieder leicht hin und her, dann glitt er langsam, geschmeidig, butterweich, tief in mich. So elegant, gut, geil, ja geradezu wohltuend war noch nichts und niemand in meinen Po vorgedrungen. Der nächste Schauer überkam mich. Verdammt, der Kerl wusste genau was er tat – wusste genau wie man es richtig machte! Es gibt schließlich nichts Schlimmeres als Typen, die eine Frau nur irgendwie in den Arsch ficken wollen, ihr Ding da rein rammeln und denen es scheißegal ist, wie es für sie ist. Er war genau das Gegenteil, erkundigte sich sogar, ob es angenehm für mich sei. Oh ja das war es, sehr so gar!

Der Herr dessen harter Schwanz sich nun gemächlich in meinem engen Arsch hin und her zu bewegen begann, streichelte meinen Po. Dieser war ja noch halb durch meinen hochgezogenen Rock bedeckt. Genau das schien ihn zusätzlich anzumachen. Mit seinen Händen rieb er über das Leder auf meinen Pobacken. Auch für mich fühlte es sich gigantisch an. So schloss ich meine Augen, gab mich dem ganzen völlig hin, genoss es, konzentrierte mich nur auf das Fühlen. An sich war Analsex für mich erst so richtig geil, wenn ich oder jemand anderes dabei meinen Kitzler stimulierte. Dieses Mal war ich jedoch so erregt, dass ich versuchte so lang es ging, ohne Kitzler-Stimulierung durchzuhalten. Es fühlte sich auch so echt überwältigend an.

Während ich so auf dem Couchhocker kniete und mich von hinten bumsen ließ, ging mir nichts als versautes Zeug durch den Kopf. Dinge, die mir bislang beim Sex noch nie in den Sinn gekommen waren. Ein wenig war ich selbst überrascht, wenn nicht sogar erschrocken über mich, da es schon recht stark in die BDSM-Richtung ging! War ich noch ich selbst? War ich wirklich dermaßen Kinky, versaut und Fetisch belastet? … So stellte ich mir vor, wie ich gefesselt auf dem Bett lag, während er mich fickte oder wie ich über diesen Couchhocker gebeugt den Hintern versohlt bekam … und das keineswegs nur mit der Hand! Ein weiterer Gedanke war, wie wir es hemmungslos versaut unter der Dusche trieben, während ich komplett in Leder gekleidet war. Und so weiter…

Nach einiger Zeit hatte ich jedoch genug davon einfach meinen Po hinzuhalten und ihn machen zu lassen. Ich wollte selber aktiv werden, ihm zudem zeigen, dass ich mehr bin, als eine die ihren Arsch zur Verfügung stellt und still hält. Wir wollten ja schließlich die Sextauglichkeit meines langen Rockes testen.

„Warte mal …!" unterbrach ich ihn. Er stoppte. Etwas nach vorn gerutscht, glitt sein Schwanz aus meinem

Loch. Ich stieg vom Hocker. „Setz dich!", sagte ich. Kaum saß er auf dem Couchhocker, setzte ich mich mit gerafftem Rock rücklings auf ihn. Seinen Ständer wieder zu meiner Rosette dirigiert, ließ ich mich auf ihn herab. Spielend glitt er zurück in meinen Arsch. So sollte Posex sein, dachte ich mir, während ich mich auf und ab bewegte. Oh scheiße, war das geil! Stöhnend ritt ich ihn, widerstand immer noch der Versuchung meine Klit anzufassen. Da aber kam er auf diese Idee. Mit seiner Rechten langte er um meine Hüfte. Er tastete in meinem Schoß nach der richtigen Stelle, begann dann diese durch den Rock hindurch zu reiben. Es war einfach nur irre. Verdammt so guten Analsex hatte ich bis dato noch nie!

Indes keuchte er bereits. Hauchte mir ins Ohr, dass er bald kommen würde, fragte mich, ob er in mich spritzen dürfte. Bei den Worten spürte ich nochmals kribbeln im Magen. Klar doch, wenn dann wollte ich es ganz. Auch ich sehnte mich langsam danach zu kommen. Allerdings wollte ich noch einmal wechseln. Obgleich es in dem Rock was Delikates, erregend anderes hatte, war nun der Punkt erreicht, wo ich drauf verzichten konnte. Wir hatten festgestellt, dass ein langer Rock für Sex nicht viel weniger gut war als ein kurzer. Und ihm hatte es gefallen – seine Fantasie war umgesetzt. Damit konnte ich ihn jetzt getrost ausziehen.

Ich stieg von ihm, zog den Rock wieder herunter. Als ich seinen knochenharten, beinahe violetten Schanz stehen sah, den er zwischenzeitlich leicht weiter wichste, strich ich meinen Rock glatt, beugte mich nach vorn und fragte: „Oder willst du vielleicht auf meinem Lederarsch kommen?" Dabei wackelte ich mit meinem Po. Ein kurzes Zögern, dann entgegnete er: „Beim nächsten Mal vielleicht!"

... Klare Ansage dachte ich mir und zog daraufhin den Rock über meinen Arsch herunter. Aus ihm herausgestiegen, war ich jetzt nur noch mit Stiefel und dem breiten Gürtel bekleidet. Ich ging auf alle Viere hinab auf den Teppich, streckte abermals meinen Po in die Luft. „Na komm, fick mich zu Ende! Wenn du mir jetzt noch einen schönen analen Orgasmus schenkst, bist du mein Held!" „... Du bist jetzt schon meine Superheldin und die hat nichts Geringeres verdient!" lachte er, wobei er hinter mir leicht in die Hocke hing. Kaum spürte ich seine Eichel an meiner Pforte, steckte sein Ding auch schon tief in mir. „Woh ...!", stöhnte ich auf. Er ergriff meinen Gürtel als seien es die Zügel und ich seine Stute. Nun ritt er mich im Galopp.

Meine Hand konnte ich nicht länger vom Kitzler fernhalten. Ebenso konnten wir auch den Geräuschpegel nicht mehr auf Zimmerlautstärke halten. Laut stöhnend trieben wir uns heftig in den erfüllenden Orgasmus. Meiner kam bereits nach wenigen Augenblicken. Allerdings waren es eher mehrere aufeinander folgende. Im nächsten Moment fühlte ich wie er seinen Schwanz aus meinem Arsch riss, dann regnete es heißen Samensaft auf meine offene Rosette, meinen Arsch, meinen Rücken. Einige Tropfen schossen sogar an meinem Kopf vorbei auf den Teppich. Schnell hielt ich eine Hand unter meinen Arsch, aus dem auch noch Sperma gelaufen kam, welches nicht auf dem Teppich landen sollte. Ich keuchte, zitterte, bebte immer noch. Auch er schwankte, taumelte, sich an meinem Po abstützend im abebbenden Höhepunkt. „Irre, das war der zweitbeste Orgasmus meines Lebens!" verkündete er.

Langsam kamen wir wieder zu uns. Hilfe war das wirklich ein Date mit einem Typen, den ich noch nicht lang kannte und mit dem ich noch bisschen was vorhatte?

...JA! Zwar waren die ersten Minuten nach dieser verrückten Aktion, nachdem der klare Menschenverstand wieder eingesetzt hatte, schon etwas komisch, aber andererseits war es genau das, was ich hin und wieder zuvor in meiner Fantasie hatte.

Wir räumten auf, zogen uns wieder an, tranken unseren Kaffee aus. Dabei interessierte mich natürlich noch was es mit dem »zweitbesten Orgasmus seines Lebens« auf sich hatte. Da verriet er mir ein Geheimnis, etwas das mich wirklich überraschte und für einen Moment mein Gesichtsausdruck einfror: „Hab auch schon so meine Erfahrungen mit Männern gesammelt. Aktiv sowie auch passiv. Ich weiß also wie es ist, wenn man es in den Arsch bekommt. Und der Orgasmus ist durch nichts zu toppen."

Als ich meine Sprache wieder gefunden hatte, sagte ich ihm, dass ich das irgendwie cool fand. Nun wurde mir auch klar, warum er so gut gewesen war! Für mich war es jedenfalls der bis dato ausgefallenste Sex mit einem Mann sowie der angenehmste und beste Analsex. ... Und ich war so richtig auf den Geschmack gekommen.

Wenige Wochen später waren wir dann ein festes Paar und eineinhalb Jahre nach diesem Sexabenteuer heirateten wir. Seither hatten wir regelmäßig Sex wie diesen. Ich legte mir auch weitere heiße Ledersachen zu, die ich fortan öfters beim Sex trage – auch lange Röcke, allerdings eher solche, die hinten einen Reißverschluss haben, der bis ganz hinauf geht oder solche die gleich Po-frei sind. Diese Spanking-Skirts haben sich inzwischen zu meinem Fetisch entwickelt. Die ausgefallenen Gedanken, die ich bei dieser Nummer hatte, setzten wir nach und nach in die Realität um.

Zum Konzert ging ich dann aber doch in Lederjeans – irgendwie fanden wir es passender dafür. Wir rockten höllisch ab und ich brachte ihn auf den Geschmack für die Musik, die ich liebe.

Das geheime Treffen
Von André

Das Thermometer zeigte immer noch 27, fast 28 Grad, obwohl die Sonne längst untergegangen war. Der große Vollmond stand hoch im Süden. Sein Licht widerspiegelte sich im Meer am Horizont, an jenem Abend Anfang September.

Mit einem Kristallglas in der Hand erhob sich der General aus dem Ledersessel, warf ein Blick auf die Uhr und trat ans Fenster. Es war gerade Mitternacht. Bis vor einer halben Stunde hatte er noch an hochbrisanten Unterlagen gesessen. Nun nippte er an seinem 18 Jahre alten Chivas Regal. Er öffnete das Fenster seines Hotelzimmers und atmete tief ein. Auf dem riesigen Flughafen jenseits der breiten Straße vorm Hotel herrschte noch immer reges Treiben. Triebwerksgeräusche drangen durch die Nacht. Doch ein Telefonklingeln unterbrach die Geräuschkulisse und riss ihn aus den Gedanken über seine Unterlagen.

Wieder am Schreibtisch hob der General den Hörer ab ... „Ja? ... Das geht in Ordnung, schicken Sie sie zu mir herauf! ... Vielen Dank und Gute Nacht."

Den Hörer aufgelegt, warf er noch rasch einen Blick auf den Bildschirm seines Laptops, der ein Dokument mit dem Titel "Operation Vigilant Guardian 01-02 - Streng vertraulich" zeigte. „... Na mal sehen wie wir das anstellen", sagte er zu sich. „Es wird die Welt verändern ..." Er nahm einen weiteren Schluck Whiskey. War er selbst bereit für das, was sie vorhatten, was da auf alle beteiligten zukam. Es brauchte Veränderungen! Neben dem Laptop lag eine weitere Akte mit dem Aufdruck "Operation Northwoods". Er nahm sie und räumte beides in den Safe im Kleiderschrank. Danach gönnte er sich den letzten Schluck, der noch in seinem Glas zurückgeblieben war. Just in diesem Moment klopfte es an der Tür. „Gutes Timing!" Er grinste. Es war Zeit für etwas Ablenkung. Zeit den Kopf freizubekommen.

Lächelnd öffnete der General die Tür und eine hübsche, junge, dunkelhäutige Frau stand davor. Nach ihrem Aussehen zählte sie vermutlich noch keine dreißig Lenze, eher einige weniger. Sie hatte lange schwarze Haare, die leicht Lila schimmerten. Eine dezente Brille zierte ihr charmantes Gesicht, eine knackige weiße Bluse ihren Oberkörper. Einen knielangen, engen, Jeansrock und schwarze Lackstiefel, sowie eine Handtasche rundeten das Bild des Callgirls ab. Mit einem freundlichen Lächeln auf den rot geschminkten Lippen streckte sie dem General die Hand entgegen. „Hallo, ich bin Madina!"

„Hallo Madina, schönen guten Abend. Komm doch herein", lächelte er. Sie war genau nach seinem Geschmack, die Bilder auf der Webseite der Agentur hatten nicht zu viel versprochen! War er auf Missionen in der Welt unterwegs, nahm er gern mal den Service solcher netten, jungen Frauen in Anspruch. Seit seiner Scheidung vor über vier Jahren war er permanent am Reisen, sodass keine Zeit für mehr als diese Art von Vergnügen blieb.

„Wie heißen Sie?", wollte die junge Dame wissen. „Hm ... nenn mich einfach J... ähm James. James Bond." Madina schmunzelte, denn sein Äußeres passte in der Tat zu diesem Namen.

James schmunzelte, zeigte dann auf das gemütliche Sofa neben seinem Schreibtisch: „Nehmen sie ruhig Platz".

Die junge Frau folgte seinem Angebot. „Ist ziemlich warm heute, was?" „Das kann man wohl sagen", gab er zurück. „Möchtest du einen Drink, Madina?" Sie nickte: „Aber gern, was haben Sie denn?" „Alles was das Herz begehrt!" Der General besaß eine erstklassige Menschenkenntnis. „Wie wäre es mit Wodka-Martini eisgekühlt?" „Aber gern", antwortete sie schmunzelnd – irgendwie passte das ja.

Aus dem Kühlfach der Minibar nahm James eine Flasche besten Wodka – ein Geschenk eines russischen Kollegen – und goss jeweils einen guten Schluck in zwei Gläser. Eines davon bekam zudem einen weiteren Schluck Martini beigemengt. „... Bitte Madina!" „Danke!" Sie nahm das Glas und trank ein Schluck ... der Drink war gut!

Mit seinem Glas in der Hand ließ er sich im bequemen Sessel, gegenüber des Sofas, nieder. Während sie das hochprozentige Getränk genossen, fragte Madina interessiert: „Was machen sie in New York?" Für einen Moment herrschte Stille ... eine gespannte, fast schon drückende Stille, in der er die junge Frau penibel musterte. „Das ist streng geheim!", antworte er schließlich. „Also ich könnte es sagen, aber dann müsste ich dich ... du weißt schon." Dabei beobachtete er mit scharfem Blick ihre Reaktion. Schließlich lachte er. „Kleiner Scherz, sagen wir es so, ich werde in den nächsten Tagen an einem Workshop teilnehmen und einen Vortrag halten."

Trotz, dass die Situation ein wenig delikat anmutete und Madina etwas in Verlegenheit brachte, musste sie sich eingestehen, dass er ein sehr respektvoll wirkender Gentleman war, keine Frage. Zumindest bisher. Doch auch stille Wasser konnten bekanntlich tief und schmutzig sein.

Seinen Wodka geleert, stand James auf, drehte die indirekte Beleuchtung etwas zurück, bevor er sich zu Madina auf das Sofa setzte. „Du siehst wirklich gut aus, tolles Outfit! Nun ja … regeln wir erst einmal das Finanzielle?" Madina ließ ihr Glas sinken. „Ja, das wäre mir ganz recht." „Sehr gut, was hast du anzubieten?" „Alles was sie wollen James!" Bei den selbstsicheren Worten funkelte sie ihn mit großen Augen an. Zudem küsste sie ihn auf die Wange, als wolle sie damit ihren guten Service hervorheben. „Und glauben sie mir, sie werden es nicht bereuen. … Also einfach nur Handarbeit bekommen sie für 50, Spanisch und französisch für 100, normal 150, anal noch mal 50 extra und alle weiteren härteren Sachen noch einmal 100 on top. Ich habe auch Toys dabei und die ganze Nacht all-inclusive gibt es für 500." Sie lächelte ihn verführerisch an.

Nicht nur ihr Blick frohlockte, auch ihr Duft hatte etwas sehr Verführerisches. Er machte Lust. James Tippte auf Pheromone. Er mochte Profis und wusste, dass er für sein Geld etwas geboten bekam. Doch in diesem Fall hatte er besondere Vorstellungen und war gespannt, ob sie diese erfüllte. Zuversichtlich zog er ohne zu überlegen oder zu zählen 400 Dollar aus der Tasche seines Hemdes. „Bitte schön. Ich las mich überraschen, was Du mir dafür bietest."

Die beiden tauschten einen tiefen Blick, nachdem Madina die Scheine dankend weggepackt hatte. Sogleich lehnte sie sich zu ihm herüber, begann ihn zu küssen. Indes wanderte ihre Hand seinen Oberschenkel hinauf. „Halt … einen Moment!" unterbrach James. Ohne ein weiteres Wort zu verlieren, stand er auf. Neben der Tür zum Gang gab es eine weitere Tür in diesem großzügigen Hotelzimmer. Zu dieser ging er, klopfte kurz, öffnete sie.

Augenblicklich bekam Madina ein etwas flaues Gefühl im Magen. In dem Business war sie so einiges gewohnt, mochte jedoch keine Überraschungen. James bat seinen Adjutanten herein. Der ebenfalls adrett gekleidete, gutaussehende Herr, mit kurzen blonden Haaren und sportlicher Statur gesellte sich zu dem gespannt drein blickenden Callgirl auf das Sofa.

Während sich der General mit einem Drink in der Hand im Sessel gegenüber niederließ, sagte er: „Madina, das ist mein Kollege. Nennen wir ihn doch einfach mal Felix Leiter. Wenn Du nichts dagegen hast, wird er uns Gesellschaft leisten." Das Callgirl lächelte professionell. Jetzt erschloss sich ihr die zuvor erhaltene Summe. „Sehr gern", entgegnete sie. „Ich kümmere mich auch um Sie beide."

Während dieser Worte begann sie die Hose des Adjutanten zu öffnen. Langsam ließ sie ihre rechte Hand hineingleiten. Seine Männlichkeit erwartete sie bereits voller Vorfreude, so konnte sie dem stolzen Glied direkt die Freiheit schenken. Ein schönes Exemplar, dachte sie. An dem würde auch sie ihre Freude haben, das war schließlich nicht immer so.

„Blas' ihn!", empfahl James, dabei genüsslich an seinem Drink nippend. Bei all den Gedanken die in seiner Denkfabrik kreisten, brauchte er erst einmal eine einladende Vorstellung um den Kopf freizubekommen. Zu beobachten wie das Callgirl die Eichel seines Adjutanten leckte, wie sie dessen harte Stange zwischen ihren Lippen eintauchen ließ, erregte ihn schon einmal. Der Gedanke daran, in Kürze mit dieser scharfen Dame heißen Sex zu haben, machte James unheimlich an. Auch ihr Outfit trug dazu bei. Bei dem Anblick konnte er es kaum erwarten sie zu nehmen. Trotzdem wollte er noch etwas genießen, dabei seiner Fantasie freien Lauf lassen. Außerdem hatte es sich sein Kollege reichlich verdient.

Solch eine Belohnung kam immer an.

Felix fuhr der jungen exotischen Schönheit mit der Hand durchs Haar, dann den Nacken hinab und strich über ihren Rücken. Genüsslich glitt seine Hand weiter bis diese Madinas knackigen Po erreichte. Er knetete ihn, packte fest zu. Was für ein strammes Sitzfleisch. Dabei genoss er mit geschlossenen Augen die weichen Lippen dieser Frau. Oh Gott konnte sie saugen!

Nachdem Madina eine ganze Weile seinen Ständer gelutscht, gesaugt und liebkost hatte, vernahm sie die tiefe Stimme von James: „Steh auf!" Kurz sah sie Felix in die Augen, konnte dessen Wünsche förmlich ablesen. Doch das Sagen hatte hier ein Anderer.

Seinen Drink bei Seite gestellt, erhob sich James aus dem Sessel. Schweigend trat er von hinten an Madina heran. Ohne sich umzudrehen, konnte sie seine Nähe spüren. Er sog den Geruch ihrer Haare ein, legte dabei seine Arme um sie. Langsam knöpfte er ihre Bluse auf. Knopf für Knopf kam ihr wunderschöner Busen zum Vorschein. James hatte schon immer einen Fetisch dafür die Brüste einer Frau zu verwöhnen. Besonders wenn diese nicht zu groß dafür aber al dente waren. Schließlich drehte er Madina herum. Nun küsste und saugte er an ihren Nippeln, wie sie zuvor an der Männlichkeit seines Adjutanten. Ein leises Stöhnen erfüllte den Raum.

Indes beobachtete Felix das Ganze, begann dabei seinen Schwanz zu wichsen. Ein Handzeichen seines Vorgesetzten animierte ihn schließlich sich am Geschehen zu beteiligen. Er erhob sich. Seine muskulöse Brust berührte sanft den Rücken des Callgirls. Seine Hände ergriffen ihre Schultern, als wolle er sie festhalten.

Auch wenn sie weder etwas Derartiges erwartet hatte, noch wusste, was die beiden Herren vorhatten, so war es doch ungemein reizvoll. Durch ihren Jeansrock spürte sie das harte Glied des Adjutanten an ihrem Po. Seine starken Hände gaben ihr halt, während sie versuchte sich fallen zu lassen und die Lippenspiele des Generals zu genießen. Die beiden schienen nicht nur an sich selbst zu denken, sondern eher darauf bedacht zu sein, dass auch sie Spaß daran hatte. Vielleicht war es ja doch eine gute Idee gewesen, das Geld von den merkwürdigen Typen in Anzügen und mit Sonnenbrillen angenommen zu haben, die SIE hier hergeschickt hatten. Hoffentlich schaffte sie, allen gerecht zu werden ...

Wäre es nach Madina gegangen, hätte James noch eine ganze Weile weiter machen können. Doch hier bestimmten Andere. Der hinter ihr stehende streifte ihr die Bluse vom Körper. Gleich darauf wollte er ihr den Rock ausziehen, um in sie eindringen zu können. Doch sein Vorgesetzter hielt ihn auf ... „Nein, nein, lass mal an, das find' ich erregender." Ein Blick des Generals in die Augen des Callgirls folgte. „Dreh dich um." Bereitwillig wie auch gespannt was er vorhatte, folgte sie seiner Anweisung. Felix war ebenso gespannt. Für den Moment ergriff er jedoch erst einmal die Gelegenheit, sich nun weiter um den Busen der Frau zu kümmern. Dass sein Chef kurz davor die Lippen, Zunge und Zähne daran hatte, störte ihm im Eifer des Gefechts weniger.

Jetzt genoss Madina die Hände des Generals erst auf ihren Schultern dann an ihren Hüften und schließlich auf ihrem Po. Beinah leidenschaftlich küsste er ihren Hals, ihren Nacken, ihre Schultern. Auch ihren Rücken ließ er nicht aus. Zeitweilig hatte sie das Gefühl, er könnte ein Liebhaber sein, anstatt ein Freier, so sanft und gefühlvoll wie er vorging. Seine Hände und Lippen wanderten indes immer weiter hinab, bis sie den Bund ihres Rockes erreichten. Einen Moment lang liebkoste er ihren süßen Hintern, bevor seine Hände weiter ihre Oberschenkel hinab wanderten, bis zum unteren Ende ihres Rocks. Als Nächstes spürte sie, wie er den Reißverschluss des Rocks langsam hinab zog.

Das ganze Spiel erregte Madina. Es erregte sie mehr als mit den meisten anderen Kunden. War es die Dominanz, die die beiden ausstrahlten oder die Eleganz? Vielleicht aber auch das sanfte und doch sehr gezielte Vorgehen.

Die Daumen des Generals unter Madinas Rock gesteckt, schob er ihn langsam hinauf. So weit, dass ihr hübscher brauner Apfel-Po zum Vorschein kam. Danach zog er ihr den String-Tanga aus, den er neben ihr leeres Glas auf den Tisch legte. Einige heiße küsse auf ihre zarten Pobacken folgten, bevor er prompt abbrach, aufstand und mit seinem Glas zur Minibar ging. „Madina, knie dich auf den Tisch!" wies er an, während der gut gekühlte Wodka sanft aus der Flasche in sein Glas floss. Aus dem Augenwinkel beobachtete er, wie sie der Anweisung nachkam. Auf dem Weg zu seinem Sessel ging er am Tisch vorbei. Ein fester Klaps traf die Po-Backen des Callgirls, gefolgt von seinen Fingernägeln, die sanft über ihren Rücken kratzten. Sie zogen eine kurzzeitige Gänsehaut bei ihr nach sich. Kaum hatte er im Sessel Platz genommen, die Beine übereinander geschlagen, wieder am Wodka nippend, sagte er: „Felix, leck sie von hinten!"

Der Befehl seines Chefs sollte ihm ein Vergnügen sein. Er ging hinter dem auf dem stabilen Couchtisch knienden Callgirl in die Knie. Mit viel Gefühl spreizte er ihre Beine ein wenig, sodass er mit seiner Zunge dahin kam, wo er hin sollte. In dem Moment, als er ihre Schamlippen zu lecken begann, erfüllte ihre Stimme erneut mit lustvollen Lauten den Raum. Seine flinke Zunge leckte den Eingang zu ihrer Lustgrotte hinauf und hinab.

Bequem im Sessel sitzend, blickte James Madina direkt in die Augen. Keine zwei Meter trennten sie. Er genoss ihre erregte Mimik, betrachtete den Ausdruck in ihren Augen, während sie den Cunnilingus genoss. „Na, wie ist das?", fragte der General mit seiner sonoren Stimme. „Sehr gut", flüsterte Madina, halb stöhnend. „Macht es dich geil?", hakte James nach. Diesmal nickte sie nur, dabei bestrebt seinen Blick zu halten. Gern hätte sie die Augen geschlossen, um es noch mehr zu genießen, doch dieser Blickkontakt hatte ebenso etwas sehr Spezielles. „Streck deinen Po so weit raus wie es geht!", empfahl er, damit sein Adjutant ohne Genickstarre zu bekommen ihren Kitzler lecken konnte.

Das Spiel von vorn zu beobachten hatte für James etwas unglaublich Lust-steigerndes. Alles, was er von Felix sah, waren dessen Hände auf ihrem Arsch. Daran, dass er dahinten alles gab, hatte James keinen Zweifel. Zumindest zeugte Madinas Stimme davon. Nach einem weiteren Schluck vom eisigen Wodka gab James die nächste Anweisung: „Und jetzt leck ihren Arsch!"

Ob er wollte oder nicht, Felix kam der Anweisung nach. Voller Hingabe zog er ihre Arschbacken auseinander, ließ seine Zunge um den Schließmuskel der jungen Dame kreisen. Deren lauter werdendes Stöhnen ließ erahnen, wie sehr es ihr gefiel.

In den Augen des Callgirls widerspiegelte sich pure Erregung. Zufrieden schmunzelte James. In seiner Hose zeichnete sich eine deutliche Beule ab. „Fick ihre Rosette mit deiner Zunge, Felix!" Gern hätte er ebenso den Anblick von der anderen Seite genossen, doch Madinas Lust-verzerrtes Gesicht, die intensive Augenkontakt, der Versuch zu erahnen, was sie gerade denkt und fühlt, waren die bessere Wahl.

„Gut, das reicht Felix", unterbrach der General

schließlich. „Setzt dich aufs Sofa. Und nun möchte ich, dass Madina dich reitet!"

Froh über die Erlösung, denn ein Krampf in der Zunge war nicht mehr weit gewesen, erhob sich Felix. Kaum saß er auf dem Sofa, stieg Madina vom Tisch. Auch ihre Knie waren dem Wechsel dankbar. Ein Kondom aus ihrer Handtasche geholt, zog sie über den wartenden Ständer des Adjutanten. Gleich darauf nahm sie auf der Lanze Platz. Endlich konnte sie dies herrliche Ding in sich spüren. Die ganze Zeit schon hatte sie sich auf den Moment gefreut. Während sie Felix zu reiten begann, knöpfte sie sein Hemd auf. Darunter kam eine muskulöse, glatt rasierte Männerbrust zum Vorschein. Mit Genus ließ sie ihre Hände darüber gleiten.

Einige Zeit lang genoss es James, das Schauspiel, streichelte dabei mit seiner Hand über seinen Schritt. Inzwischen waren all die anderen Gedanken verdrängt, seine Lust voll entfaltet. So langsam war er bereit, aktiv ins Geschehen einzusteigen. Madinas Stöhnen lauschend, dem Live-Porno weiter verfolgend, zog auch er sein Hemd aus. Die Schuhe, Socken, Hose und Unterhose folgten. Schließlich begab er sich hinüber zum Sofa. Darauf gestiegen, hielt er dem Callgirl seine erigierte Männlichkeit hin. Sie verstand augenblicklich. Ohne den Ritt zu verlangsamen, ergriff sie den zwar etwas kürzeren, aber deutlich dickeren Penis des Generals. Kurz wichste sie ihn, bevor sie ihn mit dem Mund beglückte.

Allzu lang gab sich James den weichen, vollen Lippen, dem kräftigen Saugen der jungen Dame nicht hin. Er bevorzugte es zu ficken! Da er gerade kein Kondom zur Hand hatte, ergriff er ihre Handtasche, um sich eines von ihren zu nehmen. Dabei entdeckte er den roten Ladyfinger-Vibrator. Das brachte ihn augenblicklich auf eine Idee. Das Spielzeug an sich genommen, galt seine Aufmerksamkeit nun wieder den beiden Anderen.

Es war schon eine Wonne, wie sie in ihren Lackstiefeln auf dem Adjutanten ritt. Wie eine Reiterin auf ihrem Pferd, sinnierte er. Dazu der Anblick von diesem knackigen Po des Callgirls, wie dieser auf dem Schoß des Kollegen herumhüpfte. James' kräftigen Hände packten ihre Backen, streichelten, kneteten und führten sie, bevor seine Finger über ihre Rosette strichen. Dieses süße Hintertürchen wollte er nicht länger vernachlässigt lassen. Nach dem Rimjob seines Kollegen, wartete es immer noch gut angefeuchtet auf Beglückung. Rasch fand die Spitze des Vibrators ihren Anus und verschwand darin. Genüsslich schob James den Vibrator tief in ihren sexy Arsch. Ihre Stimme quittierte es mit erregter Dankbarkeit. Einen Moment lang fickte er sie mit ihrem Spielzeug simultan zu ihrem Ritt auf Felix. Allerdings wirklich nur einen Moment lang, denn es erregte ihn zu sehr. Jetzt wollte er sie – auf der Stelle!

„Steig von Felix und leg dich so auf das Sofa, dass du ihn weiter blasen kannst!" wies der General das Callgirl an. Ob es Felix unrecht war, interessierte ihn nicht. Dieser kam schon auf seine Kosten. Kaum lag Madina auf dem Bauch, kümmerte sie sich mit den Lippen wieder um den Ständer des Adjutanten. Im nächsten Augenblick setzte sich James auf ihre Oberschenkel. Rasch zog auch er sich ein Gummi über, dann war er bereit die süße Exotin zu nehmen. Mit einer Hand den Vibrator in ihrem Po haltend, dirigierte er mit der Anderen sein Glied an ihre nasse Möse. Mit einem erhabenen Schmunzeln schob er seinen pulsierenden Print tief in sie. Während er sich langsam zu bewegen begann, beobachtete er ihren Fellatio bei Felix. Die Kleine war herrlich eng. Zudem konnte er den Vibrator in ihrem Arsch an seinem

Schwanz spüren.

Immer Lustvoller stöhnte Madina trotz vollem Mund. Das Gefühl alle drei Löcher gefüllt zu haben war regelrecht elektrisierend. Sie wusste schon, warum sie diesen Job nicht nur des Geldes wegen tat. Indes wurden die Bewegungen des Generals schneller, stießen auch den Dildo parallel mit in ihren Po. Seine Hände griffen nach ihren Armen, zogen diese nach hinten, wo er sie festhielt, als wäre sie seine Gefangene. Eine Tatsache, die sie äußerst antörnte.

Auch aus der Perspektive von Felix sah das ganze Treiben verdammt heiß aus. Nie hatte er vermutet, dass sein Vorgesetzter ihn zu solch einer abgefahrenen Aktion einladen würde. Doch in Anbetracht der Brisanz und Gefahren, die ihr bevorstehendes Projekt mit sich brachten, war er ihm äußerst dankbar! Dementsprechend genoss er beeindruckt ihren Deep Throat. Wie tief diese junge Dame sein bestes Stück regelrecht verschlang, war schon erstaunlich.

So geil es auch war, das Callgirl in dieser Stellung zu nehmen – sie so unterwürfig unter sich zu haben ... James stand auf Abwechslung. Abrupt glitt er aus ihr und stieg vom Sofa. „Dreh dich um!", wies er Madina an. Wieder gehorchte sie. Nun auf dem Rücken liegend, kniete sich der General zwischen ihre Schenkel. Ehe sie sich versah, drangen zwei seiner Finger in ihre Vulva ein. Untermalt von einem lustvollen aufstöhnen spürte sie diese sogleich an ihrem G-Punkt. Um Himmelswillen was tat er da? Ging es hier um sie? Hatte sie etwa das Geld auf den Tisch gelegt um mal so richtig vernascht und von zwei Kerlen durchgenommen zu werden? Sollten diese beiden wirklich Kriminelle sein, wie man ihr erzählt hatte? Sie wusste gerade nicht wie ihr geschah, was sie glauben und empfinden sollte. Das Einzige, was sicher war, es war unglaublich geil. Madina hatte das Gefühl vor Lust zu explodieren, als er plötzlich auch noch mit der Zunge auf ihren Kitzler losging. Ihre Finger krallten sich tief in die weichen Polster des Sofas.

Sich selbst wichsend, saß Felix daneben und beobachtete die beiden. Lüstern betrachtete er ihre Lippen, die all diese erregenden Geräusche von sich gaben. Allzu gern hätte er diese Lippen einmal geküsst – gar leidenschaftlich mit ihr geknutscht – doch er kannte er die goldene Regel: Callgirls darf man nicht auf den Mund küssen. Wenn er sie schon nicht küssen konnte, dann wollte er wenigstens an ihrem hübschen Brüsten saugen. Flink rutschte er vom Sofa. Nachdem sich Felix nun auch gänzlich ausgezogen hatte, kniete er sich neben Madina, und begann mit Händen und Zunge ihre Brüste zu verwöhnen.

Bei all der aufgeladenen Stimulation, den geschickten Fingerspielen des Generals, ging es recht schnell bis die Wellen ihres ersten Orgasmus einsetzten. James törnte es höllisch an wie sie erbebte und laut aufstöhnte, während sie kam.

Jetzt wo er so richtig in Fahrt gekommen war, bestand sein einziger Wunsch darin, sie hart zu nehmen. Diese kleine exotische Maus entsprach genau seinem Geschmack, entfesselte die schier unbändige sexuelle Energie. Ohne weiteres hinauszögern zog er seine Finger aus ihrer Grotte und füllte mit seinem Schwanz den freigewordenen Platz. Bis zum Anschlag drang er in sie ein, woraufhin sie ihn mit ihren Schenkeln umschlang. Er fühlte das Leder ihrer Stiefel auf seiner Haut und es erregte ihn gleich noch mehr. Mit harten, kraftvollen, dominanten Stößen fickte er sie. Inzwischen hatte er allen Stress vergessen. Die Erregung, dieser heiße Fick hatten alle Gedanken an bevorstehende Herausforderungen verdrängt. Für einem Moment war die Welt da draußen egal, das was bevor stand Nebensache.

Mit geschlossenen Augen gab sich Madina ihren Gefühlen hin. Sein Schwanz unglaublich tief und prall in ihr, seine Hoden hämmerten im Takt gegen ihre Rosette. Ihre Hände strichen durch seine kurzen, schwarz-silbernen Haare. Dabei erbebte ihr Becken unter seinen immer schnelleren, immer heftigeren Bewegungen. „Aah ja, das ist der Wahnsinn!", schrie sie. „Ich will dich, so wie du es willst."

Diese leidenschaftlichen Worte des Callgirls stachelten ihn regelrecht an. James hatte einfach nur noch Bock auf wilde, versaute Dinge. Zeit sich das zu nehmen, wonach ihm seit er ihr die Tür geöffnet hatte am meisten stand. Sein hartes Glied aus ihr gezogen sagte er: „Los, dreh dich um. Ich will dich von hinten!"

Eine Aufforderung, die sie weder ablehnen konnte, noch wollte. Rasch stand sie auf und kniete sich auf den Sessel. Provozierend machte sie dabei ein Hohlkreuz. Sie streckte James ihren runden Po entgegen. Der Rock, den sie immer noch trug, war zwischenzeitlich wieder etwas heruntergerutscht. Er spannte knackig über ihrem Gesäß. Erst wollte James ihn hochschieben, doch als das nicht so richtig ging, griff er nach dem Reißverschluss: Diesen kurzerhand geöffnet, zog er den Rock einfach herunter. Ihren süßen Kaffeepopo befreit, bemerkte er, dass der Vibrator verloren gegangen war. Egal – hätte er ihn doch ohnehin entfernt, um Platz für Besseres zu schaffen. So drang er mit seinem Mittelfinger in das enge, warme Loch ein. Das Gefühl wie die stramme Rosette seinen Finger fest umschloss, gab ihm einen weiteren Boost der Erregung. Oh ja, dein süßer Arsch ist meine – dachte er.

Um nicht unbeteiligt selbst wichsend herumzusitzen,

stellte sich Felix vor das kniende Callgirl. Augenblicklich verstand sie und widmete sich erneut dem besten Stück des Adjutanten. Bevor sie dieses zwischen ihren Lippen verschwinden ließ, blickte sie über ihre Schultern zum General: „Nicht dein Finger ... fick' du mich!"

Genau das hatte er gerade vor, doch ihre Worte klangen wie Musik. Seinen Finger herausgezogen, lachte ihn diese enge Rosette regelrecht an. Was für ein williges Luder! In Stellung gegangen, spuckte James erst auf ihr Hintertürchen, dann auf seinen Schwanz. Schließlich setzte er seine Eichel an ihre Rosette und bohrte sie langsam aber kraftvoll hinein.

Ganz professionell entspannte Madina ihren Schließmuskel und drückte gekonnt dagegen. Trotz dass sie gut trainiert war, hatte sie das Gefühl, er würde ihr den Arsch aufreißen. Sein Print war einfach so dick. Dennoch war es nach dem ersten kurzen Schmerz ein verdammt geiles Gefühl, solch ein Gerät im Hintern zu haben, so ausgefüllt zu sein. Nun packte er sie an den Hüften und nahm sie, was die Lenden hergaben. Einfach irre, wie sich sein heißer Kolben in ihrem Po bewegte. Während sie den anderen Schwanz innig lutschte, genoss sie den Arschfick mit jeder Körperzelle, die daran beteiligt war.

Nach einiger Zeit schien es, als brauchte der General eine Verschnaufpause. „Wechsel!", keuchte er zu seinem Kollegen, beinahe schon im Tonfall eines militärischen Befehls. Ehe sie sich versah, riss er förmlich seinen Schwanz aus ihrem Arsch. Ein offenstehendes, klaffendes Loch für seinen Adjutanten hinterlassend, ging er um Madina herum, offerierte ihren Lippen seinen wuchtigen Freudenspender. Trotz der Herkunft dessen nahm sie an.

Begeistert davon, auch nochmal zum Zug zu kommen, wechselte Felix hinter das sexy Callgirl. Selbst wenn ihr Arsch ihn mit offenen Toren empfangen wollte, so war er weniger der Analliebhaber. Stattdessen ihre triefend nasse Möse in dieser Stellung zu füllen reizte deutlich mehr. Rasch versenkte er seinen Ständer und ließ seinen Lendenmuskeln freien Lauf. Das Klatschen seines Schoßes gegen ihren Po brachte die beiden Herren dazu einander begeistert anzugrinsen.

Zu viel Zeit ließen die beiden nicht verstreichen, bis sie zurückwechselten. Und da war er wieder, der dicke Schwanz, der zügig tief in ihren Arsch vorstieß. Dieser Fick heute Abend machte auch Madina richtig Spaß. Sie kostete es genauso aus wie die beiden Herren, die noch ein paar Mal hin und her wechselten.

Schließlich, nach dem Felix aus ihrer Möse zurück in ihren Mund wechselte, konnte er sich nicht länger zurückhalten. Sollte sein Vorgesetzter doch alleine mit ihr zurechtkommen. Als er spürte, wie sich seine Säfte zum Abschuss sammelten, entzog er seinen Ständer Madinas Lippen. Flink das Kondom heruntergerissen, kam es ihm. Schuss um Schuss landete die ganze heiße Soße in ihrem Gesicht, auf ihren Schultern, auf dem Sessel.

Damit konnte sich Madina nun wieder auf sich selbst konzentrieren. Nach all den geilen Dingen, die die beiden Herren mit ihr bislang angestellt hatten, wollte sie auch unbedingt noch einmal kommen. Den dicken Schwanz wieder im Arsch langte sie zwischen ihre Beine. Ihr Kitzler hatte sich seit geraumer Zeit nach ihren Fingern gesehnt. Es kribbelte und brodelte in ihr wie ein Vulkan, während sie ihre Klit rieb. Um das Gefühl noch weiter zu steigern, senkte sie ihren Oberkörper so weit, dass ihr Busen das lederne Sitzkissen des Sessels berührte. Zudem presste sie ihre Schenkel zusammen.

James kletterte auf den Sessel, ging über ihr in die Hocke, sodass sein Schwanz steil von oben in ihren Po eindrang. Für einen Gedanken, dass diese akrobatische Nummer in einem Absturz enden könnte, war keine Zeit. Immer kraftvoller stieß er in ihren Arsch. Bei jedem Stoß wurde sie tiefer in den Sessel gedrückt, rief aber dennoch: „Weiter, fester, jahhh … Du fickst so geil! Ich kann es nicht erwarten zu spüren wie Du kommst!" Sie stand selbst kurz davor zum zweiten Mal zu kommen. Von hinten griff James erst in ihre Haare, dann hielt er ihr halb den Mund zu, damit ihr lautes Stöhnen nicht im ganzen Hotel zu hören war. Madine nutzte es, an seinen Fingern zu lecken und zu saugen.

„Ohhh yeah...!" keuchte James inbrünstig. Das Brennen und prickeln in seinem Schwanz kündigte seinen Orgasmus an. Noch einige Male stieß er bis zum Anschlag in ihren Po. Nebenbei blickte er hinab, betrachtete wie sein Schwanz in ihr Arschloch glitt. Ein endgeiler Anblick. Dazu diese Enge! Ihm kam es heftig. Ein Orgasmus, der dem heißen Fick definitiv Tribut zollte. Ein Höhepunkt der ihn mit tiefster Zufriedenheit erfüllte. Fast wie eine Befreiung von den Dingen die auf ihm gerade lasteten. Er fühlte wie Stoß um Stoß sein Saft das Kondom füllte. Zu gern hätte er ihr all sein Sperma in den Arsch gepumpt.

Fertig, erlöst, befreit, war ihm dennoch wichtig, dass auch Madina noch ihre orgasmische Belohnung bekam. So bewegte er sich weiter, drückte seinen immer noch reichlich Harten so fest in sie, wie es ging. Der Druck, dass extrem ausgefüllte zusammen mit ihren flinken Fingern bescherten Madina schließlich ihren zweiten Orgasmus. Dieser zog sich wie ein brennendes Sankt Elmos Feuer durch ihren ganzen Unterleib. Laut stöhnend grub sie ihre Fingernägel ins Sitzkissen des Sessels. Was für ein Rausch.

Als er fühlte, wie ihr Höhepunkt langsam abklang, zog

James seinen Schwanz langsam aus ihr. Dabei schien sie immer noch in Trance zu sein. Er gab ihr die Zeit, entledigte sich des gut gefüllten Kondoms, ging zur Minibar. Felix und sich selbst einen Drink eingeschenkt, setzte er sich zu ihm aufs Sofa. Die beiden sahen einander an. „Das war gut, richtig gut!" meinte James schmunzelnd. Zustimmend nickte sein Adjutant. „Danke für diese Aktion!" Felix tauschte einen längeren tiefen Blick mit dem General. Seine Worte kamen von Herzen. Wer weiß, was die nächsten Tage bringen würden.

„Wäre es okay, wenn ich mal rasch unter die Dusche gehe?", fragte Madina. Wortlos zeigte James einen erhobenen Daumen. So suchte sie rasch ihre Sachen zusammen und begab sich ins Bad.

Der getauschte tiefe Blick mit seinem Kollegen hatte James für einen Augenblick in Gedanken versinken lassen. Nun stand er schweigend auf, holte seine Brieftasche und zog noch einen Hundert-Dollar-Schein heraus. Diesen klemmte er unter Madinas Glas auf dem Couchtisch. Den hatte sie sich reiflich verdient!

Das warme Wasser rann über Madinas Körper, Dampf beschlug die gläserne Duschkabine. Sie wusch sich das Sperma von der Haut. Was für ein Abend! Ein auch für sie sehr geiler Fick und dazu hatte sie doppelt verdient. Das Geld der Herren draußen im Zimmer und das von den Typen, die sie beauftragt hatten, hier herzukommen. ... Ach ja, ihr Auftrag! Jetzt dachte sie wieder an das, was sie in ihrer Handtasche hatte. Ganz unten, gut versteckt. Diese beiden seien Kriminelle, die etwas Großes vorhatten und um jeden Preis aufgehalten werden müssten – hatten die Anzugträger mit ihren dunklen Sonnenbrillen gesagt. ... Diese Man in Black.

Madina ließ sich das Wasser übers Gesicht laufen. Kriminelle? James und Felix, wie sie sich nannten, waren ihr ganz sympathisch, wirkten nicht wirklich wie Kriminelle. Diese Man in Black schon eher. Vor allem der Eine mit dem Ring und dem merkwürdigen Zirkel-Symbol sowie den Zahlen 322 darauf. Mafioso! … Oder? Die Frage war doch aber, wollte sie sich damit hineinziehen lassen? Informationen beschaffen waren das eine, was sie tun sollte, etwas anderes. Was, wenn die Zwei da draußen wirklich nur für einen Vortrag oder Workshop in der Stadt waren?

Sie wusch sich ihre Muschi. Ihr Hintern folgte. Ihre Rosette fühlte sich strapaziert an, aber gleichzeitig erregte es sie schon wieder, wenn sie mit den Fingern darüber strich. Dieser Schwanz war schon heftig gewesen, aber auch ziemlich geil. Dennoch musste sie jetzt eine Entscheidung treffen. Eigentlich war das, was die Man in Black von ihr verlangt hatten, nur eine simple Kleinigkeit. Leicht verdientes Geld. Doch was zog es am Ende nach sich. Eine kleine, Entscheidung, gigantische Folgen? Butterfly-Effekt!

Als sie aus der Dusche stieg und sich begann abzutrocknen, fiel ihr ein, dass auch dieser James einen Ring mit kryptischer Schrift darauf trug. Irgendwas mit einer Buchstabenkombination. Wenn sie sich recht erinnerte war es wohl WWG1WGA und die Zahl 17. Das Handtuch bei Seite gelegt, holte Madina ihr iPhone aus der Handtasche. Während sie sich anzog, googelte sie rasch die beiden Dinge und traf augenblicklich eine Entscheidung. Ob es die richtige sein würde … ?

Zeig mir meine Grenzen!
Von André (mit Bianca's Unterstützung)

Ein in Ekstase zitternder Frauenkörper, durch die Nacht hallende Lustschreie, das Überschreiten von Grenzen in deine andere Welt, bizarre Gedanken sowie verborgene Wünsche, die tiefe Emotionen in Brand stecken und zu ungeahnten Gefühlsausbrüchen führen.

... All diese Dinge wären Jack niemals in den Sinn gekommen, als er bei Couchsurfing einen Pubic Post für eine Geschäftsreise nach Prag schrieb. Seine Intention dahinter war viel eher, statt in einem sterilen Hotelzimmer zu nächtigen, die Zeit am Rande der ICAO Konferenz mit einheimischen zu verbringen. Land und Leute kennenlernen, das war es, was ihn mehr reizte, als ein schickes Sterne-Hotel. Dabei suchte er sich ungern die Leute selbst heraus, sondern überließ es bevorzugt dem Schicksal. Unter den Übernachtungsangeboten, die er bekam, befand sich eines, einer jungen Dame, die offensichtlich ganz frisch der Couchsurfing-Community beigetreten war. Sie zeigte nicht viel von sich in ihrem Profil, war anscheinend selbst nicht viel gereist und Rezensionen suchte man vergebens. Fast schien es ein wenig dubios, doch Jack gab Neulingen gern eine Chance. Auch er hatte in der Community irgendwann einmal bei null angefangen. Zudem gab es ein paar Details die seine Aufmerksamkeit auf sich gezogen hatten. So zum Beispiel die Namen einiger Epic-Matel-Bands. Doch der eigentliche Grund, warum er sich schließlich für die Einladung von Eliška entschied war, wie sie ihn angeschrieben hatte. Ihre Zeilen hatten Inhalt, Tiefgang, vermittelten echtes Interesse ihn Aufzunehmen und die goldene Stadt an der Moldau zu zeigen. Risiko gab es immer, und zur Not konnte er noch jederzeit ins Hotel wechseln.

Die grauen Wolken hingen tief, an diesem tristen Oktobertag. Der Herbst hauchte seinen feuchtkalten Atem durch die Straßen, als Jack in die gedrungene Halle der Fernbusstation in Florence kam. Mitten zwischen all diesen herumwuselnden Menschen stand diese eine Frau – ihre Haare hellblond, ihr Gesicht blass. Sie wirkte etwas verloren, wie ein Mauerblümchen in einer Wüste voller Beton und schwerer tosender Eisenmaschinen. Eine Stimme sagte ihm sofort: Das könnte Eliška sein. Und tatsächlich war sie es. Die herzliche Umarmung zur Begrüßung passte irgendwie nicht zu ihr, wirkte sie doch auf den ersten Blick etwas kühl. Doch es gab immer wieder Menschen, die ihn überraschten, die im ersten Moment ganz anders wirkten, als sie tatsächlich waren. Eines war ihm sofort aufgefallen: ihre Kleidung. Neben einem viel zu kalt wirkendem Huddie und einem billigen Second-Hand-Pullover darunter, trug sie wie in einem brüllenden Kontrast dazu diese schicken schwarzen Lederhosen. Dies verlieh ihr das Antlitz eines Buches mit sieben Siegeln. Seine Neugier hatte ihm schon oft interessante Begegnungen beschert, vielleicht ja auch dieses Mal?

Egal zu welcher Jahreszeit man Prag besuchte, diese Stadt hatte einfach immer wieder etwas Einzigartiges, einen besonderen Charme. Während Eliška Jack durch die Menschen gefüllten Straßen der Altstadt führte, musste er zunehmend feststellen, dass sie dieses Flair nicht nur widerspiegelte, sondern ihm eine ganz eigene Würze verlieh. Zwar lachte sie nicht viel, strahlte aber sehr viel Wohlbehagen aus. Die süßen Gerüche der Candy Shops und Baumstriezelküchen verliehen Eliškas Augen beim Rezitieren geschichtlicher Details ihrer

Stadt eine einzigartige Wirkung. Mehr und mehr fragte sich Jack, was für eine Seele sich wohl hinter diesen Augen verbarg. Was war wohl ihre Geschichte? Leider erzählte sie nicht viel von sich, stellte stattdessen jedoch massig Fragen über sein Leben.

Die Stunden flogen dahin, die Kilometer in ihren Beinen steigerten den Wunsch nach Ankommen. Es war schon spät, als sie ihre Straße in der Prager Neustadt erreichten. Die Fronten der Häuser hier kamen architektonischer Meisterleistungen aus dem viktorianischen Zeitalter gleich. Eine Wonne für die Augen. Passte die Gegend wirklich zu Eliška? Ihre Wohnung verbarg sich im Obergeschoss. Die Einrichtung hatte etwas von einem Industriehaus-Stiel. Hohe Decken, Holzbalken, Messing, schwarz gestrichenes Eisen, Ziegel. Jack konnte sich nicht helfen, es hatte etwas ganz Eigenes. Etwas beinah schon magisches, das ihn an die Steam-Punk-Szene erinnerte. Es passte dann doch irgendwie zu dieser jungen Frau. Dieser mysteriöse Touch faszinierte ihn. Es gab viele Regale mit Büchern, eine äußerst gemütlich wirkende Leseecke mit vielen Kissen und einer Stehlampe. Ein bisschen wirkte alles wie eine Seite in einem Katalog eines Möbelhauses.

Da Eliška kein Gästezimmer besaß, richtete sie ihm einen Schlafplatz auf dem Sofa her. Der Kontrast zu dem Hotel, in dem er hätte nächtigen können, konnte kaum größer sein können. Doch der Kontrast in Sachen Gesellschaft ebenso nicht. Bislang bereute er es keine Sekunde. Während er sich nach einer heißen Dusche auf dem Sofa niederließ, hatte er viele Fragezeichen, Impressionen und Emotionen im Kopf. Diese eigenwillige Person hatte etwas, dass sie auf ihre ganz eigene Weise faszinierend erschienen ließ. Sie war unglaublich nett, kommunikativ und sympathisch, doch auch schüchtern.

Offensichtlich eine Einzelgängerin, die in eine Community versuchte einzusteigen, die auf Offenheit und Miteinander basierte. Sie wirkte wie eine arme Studentin, lebte jedoch in einer Wohnung, die man eher mit einem Anwalt oder erfolgreichen Designer assoziieren würde. Okay, sie hatte erzählt, dass sie etwas in Sachen Texting arbeitet, und da kann man gut verdienen.

Auf dem Sofa liegend, wanderten seine Blicke durch den Raum. Beim Anblick der Holzbalken, die man an einigen Stellen sehen konnte, musste er irgendwie an Bondage denken. Vor seinem geistigen Auge sah er Eliška gut verschnürt im Seilzeug unter einer dieser Balken schweben. Wie kam er nur auf diese Idee? Woher kamen diese Gedanken? Bevor er das Licht löschte, erhob er sich noch einmal um hinüber zum Bücherregal zu gehen. Die Literatur, die darin ihren Platz gefunden hatte, erstaunte ihn einerseits, überraschte ihn jedoch irgendwie nicht wirklich. Bücher von Erika L. James, J. S. Wonda, Vina Jackson, Manuela Ausserhofer und Nele Hoffmann reihten sich präzise geordnet aneinander. Eindrucksvoll bestätigte die Sammlung seine Vorahnung.

Zurück auf dem Sofa drehte sich sein Gedankenkarussell weiter. Stille Wasser waren bekanntlich tief und schmutzig. Diese Eliška war definitiv ein stilles Wasser, doch ihre Literatur ließ auf einiges an Tiefe schließen. Vom Sales-Bootcamp-Seminar, welches er im Jahr zuvor besucht hatte, wusste er, dass Menschen IMMER kommunizieren. Sei es durch Körpersprache, Kleidungsstil, Symboliken oder die Dinge mit denen sie sich umgaben. Die Seele versuchte stets die wahren Bedürfnisse, die Wünsche und Gedanken ans Licht zu bringen. Er durchforstete die Erinnerungen vom Tage nach Anzeichen, die mehr verrieten. Das Erste, was ihm dabei in den Sinn kam, war der Moment als sie in einem kleinen Kaffee eine Pause einlegten. Im Hintergrund lief Joe Cocker's >Unchain my heart<. Ihre braunen Augen schienen ihm dabei etwas sagen zu wollen. Doch was war es?

Jack schloss seine Augen. Es war Zeit zu schlafen. Vor seinem geistigen Auge sah er ihren Po in dieser schwarzen Lederhose. Vielleicht war das eines ihrer Zeichen?

Während des gesamten Seminars am darauf folgenden Tag dachte Jack immer wieder an seine Gastgeberin. Analysierte sie gedanklich, warf nebenbei noch einmal einen Blick in ihr Couchsurfing Profil. Sein Unterbewusstsein sagte ihm, dass da etwas war, was er herausfinden wollte. Das Schicksal hatte sie nicht grundlos zusammengeführt. Vor der zweiten Nacht bei ihr hätte er gern etwas Licht im Dunkeln.

Der Nachmittag war schnell heran und mit ihm die Verabredung mit Eliška zum Streifzug durch den Stadtteil Kleinseite unterhalb vom Hradčany. Laub flog im Herbstwind durch die Luft, begleitet von vereinzelten Nieseltropfen, während Jack an der Kreuzkirche neben der Karlsbrücke wartete. Plötzlich sah er sie auf der gegenüberliegenden Straßenseite vor der Salvatorskirche stehen. Sie versuchte eine Lücke im Verkehr zu erhaschen. Wieder trug sie einerseits ein älteres, Pullover ähnliches Oberteil in Kombination mit einer etwas liederlichen dünnen Jacke. Und wieder stand im Kontrast dazu ein langer, weiter, brauner Lederrock, der definitiv einem anderen Preisniveau entsprach, als der Rest. Eine Lücke im regen Verkehr tat sich auf und sie kam herübergerannt. Jack vernahm, wie sich dieses Bild in sein Gedächtnis einbrannte. Heute will ich wissen, wer du wirklich bis – sagte er sich. Nach abermals herzlicher Umarmung brachen Sie auf.

Das Wetter wurde immer ungemütlicher. Der gelegentliche Nieselregen verwandelte sich in immer häufigere Schauer. Der frische ungemütliche Wind ließ Jack frieren. Wie erging es da erst ihr? Doch sie verneinte die Frage, ob ihr kalt sei. Konnte er das glauben? Langsam brach die Dunkelheit herein und mit ihr mutierte der leichte Niederschlag zum stärker werdenden Dauerregen. Schließlich bat Eliška doch darum den Rundgang abzubrechen. Stattdessen schlug sie vor, daheim einen Tee zu trinken und noch etwas zu plaudern. Sosehr Jack sich auf einem Abend in einer zünftigen Prager Bierstube gefreut hatte, so gelegen kam ihm dieser Vorschlag, bot er doch viel bessere Möglichkeiten, mehr über sie herauszufinden.

Eine kurze Straßenbahnfahrt später erreichten sie Eliškas warme Räumlichkeiten. Die gemütliche Leseecke hatte sie bereits mit wohltuender Gemütlichkeit erwartet. Mit zwei köstlich duftenden Tassen indischen Chai, ließen sie sich in den Kissen nieder. Der Geruch des dampfenden Getränks untermalte den Moment. Den mittlerer Weile gegen das Fenster trommelnden Regen, die angezündete Kerze auf dem kleinen Tisch gegenüber, das sonst gediegene Licht, die kuschligen Kissen. Eine gute Einstimmung auf gespannte Gesprächsthemen.

Auch Eliška hatte nach einer Nacht mit wenig Schlaf den ganzen Tag über diesen Mann nachgedacht, der ihr da gegenüber saß. Es war anfangs komisch gewesen, diesen Fremden in ihrer Wohnung zu haben, doch genau dieses Gefühl hatte sie irgendwie gereizt. Andererseits hatte sie diesen Mann ausgewählt, weil er unzählige erstklassige Rezensionen von allein reisenden weiblichen Gästen auf seinem Couchsurfing Profil hatte. Das von ihm eine Gefahr ausging, war wohl absolut nicht zu erwarten. Aber vielleicht war es genau diese Gefahr gewesen, die sie innerlich irgendwo gereizt hatte? Vielleicht war ein möglicher Übergriff genau das, was in ihrem Unterbewusstsein kreiste, als sie sich auf dieser Seite angemeldet hatte.

Erneut sprachen ihre Augen Bände. Zugern wüsste Jack, in welchen Gedankengängen sie gerade unterwegs war. Er nahm einen Schluck Tee. Sie schien ziemlich weit weg zu sein. Doch auch bei ihm kreisten die Gedanken. Die Szene an der Straße, kurz vor ihrem Treffen poppte wieder auf. Zugleich fiel sein Blick erneut auf das Bücherregal.

Sie musterte Jack, so wie sie ihn in den vergangenen 24 Stunden schon öfters gemustert hatte. Das Vertrauen, die Sicherheit, die er ausstrahlte, empfand sie als sehr angenehm. Wie er klar, rasch und eindeutig entschieden hatte, wohin sie gehen wollen, immer wenn sie ihm während des Rundgangs verschiedene Möglichkeiten anbot, sagte ihr sehr zu. Seine schicke Anzughose, das weiße Hemd unter dem gemusterten, dunkelgrauen Pullover, sein gepflegter Dreitagebart ... all das hatte eine Ausstrahlung, die dem entsprach, was sie schon oft im Kopf gehabt hatte. Und dann war da noch der Ring an seinem Finger. Ein großer, schwerer, glänzender Edelstahlring mit dem Peitschenrad-Symbol. Sie wusste, dass jeder Mensch auf die eine oder andere Weise, bewusst oder unbewusst, dezent oder brüllend auffallend zeigte, wer er wirklich ist.

„Du nennst ja wirklich spannende Literatur dein Eigen" stellte Jack fest und deutete mit einer Kopfbewegung in Richtung Bücherregal. Dabei registrierte er die Geschwindigkeit, mit der sie ihren Blick vom Inhalt ihrer Teetasse in seine Richtung lenkte. Es machte den Anschein, als hätte er sie mit diesen Worten aufgeweckt.

Endlich, schrie ihre innere Stimme. Endlich bog das Thema in diese Richtung ab. War das die Initialzündung? Sie hatte so viele Gedanken im Kopf, den ganzen Tag schon, die vergangene Nacht ebenso. Hatte sich immer wieder gefragt, ob es passen könnte, doch ihr Bauchgefühl hatte bereits am Vorabend zugestimmt. Seither hatten sich all ihre Gedanken darum gedreht, wie der Stein ins Rollen kommen würde. All ihre Wünsche, all ihre Vorstellungen und oft auch Pläne ... es kam nie dazu, da sie nie den Mut hatte, die Komfortzone zu verlassen. Das ging selbst so weit, dass sie Impulse von außen abwerte. Inzwischen waren jedoch die Wünsche zu solchen Riesen herangewachsen, dass es einen Ausweg brauchte, sollte sie von diesen nicht erdrückt werden wollen. „Oh, ähm ja!" gab sie verlegen zu.

„Ich kenne diese Literatur auch. Hab diese Bücher nicht alle gelesen, bin aber mit dem Inhalt gut vertraut" erklärte Jacks ruhige, tiefe Stimme. Zugleich sagte ihm seine Menschenkenntnis, dass es nicht nur Einschlaflektüre war, die da im Schrank schlummerte. Dahinter standen entweder tiefe Wünsche oder brennende Leidenschaft. Wie letzteres wirkte sie jedoch keinesfalls. Er musterte, wie sie neben ihm in den Kissen saß, ihre Tasse mit beiden Händen umschlossen hatte, als wolle sie sich vor lauter Unsicherheit daran festhalten. Ihr langer, weicher brauner Lederrock bedeckte geschmeidig ihre bleichen Beine. Er war ihr Symbol – war das Zeichen für ihre Wünsche und vermutlich auch Leidenschaften. Getarnt durch dieses Oberteil, welches sie vielleicht schon seit einer Dekade trug, weil es ihr Sicherheit gab. Sein Blick wanderte wieder an ihr hinauf, bis er auf ihren traf. Urplötzlich lehnte er sich zu ihr hinüber und küsste sie. Er wollte es jetzt wissen, seiner exzellenten Couchsurfing Reputation zum Trotz.

Seine Lippen auf ihren, seine Zunge in seinem Mund, seine gepflegte Hand in ihren Haaren – Gott wo kam das plötzlich her? Sie wusste gar nicht wie ihr geschah! Eben noch in den Gedanken vertieft, wie sie das aufkeimende Gespräch über die delikate erotische Literatur so lenken könnte, dass es auf etwas Derartiges hinaus laufen würde, war sie nun völlig überrascht, dass sie selbige Ereignisse gerade überrollten. Hilfe und er roch so gut, so männlich. Seine Zunge ließ ihrer keine andere Wahl, als der Aufforderung zum Tanz nach zukommen. War ihr diese Überwältigung zu viel, oder hatte sie doch irgendwie was anderes erwartet – etwas Heftigeres, Rabiateres?

Nach kurzer Schockstarre, vernahm er, dass sie sich führen ließ. Er hatte weder ihre Hand schwungvoll auf der Wange zu spüren bekommen noch den Aufschrei "Raus!" gehört. Aber wie sollte sie mit seiner Zunge im Hals auch anders reagieren können. Dennoch war er ein Freund davon, ihr eine Chance zum Rückzug zu geben. Für einen Moment unterbrach er den Kuss und wich einige Zentimeter zurück. Er sah ihr tief in die Augen, schwieg jedoch.

„Warum küsst du mich?", fragte sie mit leiser, leicht zittriger Stimme, die davon zeugte wie Adrenalin geflutet ihr Körper gerade war. Ihr Blick zeugte von Unsicherheit, dem Wunsch nach Halt.

„Weil es deine Seele mir gesagt hat. Ich habe es in deinen Augen gesehen" flüsterte Jack. Dabei kam er ihr wieder langsam näher. Sie wich nicht zurück. Erneut berührten sich ihre Lippen. Diesmal jedoch nur ganz sachte. Ein Hauch von einer Berührung. Auch seine Zungen spitze tippte nur ganz leicht gegen ihre Lippen, die sich daraufhin erneut öffneten und den Weg in ihrem

Mund freigaben. Im Kontrast zu seinem zarten Kuss, ergriff seine Hand nun ihren Hinterkopf. Seine Finger durchkämmten ihr Haar.

Hilfe! Sie glaubte vor Aufregung am ganzen Körper zu zittern, auch wenn diese nur Einbildung war. In den dunkelsten Ecken ihrer Fantasie flehte sie ihn an, dass er sie jetzt kraftvoll in die Kissen warf und knallhart über sie herfiel. Andererseits, wusste sie noch nicht einmal mit der Situation, die sich so schnell gewandelt hatte, umzugehen. Fast war es ihr das alles zu viel. Vor allem als sie schließlich auch noch seine Hand auf ihren Beinen spürte.

Was für ein geiles Material trägst du da – dachte Jack, als er seine Hand ihren Schenkel hinauf schob. Dieses warme, weiche Leder. Oh ich weiß, im Inneren musst du eine ganz versaute sein – stellte er gedanklich fest. Gut sie war keine der Sorte, bei der die Herren Schlange standen, wie DDR-Bürger vorm Bananengeschäft, doch er war sich sicher, dass sie es Faust dick hinter den Ohren hatte. Etwas anderes konnte er sich nicht vorstellen. Und dies reizte ihn ungemein. Der Wunsch er herauszufinden, sie zu erobern, wuchs augenblicklich. Plump entsprach jedoch keineswegs seinem Stil.

Wieder unterbrach er den Kuss, ging abermals auf Abstand. Diesmal jedoch etwas mehr. „Also, was ist es das dich an den Büchern reizt?" Eliškas braunen Augen sprangen hin und her, wussten nicht auf welches seiner Augen sie sich konzentrieren sollten, während sie nach der passenden Antwort suchte. „Ich finde sie einfach spannend. Das ganze Thema hat etwas Faszinierendes." Den Augenkontakt weiter haltend, stellte Jack fest: „Dem stimme ich dir zu."

Eliška ließ sich zurücksinken, regelrecht in die Kissen fallen. Verdammt, was hatte der Kuss nur mit ihr gemacht. Er hatte eine Tür geöffnet ... nein, eine Mauer durchbrochen. Doch war dies schon genug? Würde sie heute einmal den Mut haben? Konnte sie endlich aus ihrer Komfortzone heraus? Sie wollte es schon so lange! Er könnte der richtige sein, der, dem sie sich offenbart. Wo war ihre Tasse? Sie brauchte etwas zum Festhalten, etwas Warmes. Sie hatte schon oft Anlauf genommen, aber nie etwas Passendes gefunden. Vertrauenswürdige Typen waren nicht das, was sie brauchte. Ein wilder Bad Guy wäre da eher von Interesse, doch so jemandem traute sie nicht über den Weg, obgleich es genau das wäre, was sie in ihrer Fantasie hatte. Zugang zu den richtigen Kreisen hatte sie nicht. Hatte es zwar schon einige Male versucht, aber die Aufdringlichkeit mancher Herren, die leichte Beute witterten, hatte sie stets wieder verscheucht. Es war ein Teufelskreis. Es war eine solide Mauer, die sie geschaffen hatte und hinter der brutal viel aufgestaut war.

„Ich habe so etwas noch nie erlebt." Sie machte eine Pause, während er zurückhaltend schwieg. „Also ich rede nicht von Sex, sondern von den ausgefalleneren Dingen." Jack wusste genau, wovon sie sprach. Mit einem dezenten, vertrauensvollen Schmunzeln sagte er: „Fifty Schades?"

„Zum Beispiel" gab sie zu. Irgendwie war es ihr peinlich. Trotz seines Ringes, fürchtete sie, er könne sie für Pervers halten, für einen völlig durchgeknallten Freak. Ein Nerd, der nur in seiner bizarren, vielleicht ja sogar abartigen Welt der Fantasien abseits jeglicher Realität lebte.

Daher wehte also der Wind, stellte Jack für sich fest. Das erklärte einiges. Auch er lehnte sich zurück. Langsam wurde ihm vieles klar. Nach einem Schluck Tee, sah er wieder zu ihr, suchte erneut den Blickkontakt. Was war es, was ihm diese Augen sagen wollten? Was versuchte ihm diese scheue Seele mitzuteilen? Es erinnerte ihn an den Vortag – Unchain my Heart, schoss ihm wieder in den Sinn. So versank er in die Bedeutung des Titels.

Plötzlich fing sie an zu reden. Ihre Worte holten ihn ins Hier und Jetzt zurück. Es brach regelrecht aus ihr heraus – der Moment der Offenbarung. Eliška berichtete davon, dass sie sich noch nie getraut hatte ihre dunklen Fantasien anzusprechen. Niemandem gegenüber. Geschweige denn diese auszuleben. Stattdessen waren sie immer größer, immer verrückter, ausgefallener, perverser geworden. Sie hatte sich immer mehr zurückgezogen, immer mehr Angst bekommen, der Mensch zu sein, der sie sein wollte. Es war wohl eine Eingebung gewesen, die sie dazu gebracht hatte, sich bei Couchsurfing anzumelden, vielleicht genau aus dem Grund ... aus dem Wunsch, damit exakt das passieren würde: dass sie eines Tages mit jemandem, der sich mit der Materie auskannte, gemütlich beisammen sitzen würde, die Nacht durch über ihre dunkle Seite plaudert und dann ... nein das war zu utopisch. Oder doch nicht?

Gespannt hört Jack zu. Er sagte nichts, fiel ihr nicht ins Wort, gab keinen Kommentar ab. Alles, was er tat, war ihr voll und ganz das Gefühl zu geben, dass sie absolut das Richtige tat. Irgendwie konnte er sie verstehen. Als am Ende ihrer Erklärung die bedächtige Stille zurückkehrte, wanderte sein Blick erneut durch den Raum. An anderer Stelle erspähte er eine DVD. Der Schriftzug darauf kam ihm sofort bekannt vor. „Oh wie ich sehe, kennst du Nymphomaniac ebenfalls?" Sie nickte schweigend, woraufhin er fortfuhr: „Die Filme sind krass! Aber ich finde sie absolut genial. Dagegen ist Fifty Shades der pure Kindergarten!" Ein weiteres Mal nickte sie zustimmend, jedoch weiterhin schweigend. „Hast du eine Lieblingsszene?", fragte Jack. Keine Antwort.

Es vergingen einige Minuten. Zeit, die er ihr gab, Zeit die sie brauchte. Wenn sie diese Gelegenheit nicht nutzen würde, dann würde es ein für alle Mal eine Fantasie bleiben ... dann würde sie nie wieder in den Spiegel schauen können. Ach verdammt! Wie sollte sie es nur angehen? Was sollte sie nur sagen? WIE sollte es ihm nur sagen? In Gedanken zählte sie von drei herab.

„Jack, es gibt da etwas, dass ich dir sagen möchte ..." Er legte erneut seine Hand auf ihren Oberschenkel. „Nur zu!" „Ich trau' mich nicht, aber wenn nicht jetzt, wann dann?" Nachdem sie die ganze Zeit seinen Blickkontakt gemieden hatte, suchte sie ihn jetzt. „Eliška es ist okay. Ich weiß, was du willst. Sprich es aus, es ist nichts dabei, alles gut." Um seine Worte zu unterstreichen, legte er seine Hände auf ihre Schultern und lächelte warm. „Ich möchte es erleben!", gab sie zu und schloss dabei die Augen. Mit seinen Händen strich er ihr durchs Haar. „Schau mich an! Ich sagte, ich weiß!" Sie blickte auf, ihm erneut in die Augen, hielt den Kopf minimal schief. „Nein du weißt nichts. Die Couch-Szene ist meine Lieblingsszene in dem Film!"

Okay, das war in der Tat nicht ganz das, was er gedacht hatte – mehr als er erwartet hatte. Ein Augenblick verging. „Auch das ist absolut okay. Nichts wovor du Angst haben musst."

Ihre Augen sahen ihn sehr tief an. In ihr schienen die Emotionen offensichtlich Achterbahn zu fahren. Nach einiger Zeit flüsterte sie: „Ich möchte dir etwas zeigen. Darf ich?" „Natürlich!", entgegnete er.

Den Tee beiseite gestellt, ergriff sie seine Hand, und stand auf. „Komm mit!" Sie zog ihn hinaus in den Flur. In der hintersten Ecke der Wohnung, hinter einem Wandteppich, befand sich eine weitere Tür. Ihr Arbeitszimmer, schoss ihm durch den Kopf, gleichzeitig wissend, dass es genau das sicher nicht sein wird. Eliška schloss auf, öffnete die Tür, drehte am stufenlosen Lichtschalter. Ein nicht sehr großer Raum trat in Erscheinung, in dessen Mitte ein Strafbock stand, genau im Lichtkegel der darüber hängenden Lampe. Es war ein etwas älter aussehendes Modell, welcher in dieser Wohnung keinen Stilbruch darstellte. Schweres dunkelbraunes Holz, Messingnieten, braunes Leder. Ein robust anmutendes Ding. Keines der Modelle zum darüber beugen, ähnlich einem Springbock aus dem Schulsport. Auch kein Modell zum längst darauf legen, welches einem Sägebock ähnelte, sondern eher eine Strafbank. Eines dieser Teile, auf dem man in Hündchenstellung Platz nahm. An der Wand daneben hin eine kleine Auswahl von Schlagwerkzeugen. Jack war für einen Augenblick sprachlos! Was für ein bizarrer Moment. Nach einer Minute, die sich anfühlte, als hätte jemand die Zeit angehalten, blickte er zu Eliška, die mit gesenktem Blick neben ihm stand.

Der Moment der Offenbarung. Es hatte für sie etwas davon splitternackt vor einer Menschenmenge zu stehen. Ihre Emotionen: undefinierbar! Irgendwas zwischen Angst, Peinlichkeit, Erlösung, Hoffnung, Scham, Verletzlichkeit. Es war ihr geheimes kleines Reich, welches noch nie jemand zu sehen bekommen hatte. Hier konnte sie so sein wie sie ist. Hier versuchte sie bislang allein ihre Fantasien auszuleben, soweit das irgendwie möglich war. Hier wohnten ihre dunklen Träume.

Auch Jacks Emotionen waren nur schwer zusammenzufassen. Bizarr beeindruckt, traf es wohl am ehesten. Er verbarg sie jedoch, hielt seine Reaktion zurück und sich unter Kontrolle. Alles, was er tat, war seine Finger unter ihr Kinn zu legen, um es anzuheben und ihr in die Augen zu schauen. Anfangs wich sie seinem Blick aus. Als sie diesem schließlich standhielt, forderte er sie knapp auf: „Erzähl mir mehr!"

„Die Vorstellung fasziniert mich!" begann sie. Es war die Vorstellung absolut wehrlos ausgeliefert zu sein. Sich voll und ganz hin zu geben, sich in die mächtigen Hände von jemandem zu geben. Hände die bestrafen, schmerzen und befriedigen können. Es war das Verlangen sich zu spüren, ohne davor weglaufen zu können. Es war der Wunsch zu erfahren wie weit sie gehen konnte.

Über die Zeit hatte das wiederholte Ansehen ihrer Lieblingsszene von Nymphomaniac in ihr die Vorstellung geschaffen, dass es unglaubliche Lust freisetzen würde, völlig ausgeliefert geschlagen zu werden. Oft schloss sie sich hier ein. Die schwarzen Vorhänge zugezogen, die Musik laut gedreht. Dann legte sie sich auf den Bock, schlug sich selbst mit einem Paddel auf den Hintern, genoss das brennen ihrer Haut. Dazu schob sie sich Spielzeuge in ihre Löcher, stellte sich vor gegen ihren Willen gefickt zu werden. Manchmal trieb sie es so weit, bis sie nach mehreren Höhepunkten nicht mehr konnte. Zu gern würde sie dies jedoch einmal erleben, ohne selbst Regie zu führen, selbst die Kontrolle zu haben, selbst aktiv sein zu müssen. Doch wie ohne das passende zweite Händepaar?

All diese Gedanken gab sie Jack preis. Mit ihrem Seelenstripteas setzte sie alles auf eine Karte. In ihren Augen konnte er genau das ablesen. Irgendwo reizte es ihn, mit ihr diese Reise anzutreten. Konnte er aber auch die Verantwortung übernehmen? Er kannte sie so gut wie gar nicht, wusste nicht wie sie reagiert, was mit ihr geschehen würde. Ganz zu schweigen davon, dass er die Eigenheiten ihrer Körpersprache nicht kannte. Würde er sie also lesen können? Ihm war es an sich zu heikel. Hinzu kam, dass er einen makellosen Couchsurfing Ruf genoss, diese Comunity liebte und viel zu verlieren hatte. Mit dem Kuss hatte er das bereits riskiert. Aber eine schlechte Rezension wegen eines Kusses war das Eine. Solch eine Nummer ein komplett anderes Kaliber!

„Zeig es mir bitte, lass es mich spüren und erleben" flüsterte sie – riss ihn mit diesen Worten aus seinen Gedanken. Dabei ergriff sie seine Hände. „Bitte!" Ihre scheuen braunen Augen sahen ihn erwartungsvoll an. „Du hast doch bestimmt genug Erfahrung, oder?" „Erfahrung ist nicht der Punkt" gab er zurück. „Glaub mir, ich habe Dinge erlebt und gemacht, die das hier deutlich übersteigen. Aber du vergisst, dass ich aus anderem Grund hier bin, und dich kaum kenne. Solche Sachen basieren auf enorm viel Vertrauen – gegenseitiges Vertrauen. Und es braucht einige Zeit um dieses aufzubauen." Sie drückte seine Hände etwas fester. „Ich vertraue dir, Jack! Mein Bauchgefühl sagt mir, das du der richtige bist, dass uns das Schicksal aus diesem Grund zusammen geführt hat." Diese Worte schlugen ein bei ihm. Doch im selben Moment sagte sie: „Warte hier!" Und verschwand aus dem Raum. Einen Augenblick später kam sie mit einem Zettel zurück. „Das habe ich letzte Nacht geschrieben." Auf dem einmal gefalteten, karierten A5 Blatt stand fein säuberlich geschrieben – und sie hatte eine sehr eigenwillige, wunderschöne Handschrift – dass sie sich ihm aus freien Stücken anvertraut, er alles mit ihr machen dürfe und sie ihm Nachgang für nichts verantwortlich machen wird. „Ich glaube du weißt gar nicht, was das hier bedeutet", stellte Jack mit durchdringendem Blick fest.

Eliška ließ seine Hände los, trat einen Schritt zurück. Sie raffte ihren Rock und zog ihren Slip aus. Fein säuberlich zusammengelegt legte sie diesen auf einer Kommode an der Seite des Raumes ab. Dann stieg sie auf den Bock. Sich ganz darauf gelegt wartete sie ab, sagte kein weiteres Wort. Als hätte ihr jemand befohlen zu schweigen.

Gab es überhaupt noch eine Möglichkeit diesen Abend auf normalem Wege zu Ende zu bringen? Vermutlich nicht, dachte Jack. Vermutlich wäre das dann genau der Punkt, an dem sie ihn hinauswerfen würde. Der Sprung Eliškas über ihren eigenen Schatten, der eiserne Wille das jetzt mit allen Konsequenzen durchziehen zu wollen war bemerkenswert. Er faltete den Zettel zusammen und steckte ihn ein. Sein Blick wanderte durch den Raum. Auf der Kommode entdeckte er eine Augenbinde. An den Wandhaken mit den Schlagwerkzeugen wartete ein Lineal ähnlicher Lederriemen. Beides nahm er an sich, bevor er zu ihr ging. Erneut hob er ihr Kinn an, sah ihr nochmals einige Momente tief in die Augen. Stille erfüllte den Raum.

In seinem Pullover mit darunter hervorschauendem Hemdkragen wirkte er auf sie wie ein altmodischer Lehrer. Dann wurde es dunkel.

Nachdem er ihr die Augenbinde angelegt hatte, schritt er einmal langsam komplett um sie herum, betrachtete sie dabei. Der billige Pullover, der lange Lederrock der glatt über ihrem schmalen, runden Po lag und weich den Konturen ihrer Beine folgte. Ja, es reizte ihn, machte ihn an. Mit den Fingern streifte er über ihren Rücken, dann mit seiner Handfläche über ihren Po. Ob er wollte oder nicht, es bescherte ihm einen Ständer. Sie hingegen reagierte überhaupt nicht. Kein Laut, kein Zusammenzucken, Ausweichen oder entgegenkommen. Jacks Hand wanderte ihre Beine hinab bis zum Saum des Rockes an ihren Knöcheln. Noch einmal musterte er sie, dann zog er den Rock hoch, legte ihren bleichen nackten Po frei. Ohne eine weitere Sekunde verstreichen zu lassen, schlug er sofort zu, zog ihr einmal den Riemen recht derb über den Hintern. Warum lang herumeiern – er wollte sofort wissen, ob sie einfach nur eine große Klappe gehabt hatte, oder ob sie wusste, wovon sie sprach. Fantasie und Realität, Vorstellungen und tatsächliches Empfinden sind oftmals zwei völlig verschiedene Dinge.

Zu seiner Überraschung sagte sie kein Wort. Mindestens ein lautes „Ahhh!" hatte er erwartet, oder ein gediegeneres Aufstöhnen vielleicht. Erneut holte er aus, schlug ähnlich hart auf die andere Pobacke. Lediglich ein tiefes Durchatmen konnte er registrieren. Nachdenklich machte er eine Pause, ließ den Riemen sinken. Offensichtlich war sie tatsächlich für mehr bereit. Na gut, dann soll es so sein! Aber nicht ohne adäquates erwärmen. Den Saum des Rockes legte er auf ihrem Rücken ab, richtete die Seiten, sodass ihr Po akkurat frei lag. Den Riemen zurückgehängt, zog er den Gürtel aus seiner Hose. Er packte sich ihre Arme, verschränkte diese hinter ihrem Rücken. Sein Griff war fest, vermittelte ihr Stärke. Allerdings eine vertrauensvoll führende Stärke. Es erzeugte eine gewisse innerliche Wärme in ihr. Mit dem Gürtel band er die Arme zusammen. Nun griff er zu einem Tischtennisschläger ähnlichem Schlagwerkzeug. Ihre Arme mit einer Hand auf ihrem Rücken haltend, versetzte er ihr mit dem Paddel in zügiger Frequenz viele kleine, mäßig derbe Schläge über den gesamten Po verteilt.

Schließlich dauerte es dann doch nicht lang, bis sie zu stöhnen anfing, sich leicht bewegte. Von der Seite sah er wie sie die Zähne zusammen biss. „Na, ist es das, was du willst?", fragte er. Doch als Antwort kam nur ein Raunen.

In der Tat wusste sie es selber nicht, war einfach nur hin und weg davon, dass es hier und jetzt geschah. Unzählige Gedanken und Emotionen wurden freigesetzt. Endlich erlebte sie das Gefühl. Es zwiebelte, begann zu brennen, doch die Freude und Aufregung diese Erfahrung zu machen überwog klar, obgleich es sich ganz anders anfühlte als in ihrer Fantasie. Anfangs weniger intensiv, mit der Zeit jedoch deutlich schmerzhafter. Andererseits erregte es sie, auf ihrem Bock zu liegen. Die Synapsen begannen förmlich zu tanzen. Das Leder bespannte Polster des Bockes – das Material was sie schlechthin mit BDSM assoziierte. Der zurück geschlagene Rock aus selbigem Material und das, was sie selbst nie hat tun können – die auf dem Rücken gefesselten Hände. Eliška erregte all das ungemein, sie hatte das Gefühl auszulaufen. Dennoch entsprach es noch nicht der in ihren Vorstellungen manifestierten Szene.

„Stopp!", rief sie plötzlich. Es klang fast wie der Ausruf des Savewortes, welches sie nicht festgelegt hatten. Augenblicklich hielt Jack inne. Blickte auf ihren erröteten Po. War er doch schon zu weit gegangen? „Warte!", bat sie. Das Paddel bei Seite gelegt, ging er vor Eliška, sank in die Knie und streifte ihre Augenmaske hoch. Ihre Augen sahen dankbar aus. Zugleich schien es, als wenn sie erneut zögerte, etwas auszusprechen. Auf Augenhöhe den Blickkontakt hergestellt, fragte er knapp: „Was?"

„Ich habe noch ein Wunsch!", flüsterte sie. „Ich möchte, dass du mich anal nimmst!" Jetzt war er völlig perplex. „Bitte was?", hakte er nach, obwohl er es genau verstanden hatte. „Fick mich in den Arsch! Gegen meinen Willen. Und nimm bitte eine Peitsche! Bring mich bis an mein Limit. Ich will es wissen! Ich will einmal dieses Gefühl haben wie es ist!"

Schieße – dachte er, stand auf und atmete tief durch. Sie war verrückt, völlig durchgeknallt! Nein, verdammt, das ging zu weit, begann aus dem Ruder zu laufen. Besser jetzt die Notbremse ziehen, als später. Er löste den Gürtel um ihre Arme. „Steh auf! Komm von dem Bock runter."

Langsam stieg sie ab, rieb sich dabei ihren Po. Vor Jack stehend, sah sie ihn an. In ihrem Blick konnte er Enttäuschung sehen, oder war es Verzweiflung? Kurz dachte er darüber sie in die Arme zu nehmen, entschied jedoch, dass es noch zu früh dafür war. „Du weißt nicht, was du hier verlangst. Es wäre verantwortungslos das mit dir zu tun." Nach einer kurzen Pause meinte er: „Komm wieder mit ins Wohnzimmer. Lass uns noch mal über ein paar Dinge reden."

Irgendwie sagte ihr Bauchgefühl, dass die Chance nicht wieder kehren würde, wenn sie einmal den Raum verlassen haben. „Halt!", erklang ihre Stimme deutlich, um kurz darauf hinzuzufügen: „Zieh mich aus!" In dem Moment wo er ansetzte etwas dagegen sagen zu wollen, ergriff sie gleich wieder das Wort: „Frag nicht, zögere nicht, tue es bitte einfach!"

Verdammt, was ist das hier – fragte er sich. Soll das eine Falle sein, in diese ihn locken wollte oder was? Eliška mit einem stechend ernsten Blick fixiert ergriff er ihren Pullover und zog diesen nach oben. Sie hatte nichts darunter. Barbusig vor ihr stehend, nur noch mit ihrem

Rock bekleidet, gelang es ihr nicht länger den Augenkontakt zu halten.

Jack blickte hinüber, dahin wo ein winziger Streif der Straßenbeleuchtung an einer Seite des Vorhangs vorbei lugte. Er schluckte, atmete tief durch. Seine Gedanken arbeiteten. Nach einigen Momenten sah er sie wieder an, ergriff ihre Handgelenke, hob ihre vernarbten Arme ein wenig an. „Ich höre!", sagte er knapp und deutlich, wie ein Vater zu seiner Tochter. „Die sind alt. Ich hab mich in meiner Jugend geritzt" erklärte sie mit leiser Stimme. Dies fügte sofort alle Puzzleteile mehr oder weniger zusammen. „Du wurdest in deiner Jugend missbraucht, richtig? Von? Vater, Stiefvater? Lehrer? Ein Trainer?" In der Pause, die er machte, kam keine Reaktion. Sie schwieg. „Ich kenne dieses Phänomen" fuhr Jack fort. „Du willst es verarbeiten, mit der Vergangenheit abschließen. Dir ist etwas widerfahren, was dich geprägt hat und du möchtest es loswerden. Doch genauso hält es dich gefangen, im Bann, fasziniert dich vielleicht sogar, ist etwas Vertrautes. Unchain my Heart oder Soul, hab ich recht?" Da war dieses kaum wahrnehmbare Nicken von ihr. „Stimmt's, da ist dieser Damm, hinter dem all diese Dinge angestaut und verborgen sind? Du denkst, der Ausweg sind Extreme, deswegen willst du es!"

Seine Worte trafen sie ganz tief, trafen direkt ins Schwarze. Sie blickte auf, sah aus wie kurz vorm Weinen. Doch ihre Augen blieben trocken. Beidseitiges Schweigen folgte. Schließlich meinte Jack: „Okay … du willst es wirklich? Weist genau was du hier verlangst und was es für dich bedeutet?" Eliška nickte, zumindest auf den ersten Teil bezogen.

„Wenn ich merke, dass es zu viel wird, breche ich ab. Definitiv, ohne Wenn und Aber! Und ich werde dich auch nur anal ficken, nicht anders. Verstanden? Mehr wird zwischen uns nicht passieren. Heute nicht, überhaupt nicht." Abermals nickte sie, fügte dann allerdings noch ein hörbares: „Ja, okay!" hinzu. „Gut", sagte Jack, „Dann geh und spüle dich. Ich erwarte dich anschließend nackt wieder hier."

Ob diese Entscheidung die richtige war – er wusste es nicht. Wenn das Ganze aber nicht auch irgendwo seinen Reiz hätte, wäre die Entscheidung eine andere gewesen. Viele in der Szene haben ihre Vergangenheit. Er ebenso. Dieser unscheinbaren jungen Frau ihre Wünsche zu erfüllen, diese graue Maus ein Stück weit an die Hand zunehmen, mit ihr die lang gereiften Fantasien umzusetzen, hatte etwas magisch Anziehendes. Und wenn er daran dachte, wie sie sich im Bad gerade darauf vorbereitete ... da wäre er gern Zuschauer. Zu mindestens beim ersten Teil.

Wie befohlen kam Eliška nackt zurück. Etwas unruhig stand sie abwartend vor ihm. Ihre Aufregung, Vorfreude und ein wenig Angst konnte er förmlich riechen. Ach dieses zarte Kleeblatt ... Er zog seinen Pullover aus, knöpfte die Bündchen seiner Hemdsärmel auf und krempelte sie hoch. Eine Hand auf ihre Schulter gelegt, fragte er: „Du bist bereit, willst es immer noch?" Erneut lautete die klare Antwort: „Ja!"

Nach einem Moment des Abwartens, ging er zur Kommode, holte die Augenbinde. „Halt!", erhob sie plötzlich ihre Stimme. „Ich will alles so bewusst wie möglich miterleben!" Okay – dachte Jack, legte die Augenbinde zurück und packte sie mit einem kräftigen Griff am Oberarm. Es war wieder dieses vertrauensvolle, feste zupacken, das sagte: Lass dich fallen, ich führe dich sicher hier durch. Ohne dass er sie dazu bewegen musste, stieg sie von selbst auf den Bock zurück. Kaum lag sie, nahm er als Erstes den breiten Ledergurt in der Mitte, den er über das untere Ende ihres Rückens legte. Mit einem gewissen Temperament führte er den Gurt durch die Schnalle und zog ihn gut fest. Jeweils ein Gurt am Oberschenkel, einer am Unterschenkel und einer am Fußgelenk folgte mit gleicher Bestimmtheit. Die vier Armgurte ließ er vorerst noch ab.

Während sie im Bad gewesen war, hatte er sich etwas in dem Raum umgesehen, in die Fächer der Kommode geschaut. Schließlich wollte er wissen, womit sie sonst so spielte, um bestmöglich ihren Vorstellungen entsprechen zu können. Entgegen der Annahme Außenstehender, ging es beim BDSM viel mehr darum, der devoten Person das zu geben, was sie brauchte oder wollte. In einer Schublade hatte er einen schönen, schweren, mindestens dreieinhalb Zentimeter im Durchmesser messenden Stahl-Analplug entdeckt. Diesen zog er nun aus seiner Hosentasche und hielt ihr hin. „Leck ihn schön feucht!", befahl er.

Als Eliška den Plug sah, kribbelte es sofort in ihrem Magen, war dieser doch in ihren Gedanken mit so vielen Aktionen verbunden, die sie hier allein durchgezogen hatte. Mit einer gewissen Anmut verschlangen ihre augenblicklich nicht mehr ganz so blassen Lippen das Stück tropfenförmigen Stahls. Genauso wie sie es allein auch immer getan hatte, lutschte sie einen Moment lang daran. Erst seine Worte: „Spreize deine Arschpacken!", brachte sie dazu, den Plug aus ihrem Mund freizugeben. Sie griff nach hinten, packte ihre Pobacken, zog diese einladend weit auseinander. Als wolle sie so gleich dem Plug die Hintertüre weit öffnen. Braves Mädchen – dachte Jack und trat hinter sie. Er ließ einen großen Tropfen Spucke gezielt auf ihre Rosette fallen. Ein Anblick der auch ihn erregte.

Einen Moment später spürte Eliška den harten, kühlen Stahl an ihrem Schließmuskel. Oh ja, komm zu mir, mein geliebtes Ding – ging ihr sofort durch den Kopf. Wieder spürte sie diese Kraft, diese Bestimmtheit in seiner Bewegung, die trotzdem auch ein gewisses Maß an Vorsicht in sich barg. Es war wie immer dieser erste Moment, wenn etwas in der Größe den widerstand des Ringmuskels überwand. Kurz sog sie Luft ein, um diese entspannend auszublasen, als der Plug in ihrem Po verschwand. Oh ja, dieser vertraute Druck im Arsch. Es bescherte ihr sogleich den Ansatz einer Gänsehaut. Doch schon im nächsten Augenblick waren da seine Hände, die ihre Handgelenke packten und ihre Arme nach vorn führten. Wie zuvor ihre Beine schnallte er nun ihre Ellenbogen und Handgelenke mit Lederriemen am Strafbock fest. Eliška zitterte leicht vor lauter Aufregung. Gleich ging es los. Wie würde sie wohl mit den reellen Schmerzen umgehen? Waren diese genauso erregend und befriedigend wie in ihrer Fantasie? Was, wenn nicht?

Ganz in Ruhe ging Jack zu den beiden mehrarmigen Kerzenständern, die den Raum dekorierten. Nach einander entflammte er die warmen Lichter, die dem Raum augenblicklich einen ganz anderen Flair gaben. Als Nächstes trat er an die auf der Kommode stehende Stereoanlage. Wählerisch beäugte er den CD-Ständer. Etwas akustische Ablenkung wäre sicher nicht verkehrt. Wer weiß wie laut es werden würde? Wer weiß wie hellhörig die Nachbarn sind? Besser laute Musik als Frauenschreie. „Die Erste!", erklang ihre Stimme hinter ihm. Diese hatte er ohnehin gerade in der Hand. Die verschnörkelten Buchstaben auf dem Cover ergaben das Wort >Nightwish<. Er legte sie ein, drückte Play und schritt gemächlich zu den Haken mit den Schlagwerkzeugen. Ob Eliška wohl eher dem schwarzen oder weißen Spektrum zuzuordnen war? Die Sofaszene von Nymphomaniac sprach für schwarz, doch ihre bislang selbst durchgeführten Spielchen eher für weiß. So griff er zu einem schönen mittelgroßen Lederflogger mit neun dünnen Riemen. Sie hatte zwar von Peitsche gesprochen, war sich aber vermutlich dem Unterschied wenig bewusst. Sollte es später vonnöten sein, würde er zur Bullwhip wechseln.

Den Flogger schwingend stellte er sich genau hinter sie, betrachtete den bleichen, unbeschadeten Po, erinnerte sich dabei kurz an seine ersten Erfahrungen. Dann begann er den Flogger kreisen zu lassen, sodass die Schwänze rotierten wie die Bürsten einer Waschanlage. Als die Enden der Riemen dabei zum ersten Mal mit ihrer Haut in Kontakt kamen, sah er, wie sie die Hände zu Fäusten ballte. Wohl kaum, weil es schon wehtat, eher aus Aufregung. Vielleicht war es sogar Erregung?

Die schnellen leichten Schläge erregten Eliška in der Tat. Dieses leichte brennen, erst auf der einen, dann auf der anderen Pobacke – ja so hatte sie es sich immer vorgestellt. Ihr Körper Zentralisierte vor lauter Aufregung, ihr Atem beschleunigte. Dazu diese schwere, finnische, symphonische Metal-Musik. Die Klänge von Floor Jansens Stimme, die sie im Chor mit dem Flogger streichelte. Ein regelrechter Gänsehautmoment für sie.

Plötzlich wechselte Jack die Technik, schwang den Flogger jetzt in Form einer Eternety-Acht, traf damit im Wechsel ihre Pobacken, mit nun deutlich stärkerer Intensität. Allmählich rötete sich ihre Haut. Er konnte sehen, wie sie mehr und mehr rhythmisch atmete, sich offensichtlich darauf konzentrierte. Obendrein versuchte sie ihren Po leicht hin und her zu bewegen, doch es gelang ihr nicht.

Keinem Millimeter konnte sie ihren Hintern Verlagern um auf die Stellen, die die Peitsche traf, Einfluss zu nehmen. Die Fixierung gab keinerlei Spielraum her. Mit der Zeit brannte es. Die raschen Schläge zwiebelten mehr und mehr. Zunehmender Schmerz breitete sich in ihren Pobacken aus. Es erregte sie fortwährend, auch wenn es heftig war. Hilfe, wie lange würde sie das noch durchhalten können?

Ihr Arsch hatte fürs Erste genug, entschied Jack und trat neben sie. Nun den Flogger wieder kreisend, wie zu Beginn, war ihr Rücken an der Reihe. Erst von der einen, dann von der anderen Seite. Herrlich wie die stärker durchblutete Haut die Farbe änderte. Interessant, wie Eliška versuchte sich zu entspannen, es zu genießen, aber es sich offensichtlich heftiger anfühlte, als sie sich in ihrer Fantasie ausgemalt hatte.

Für einen Moment unterbrach er, stellte sich vor sie, beugte sich hinab uns sah ihr in die Augen. Froh über die kleine Atempause blickte sie ihn dennoch fragend an. Mehr ängstlich, dass er abbrechen würde, als das es noch schmerzhafter werden würde. Ohne ein Wort zu sagen, ging Jack zur Stereoanlage, drehte ein wenig lauter. Genug der Aufwärmphase. „Du bekommst jetzt fünf Schläge auf jede Arschbacke, dann noch einmal sechs auf den Rücken. Ich werde nicht stoppen, bevor die Anzahl nicht erreicht ist!" Kaum vernahm er ihr nicken, trat er hinter sie, holte aus, hielt dabei die Riemen mit der linken Hand kurz gespannt, dann schlug er zu. Augenblicklich stöhnte Eliška auf. Jack strich die Riemen des Floggers glatt und wiederholte das Ganze, bemüht vorerst nicht ganz dieselbe Stelle zu treffen. Wieder stöhnte sie auf. Auf ihrem Po zeichneten sich augenblicklich dezente Streifen von den Riemen ab. Auch der dritte, vierte und fünfte Schlag war nicht minder intensiv. Dabei ging ihr Stöhnen in klare Schmerzenslaute über. Ohne ihr eine Atempause zu gönnen, setzte es sogleich die nächsten fünf Hiebe auf die andere Arschbacke.

In ihrer Fantasie war es deutlich weniger schmerzhaft gewesen! Sie musste die Zähne zusammen beißen, hielt die Fäuste geballt. Versuchte zunehmend den Schlägen auszuweichen, obwohl sie genau wusste, dass es zwecklos war, dass sie sich ohnehin keinen Zentimeter bewegen konnte. Genau das – diese Hilflosigkeit, das Leder der Fesseln und des Bockes auf der Haut, das Klatschen der Peitschenschwänze – es erregte sie ungeheuerlich.

Bereits beim letzten Schlag auf ihren Arsch sah Jack wie ein Tropfen ihres Saftes von den Schamlippen der Frau hinab aufs Parkett tropfte. Bevor er sich ihres Rückens zuwandte, strich er mit den Fingern über ihre Muschi. Berührte dabei für einen ganz kurzen Augenblick ihre Klit. Eine Berührung die ihre Lust regelrecht explodieren ließ. „Oh jah ...!" Stöhnte sie lauthals auf, als sei es zu gleich eine Erlösung von den Schlägen. Ein Dopamin-Tsunami schoss durch ihre Adern. Einen solchen Lustkick hatte sie noch nie erfahren.

Als wolle er sie für diese disziplinlose Entgleisung bestrafen, setzte es sofort drei feste Hiebe auf jedes ihrer Schulterblätter. Augenblicklich kamen rote Striemen zum Vorschein, begleitet von lustvollen Schmerzensschreien. Dieser sehnsuchtsvolle Schmerz, den sie endlich erfahren durfte, setzte so viel Adrenalin frei. Ein Gefühl, welches sie von ihren eigenen Spielen nicht kannte.

Erneut machte er eine kurze Pause, prüfte ihr Befinden. Langsam bekam er sie dahin, wo er sie hin haben wollte. Erhaben schritt er um sie herum, ging zurück hinter sie, begann abermals den Flogger kreisen zu lassen.

Und diesmal trafen die Enden der Riemen zwischen ihren Beinen hindurch auf ihre schutzlose Muschi. „Ja, ja, ja, aahhh, verdammt!", schrie sie auf, dass es die Musik deutlich übertönte. Vor Lust und Schmerz gleichzeitig begann sie zu zittern. Ein unglaublicher Rausch ergriff sie. Ergriff Besitz von ihrem ganzen Körper. Oh Gott, das war anders, heftiger, krasser, erregender als sie es in ihren Vorstellungen gehabt hatte.

Bereits im nächsten Moment hieb er wieder links und rechts auf ihre Arschbacken, und diesmal sehr kraftvoll. Jetzt schrie sie wirklich auf vor Schmerzen. Sie wollte sich wegdrehen, wollte mit den Händen ihren Po bedecken, dafür ihre Hände losreißen. Chancenlos! Die stabilen Lederschnallen am Strafbock gaben sie nicht frei. Wieder ein kurzer kraftvoller Griff von ihm zwischen ihre Schenkel, wieder dieser Lustblitz in ihrem Unterleib, und gleich darauf folgten die nächsten schmerzhaften Hiebe untermalt durch die symphonischen Klänge. War es Himmel oder Hölle? Eines war es definitiv: eine Achterbahnfahrt der Gefühle zwischen Lust und Schmerz, zwischen Genuss und Anspannung. Aber auf jeden Fall mit dem Thrill nicht zu wissen, was als Nächstes kommt, auf welche Körperstelle der nächste Schlag trifft oder ob er sie erneut mit den Fingern an ihrer Muschi beglückte.

Inzwischen sah ihr Hintern bereits recht geschunden aus. Zeit für etwas Abwechslung, entschied er. Schließlich liebte er den Anblick eines sexy Arsches. Noch sah dieser einigermaßen einladend aus. Sein Gemächt bat schon lang darum, aus der Hose befreit zu werden. Dieses um Schläge bettelnde, gefesselte Ding mit dem Flogger zu verwöhnen, ihre Lustschreie mit der Musik vereint zu genießen hatte ihn nicht minder erregt. Die Zeit war gekommen, Eliška die Fleischpeitsch spüren zu lassen. Sich vor sie gestellt öffnete er seine Hose, schenkte seiner Männlichkeit die Freiheit nach der sie begehrte.

Sonderlich Schwanzgeil war Eliška noch nie, doch jetzt, hier, wehrlos auf den Bock geschnallt, wohl wissend was kommen würde, war dies etwas anderes. Der Anblick seines Ständers ließ ihre Muschi augenblicklich noch mehr sabbern. Es war ein Anblick der hätte ihrer eigenen Fantasie entsprungen sein können. Gütiger Himmel!

„Schau dir an, was der Anblick deines nackten Arsches mit mir gemacht hat. Du bist so unanständig, schämst du dich nicht?" sagte er mit strenger Stimme. „Bevor ich dich weiter bestrafe, werd' ich dich erst einmal nehmen!" Bei diesen Worten beugte er sich zu ihr runter, näherte sich ihr bis auf wenige Zentimeter, sah ihr tief in die Augen. „Dein Hintern ist meine!", flüsterte er. „Ich werde dich jetzt so richtig schön in den Arsch ficken!"

Augenblicklich begann Eliška sich unruhig auf dem Bock zu bewegen, massiv an ihren Handfesseln zu zerren. „Nein! Alles, nur bitte nicht mein Po!" Jack grinste sie an: „Na dann lauf doch weg!" Das Grinsen hatte beinah etwas Fieses. Im nächsten Augenblick war er bereits auf dem Weg hinter sie. „Stopp! Bitte!" bettelte sie. „Mich hat noch niemand in meinen Po gefickt. Hörst du? Ich lasse mich nicht in meinen Arsch ficken!" Wieder zog sie an den Fesseln. Prompt setzte es einige weitere Hiebe mit dem Flogger auf ihre geröteten Backen. „Ahhh! Hilfe! ... Bitte, ich tue alles, aber verschone mein Arsch. Dein Ding ist dafür zu groß!"

Keine Reaktion von Jack. Stattdessen fühlte Eliška wie er den Plug aus ihrem engen Loch zog. Durch die Schläge hatte sie diesen schon fast wieder vergessen. Kaum war er raus, spürte sie wie er Öl auf ihren Hintern goss, es verteile und ihre Ritze hinab laufen ließ. Fast bescherte es ihr eine Gänsehaut, als das Öl über ihre Rosette rann. Kurze Zeit später fühlte sie etwas Warmes, weiches an ihrem Loch. Schnell konnte sie es als seine Eichel identifizieren. Ein weiterer Lustschauer durchzog ihren Körper.

„Halt still und entspann dich, das macht es uns beiden einfacher! Du entkommst mir eh nicht!" sagte die Stimme hinter ihr, fast schon in ihrem Nacken.

„Nein! Aufhören! Nicht mein Po! Bitte nicht!" wimmerte sie, während sie fühlte wie er seinen Ständer in sie drückte. Sie atmete schnell, versuchte sich dennoch zu entspannen. Oh Gott, es fühlte sich riesig an. Viel größer als ihre Spielzeuge, mit denen sie sich an selbiger stelle, oft gespielt selbst anal vergewaltigt hatte. Einerseits das Eindringen seines Schwanzes genießend, wimmerte sie andererseits. Ihr Ringmusgel spannte derartig. Als sie ihn tatsächlich in sich spürte, stöhnte sie auf. Gänsehaut breitete sich auf ihrem Rücken aus. Seine Hände ergriffen ihre Hüften. Sie spürte die Bewegung seines Gliedes in ihrem Po. Es war einfach ein unglaubliches Gefühl! Mit ihren eigenen Spielerein nicht zu vergleichen. Dazu der Fakt dem ganzen weder entgehen zu können, noch sich wehren zu können und auch sich nicht nebenbei selbst befriedigen zu können.

Immer noch jammerte die vor ihm auf den Bock gefesselte Eliška, dass es weh tut, dass er aufhören solle. Doch Jack lauschte lieber den schweren Gitarrenklängen, zu denen er ihren Arsch fickte. Dieser schmale, enge, blasse Po mit den roten Peitschenstriemen. Dabei labte er sich am Anblick, wie sie hilflos an diesen Strafbock geschnallt war. Ihr Arsch vor ihm herausgestreckt und durch Lederriemen fixiert. Ihre Rosette so eng. Mit kraftvollen Stößen nahm er sie. Stieß schön tief in den bömischen Hintern. Oh ja, an den Abend sollte sie noch lang denken ... sollte ihn noch lang spüren.

Regelrecht automatisiert bettelte, flehte, jammerte Eliška weiter, obgleich sie vor Erregung und Erfüllung kaum noch Herr ihrer Sinne war. Langsam in einen Trancezustand abdriftend wurde aus dem Betteln von ihrem Arsch abzulassen ein Betteln nach weiteren Peitschenhieben. „Ah, schlag mich!" übertönte sie immer wieder die Akkorde.

Nebenbei zum Flogger gegriffen, begann Jack sie kreuzweise auf den Rücken und Hintern zu schlagen. Er Schlug heftig, während er sie ebenso heftig rammte. Schweiß tropfte von seiner Stirn. Indes bebte sie, keuchte, krampfte, zerrte an den Fesseln. Sie hatte mehrere aufeinanderfolgende Höhepunkt ähnliche Momente. Die Welt herum war längst nicht mehr existent. Nur noch eine Mixtur aus Geräuschen, Gefühlen und Emotionen. Vor ihrem geistigen Auge sah sie sich kurzzeitig, schemenhaft selbst aus der Beobachterperspektive. So wie damals ... in ihrer Jugend.

Wild raunend ergriff Jack den Blondschopf vor sich und zog daran, während er kurzzeitig mit aller Kraft und all dem Tempo, was seine Lenden hergaben, fickte. Laut aufstöhnend Pumpte er der jungen Tschechin seinen ganzen Saft in den Darm. Selbst von der mittlerer Weile recht wilden Musik aufgepeitscht, verspürte er jedoch keinen Drang danach sich von seinem heftigen Höhepunkt ausruhen zu wollen. Stattdessen zog er sein immer noch steifes Glied hastig aus ihr, schnappte sich wieder den Flogger und fing an sie gehörig zu vermöbeln.

Diesmal waren ihre Schreie echter denn je. Immer wieder zog er die Riemen des Floggers mit voller Wucht über Po und Rücken der wehrlosen Frau. Es tat ihm beinah selber Leid, doch er kannte es, wusste genau wo sie sich befand! Nebenbei ergriff er mit der freien Hand wieder ihre Muschi, steckte zwei Finger hinein und bewegte sie rasch.

Alles hatte sich vermischt! Die inzwischen sehr schmerzhaften Schläge, der Zenit ihrer Lust, die Emotionen in Verbindung mit der Situation. Die laute Musik, Gefühle der voran gegangenen Semiorgasmen, die körperliche Anspannung und Erschöpfung, das Gefühl nicht mehr zu können aber zugleich noch das ganz Große zu wollen – das Gefühl eines Dammes der kurz vorm brechen Stand. Mittlerer Weile waren einige Partien ihres Körpers schon fast taub von den Schlägen.

Aus der Stereoanlage dröhnte "The greatest show on earth". Völlig surreal drifteten Eliškas Gedanken plötzlich ab – hinein in diese Musik. Für einen Moment sah sie sich selbst auf einem Konzert, in vorderster Reihe. Da war diese glühende Wärme in ihr, diese Emotion, dieses unbeschreibliche Glücksgefühl, welches Tränen zum Laufen brachte. In diesen Gedanken entspannte sich Eliška, gab ihren Gefühlen Raum. Sie ließ los ...

Zitternd, bebend, aufschreiend – Jack vermochte nicht zu sagen, ob aus Verzweiflung, vor Ekstase, vor Lust oder was auch immer – brach es heraus. Eliška zitterte als stünde sie unter Strom. Ein großer Schwall weiblichen Ejakulats ergoss sich im Strahl auf den Parkettboden. Zugleich begann zu schluchzen, alles herauszuschreien. Es warf sie regelrecht herum. Ihre Adern geflutet von einem Cocktail aus all den körpereigenen Rauschmitteln.

Augenblicklich erkannte Jack, dass das der Moment war aufzuhören. Der Damm war gebrochen. Sofort lies er den Flogger fallen, kniete sich vor Körper und nahm sie fest in den Arm. Er fing sie auf, spürte dabei sofort ihre Dankbarkeit, dass das Martyrium ein Ende hatte. Nebenbei löste er die Fesseln. Kaum waren ihre Arme befreit, klammerte sie sich an Jack. ... Dieses vertraute, warme Gefühl. Ihr Retter, ihr Erlöser. Ein tiefes Gefühl der Erlösung und Dankbarkeit überkam sie. Ein tiefes Ausatmen ging durch ihren Körper, bei dem sie gefühlt alles loswurde, was sie über viele Jahre hin gefangen gehalten hatte.

Jack löste sich von ihr, um die restlichen Fesseln zu entfernen. Dann nahm er die Frau, halb ihr hoch, nahm sie auf den Arm und trug sie hinüber in ihre Leseecke. Hier legte er sich zu ihr, schloss sie erneut fest in den Arm, spendete ihr Halt, Wärme und Geborgenheit. Genau das was sie jetzt brauchte. Sie schien immer noch etwas unter Strom zu stehen. Leise und zittrig flüsterte sie Jack zu: „Danke! ... Danke, dass du mir all das gegeben hast!"

Nun hatte auch er Tränen in den Augen.

Sanatorium der Lüste
Von Bianca (mit André's Unterstützung)

Eingebettet in einer grünen Hügellandschaft versprach das Kurheim in Bad Mondberg seinen Gästen allerlei Erholungsmöglichkeiten bis hin zu Wellnessaufenthalten. Doch eines der Spezialgebiete, denen man sich hier verschrieben hatte, war die Steigerung des Sexuallebens. Ein gesünderes, erfüllteres Leben auf Basis eines erfüllten, lustvollen Lebens, versprach man. So auch dem Mittdreißiger Kurgast Ron.

Nach dem Frühstück stand für Ron an diesem Tag wieder einmal ein Gespräch bei der Stationsärztin Dr. Sabine Müller an. Die hübsche Dame Ende vierzig war eine sehr charmante, die ihren Job mit Leidenschaft, Charme und Humor nachging. Termine bei ihr waren keineswegs Dinge, die man lieber hinter sich wusste. Lächelnd nahm Ron wie immer in ihrem Sprechzimmer Platz. Nach kurzer Begrüßung und dem erkundigen nach seinem Wohlbefinden begann Dr. Müller mit einem Lächeln auf den Lippen: „Also, wir haben die Ergebnisse der gestrigen Tests ausgewertet und darüber beraten. Was die Lustflaute in längeren Partnerschaften angeht, so liegt bei Ihnen ein klassisches Symptom vor. Das Symptom eines Mannes, der nicht zu früh und nicht zu spät mit Sex begonnen hat, ihn mit mehreren Partnerinnen hatte, vaginal wie auch oral und mit mittelmäßiger Stellungsvielfalt. Bei diesem Muster stellt sich meist im Alter zwischen Mitte dreißig und Mitte vierzig eine gewisse Lustflaute ein, wenn man sich nicht weiterentwickelt. Gerade in Beziehungen die länger als zwei Jahre andauern."

Ron nickte zustimmend und fragte: „Aber was gibt es da an Möglichkeiten? Gut ich träume schon länger von einem Dreier mit zwei Frauen, hatte jedoch noch keine Gelegenheit dazu."

Doktor Müller nickte. „Ja, Dinge wie Dreier, Vierer, Swingerclub sind zwar eine Möglichkeit, doch als erstes Mal geht es direkt um Sie und Ihre Möglichkeiten. Und auch die Möglichkeiten die Sie in Ihrer Beziehung haben, um deutlich mehr Lust und neue Möglichkeiten zu erhalten. Daher habe ich mich mit meinen Kollegen beraten und für Sie eine Therapie aus unserem Programm herausgesucht, welche genau das richtige für Sie sein wird, um ihren Horizont passend zu erweitern!"

„Und diese Therapie wäre?", fragte Ron. Dr. Müller lehnte sich zurück: „Passiv-Analsex!" Ron stutzte: „Aber ich hatte ihnen doch schon gesagt, dass ich bereits Analsex hatte. Ich fand ihn jetzt nicht so herausragend anders oder besser."

Jetzt lehnte sich die Ärztin nach vorn, stützte sich auf dem Schreibtisch ab und sah Ron direkt in die Augen. „Sie haben mir nicht genau zugehört, ich sagte Passiv-Analsex! Aber bevor sie irgendetwas dazu sagen, hören sie sich erst einmal an, was ich ihnen zusagen habe." Sie machte eine kurze Pause, bevor sie mit ruhiger Stimme fortfuhr: „Alle Männer, die es probiert haben, empfinden es als die maximale Steigerung der Lust, die sie je erlebt haben. Und wir würden Sie nun gern da heranführen wollen. Sollte diese Therapie keine Wirkung zeigen, werden wir Sie selbstverständlich nicht länger ausdehnen. Sie haben zudem jederzeit die Möglichkeit, diese abzubrechen. Aber ich bitte Sie, erst einmal einen Anfang zu wagen. Die Erfolgsquote liegt immerhin bei 85%!"

Ron saß immer noch mit großen Augen da. ... Analsex mit einer Frau war ja noch okay, aber etwas in seinem

Hintern – nein! Darauf hatte er keine Lust. „Wird man davon nicht schwul?" fragte er.

Dr. Müller hielt ihren Kopf schräg: „Sind sie denn Homophob, Ron? … Nein, das werden Sie nicht, falls Sie Angst davor haben. Und falls Sie es doch werden sollten, würde es ihnen ja gefallen. Doch sie werden viel lustvolleren Sex haben und Orgasmen, die Sie sich nicht einmal ansatzweise vorstellen können! Dafür sind wir hier da, um Ihnen das zu ermöglichen."

Ron räusperte sich. „Aber was soll mir das später beim Sex mit meiner Partnerin oder wem auch immer nutzen? Das macht doch kaum eine mit!" Als wolle sie damit ihren Aussagen mehr Bedeutung verleihen, stand Dr. Müller auf, ging um ihren Schreibtisch herum und setzte sich auf die Kante. Ihrem Klienten nun deutlich näher, fragte sie. „Wenn ihren Ihre Partnerin eine Trumpfkarte in die Hand geben würde, mit der Sie sie zu den besten Orgasmen ihres Lebens bringen könnten, würden Sie diese annehmen? Würden sie tun was auf dieser Karte steht?" Wortlos nickte Ron. Das war ohne jede Frage einleuchtend. Nach einigem Zögern willigte Ron schließlich doch ein. Das Ganze einmal zu probieren kann ja nicht schaden. Sollte es ihm nicht gefallen, würde er die Reißleine ziehen.

Gespannt auf die Therapie machte er sich am Nachmittag auf den Weg zur Station. Im Bademantel ging er die Treppen hinab ins Kellergeschoss und durch die Fensterlose Tür. Ein gelblich gefliester, recht kahler Gang erwartete ihn hier, versprühte dabei nicht sonderlich viel Wohlbehagen oder gar Gemütlichkeit. Die Station sah aus wie ein Krankenhaus aus den frühen Achtzigern. Gleich hinter der Tür standen einige Stühle an der Wand. Ein Schild ›Wartebereich‹ dekorierte wenig liebevoll die Wand darüber. So nahm er dort Platz. Er war ein wenig aufgeregt, fragte sich was ihm hier wohl bevorstehen würde.

Während er wartete und über das nervöse Gefühl in der Magengegend sinnierte, sah er etwas weiter hinten im Gang zwei Schwestern aus einer Tür kommen und in einer anderen wieder verschwinden. Es sah aus, als trugen sie beide knöchellange Gummischürzen. ... Oh Gott, wo war er hier nur hineingeraten? Ein Stück weiter stand eine Tür einen Spalt weit offen. Er stand auf, ging auf leisen Sohlen die paar Schritte. Neugierig versuchte er einen Blick zu erhaschen, was sich hinter der Tür befand. Tatsächlich konnte er einiges sehen. Auf einer Liege im Raum lag eine nackte, weiblich aussehende Person. Deren Po lag etwas erhöht. Eine Hand – mehr konnte er von der anderen Person nicht sehen – hielt einen dünnen Schlauch. Eine zweite Hand tauchte in seinem Sichtfeld auf. Gemeinsam führten die beiden Hände den dünnen Schlauch in den Po ein. Momente später sah er, dass am anderen Ende des Schlauches eine große, dicke Spritze mit milchigem Inhalt angesteckt wurde. Er konnte beobachten, wie dieser Inhalt kurz darauf von den Händen aus der Spritze, durch den Schlauch in den Po gedrückt wurde. Parallel konnte er aus dem Raum ein leises weibliches Stöhnen vernehmen.

Oh Shit – ging Ron augenblicklich durch den Kopf – das muss ich nicht haben. Einlauf und wer weiß was noch ... auf derartiges hatte er wahrlich keine Lust. So beschloss er die Station wieder zu verlassen. Diese Therapie – wie viel Erfolg sie auch immer versprach – war nichts für ihn!

Gerade als er gehen wollte, tauchte eine hübsche Schwester vor ihm auf. Sie war vielleicht Anfang zwanzig. Ihr knappes Outfit hätte auch aus einem Erotikversand stammen können. Mit ihren strahlend blauen Augen funkelte sie Ron an. „Schön, dass Sie schon da sind!" Ihre Stimme klang weich, beinah kindlich. „Würden Sie mir bitte folgen!" Jetzt war es mit dem Abhauen vorbei, also folgte er ihr.

Durch eine gepolsterte Tür ging es in einen recht kahlen Raum. Zwar gab es an einer Wand einen sehr modernen Flachbildmonitor, doch sonst nur eine Liege und ein paar niedrige Schränke. „Ziehen Sie sich bitte aus und legen sich dann hier auf die Liege. Auf den Bauch bitte!" sagte die junge Schwester. Ron sah sie mit großen Augen an. Bei so einer tat er, was auch immer ihn erwarten würde, obgleich sich vor seinem geistigen Auge die Szene aus dem anderen Zimmer wiederholte. Allerdings bewegte sich die hübsche Schwester bereits wieder Richtung Ausgang. Mit den Worten: „Die Schwester, die Sie behandeln wird, ist jeden Moment da!" verließ sie den Raum.

Na bombastisch – dachte Ron. Das ist dann vermutlich eine vom unattraktiven, alten Semester! Na ja wenigstens schon mal kein Mann. Es vergingen keine zwei Minuten, dann öffnete sich die Tür. Herein kam jedoch keine alte Krähe, sondern eine ebenfalls recht junge Schwester mit langem, fülligem, gewelltem, braunem Haar. An ihrem schlanken Körper trug sie das, was er vorher als lange Gummischürze identifiziert hatte. Tatsächlich handelte es sich um eine Art Kleid – knöchellang, relativ eng und glatt, hellbraun, schulterfrei wie auch ärmellos, mit enger Taille und hinten sehr hoch geschlitzt. Das glänzende Material schien Lack oder PVC zu sein. Für Ron wirkte sie eher wie eine Prinzessin oder sanfte Domina in passendem Kleid, als wie eine Schwester auf solch einer Station. Irgendwie hatte es etwas Bizarres.

„Hallo, ich bin Schwester Odette!" sagte sie mit schöner Stimme. „Ich werde den heutigen Teil der Therapie mit ihnen durchführen." Ron staunte nicht schlecht, wusste gleich gar nicht wie er reagieren sollte. Machte sich da immerhin eine gewisse Scham breit, so nackt vor dieser fremden, hübschen Frau dazuliegen? „Freut mich ...", antwortete er schließlich knapp.

„Na dann werden wir gleich mal anfangen", sagte Odette lächelnd. „Als Erstes werde ich Sie kurz untersuchen, sowie ein paar Kleinigkeiten testen, dann sehen wir weiter. Entspannen Sie sich einfach, es wird weder Schmerzhaft noch unangenehm. Vielleicht versuchen Sie es sogar schon etwas zu genießen, dann kommen wir dem Ziel des Ganzen gleich zu Anfang um einiges näher!"

Während ihrer Worte legte Sie eine Dose mit Creme ähnlicher Substanz bereit. Gleich danach streifte sie sich ein Fingerkondom über. „Wie gesagt einfach entspannen", erinnerte sie nochmals. Indes öffnete sie die Dose, tauchte ihren Finger in die Creme. Mit der anderen Hand begann sie seine Pobacken auseinander zu drücken. Kurz sah sie sich seinen Schließmuskel an – eine typische Männerrosette die außer für die natürlichen Dinge offensichtlich noch nicht benutzt wurde. Vorsichtig verteilte Odette die Creme darauf. Augenblicklich zuckte dieser Muskel.

Es war totales Neuland für Ron. Sie tastete die Rosette ab, übte leichten Druck aus. Erst rings um, dann auf die kleine Öffnung in der Mitte. Ron spannte dem Muskel reflexartig an. Schwester Odette hatte nichts anderes erwartet. „Sie sollen sich entspannen!" sagte sie mit ruhiger, freundlicher Stimme. „Ich weiß anfangs ist das schwer, dieses Problem hat jeder! Es ist aber an sich ganz einfach. Ein Trick, der immer gut funktioniert ist, wenn man sich noch nicht wirklich entspannen kann: drücken Sie mal als, wenn Sie auf dem Klo säßen. Nur ein bisschen. Keine Angst da passiert nichts!"

Für Ron war all das in der Tat irgendwie eine peinliche Sache. Auch ihr Rat machte es nicht einfacher. Andererseits half die ruhige, nette Art der Schwester, dass sich die Situation langsam verbesserte. Er bekam allmählich Vertrauen zu ihr, zu dem, was sie sagte und tat. So versuchte er es umzusetzen.

Odette nahm es wahr. Sofort steigerte sie den Druck. Ganz langsam tauchte ihre Fingerspitze in seinen Anus ein. Ron hielt gespannt still, wartete ab, versuchte das Gefühl bewusst wahrzunehmen und zu analysieren. Es tat nicht weh, war nicht unangenehm, nur merkwürdig, fremd, neu, ja beinahe sogar etwas schön – so genau wusste er das selbst noch nicht.

Vorsichtig hatte Odette derweilen die Hälfte ihres schlanken Zeigefingers in seinen Anus geschoben. Sie fragte ihn, ob es bis hierher okay ist. Ron nickte, so drang sie weiter ein. Jetzt wurde es interessant. Aus den Augenwinkeln konnte sie erkennen wie er leicht die Miene verzog. „Das ist irgendwie ein komisches Gefühl", stellte er fest. „Tut es weh?" fragte Odette sofort. „Nein, das nicht. Es ist sogar irgendwie ganz angenehm, könnte man meinen. Aber eben auch eigenartig!" Sie schmunzelte: „Ja, das ist okay und Sie werden schon in Kürze lernen dieses Gefühl, als etwas sehr Schönes zu empfinden! Sobald sie es mit der dadurch entstehenden Erregung und vielleicht sogar den gesteigerten Höhepunkten assoziieren. Ich wette, in zwei Tagen werden Sie an der Stelle schon sehr erregt sein und jede Menge Lust entwickeln. Es klappt wirklich bei fast jedem, außer bei den paar wenigen hoffnungslosen Fällen, denen der Kopf im Wege ist! Einige Männer haben eine feste Blockade gegen passiven Analverkehr. Zumeist verursacht durch eine anerzogene Homophobie. Da sagt der Kopf von Anfang an Nein und solange das so ist, werden sie nie auf den Geschmack kommen. Beim Rest funktioniert es. Wir sind nur dazu da, Sie professionell über diese Schwelle zu führen! Und bei Ihnen, Ron, bin ich mir absolut sicher, dass es kein Misserfolg wird."

Inzwischen hatte sie ihren Finger ganz in seinen Po eingeführt. Sie ließ ihn da verweilen. Je langsamer sie vorging, umso mehr Zeit sie ihm gab sich an das neue Gefühl zu gewöhnen, umso größer die Erfolgschancen. Dabei konnte sie fühlen, wie er allmählich lockerer wurde. Nach einigen Minuten zog sie ihren Finger langsam wieder zurück, um das Ganze anschließend noch einmal zu wiederholen. Diesmal schob sie ihren Finger fast ganz hinein und tastete alles ab. Sie übte leichten Druck auf jede Seite aus. Dabei prüfte sie, ob es für ihn irgendwo unangenehm war. Doch es schien alles bestens zu sein.

„Bis jetzt sieht es prima aus", berichtete Odette. „Wie ist das für sie?" wollte sie wissen. Ron überlegte kurz. „Eigentlich nicht schlecht. Ein ganz klein wenig als ob ich auf die Toilette müsste. Zugleich ist es aber auch ein wenig erregend. Das hätte ich nicht gedacht!" „Da können sie mal sehen!" lachte Odette. „Das mit dem >ich muss mal aufs Klo< Gefühl umzugehen und es sogar als Luststeigerung einzusetzen werden Sie schon in kürzester Zeit lernen. Es ist wirklich keine große Sache, ich spreche da aus eigener Erfahrung." Bei den Worten zwinkerte sie ihm zu. Das kleine Geständnis sorgte bei Ron sofort für etwas zusätzliche Erregung. Die Vorstellung von der sexy Schwester an seiner Stelle hatte etwas! Inzwischen bewegte Odette ihren Finger langsam in seinem Po vor und zurück. Gespannt analysierte Ron das Gefühl und er empfand es mehr und mehr als etwas durchaus Angenehmes. „Ich muss gestehen, das ist wirklich nicht so schlecht!" gab er zu.

„Wie ich Ihnen schon sagte, hier geht es nur um Eines: Ihre Lust zu steigern und Ihr Sexualleben zu verbessern. Sie brauchen also keine Angst davor zu haben. Legen sie die Fesseln ab, lassen sie sich auf das Neue ein, entdecken Sie es, machen sie sich selber glücklich, anstatt auf verklemmte Leute zu hören, die damit noch keine Erfahrung haben!"

Die Dame hat eigentlich recht mit dem, was sie sagt – dachte sich Ron. So schloss er seine Augen und genoss es. Lang konnte er es allerdings nicht genießen, bis sie ihren Finger wieder aus seinem Anus zog. Gleich darauf strich Odette mit dem Finger abermals über seinen Schließmuskel Richtung Damm. Während ihrer langsamen Bewegung übte sie geschickt Druck aus, suchte einen bestimmten Punkt an der Vorderseite seiner Rosette.

Mit einem Mal fuhr ein gehöriger Lustschauer durch Ron's Körper. Er zuckte regelrecht zusammen, so elektrisierend war es. „Whaahh...!", stöhnte er unwillkürlich auf. So etwas hatte er noch nie erlebt. Die Schwester lachte: „Sehen Sie Ron, es gibt hier einige Lustpunkte. Diese richtig eingesetzt, ist ein Zugang zu einer ganz neuen Welt." „Krass!" kommentierte er nur. Am liebsten hätte er sie gebeten dies gleich noch einmal zu wiederholen.

„Bevor wir zum zweiten Punkt übergehen, sollten wir jedoch gleich nochmal etwas reinigen", stellte Odette im nächsten Moment fest. „Mit anderen Worten, ich werde Ihren Hintern erst einmal etwas Spülen bevor wir weiter machen. Normalerweise muss man das nicht unbedingt, vor allem wenn darauf achtet, was man isst, bevor man etwas passives Anales machen will. Sie haben sich jetzt darauf nicht weiter vorbereitet, also müssen wir heute reinigen. Das ist besser für den nächsten Teil." Sie zog das Fingerkondom ab, warf es weg und ergriff einen Gegenstand vom Tisch neben der Liege.

Ron schaute verdutzt drein. „Heißt das, ich bekomme jetzt einen Einlauf?" Schwester Odette lächelte beruhigend: „Jain. Bei einem Einlauf würden wir einen Infusionsbeutel mit zirka einem Liter Wasser mit einem Schlauch in ihren Darm laufen lassen. Dann müssten sie so lange es geht warten und würden auf der Toilette durchstarten wie eine V2. Was ich dagegen machen werde ist folgendes ..." Sie hielt eine Faust große Plasteflasche mit einem knapp fingerdicken, 15 Zentimeter langen Stab daran in der Hand. „Hier passen gerade mal 100 Milliliter hinein. Den Stab hier vorn dran werde ich in Sie einführen und wenn ich die Flasche drücke, kommt das Wasser aus kleinen Düsen an der Spitze heraus. Das bisschen Wasser merken Sie kaum. Gleich danach gehen Sie aufs Klo, da kommt es wieder raus und das reicht voll und ganz aus."

Ron blickte noch etwas skeptisch drein, nickte dann aber zustimmend. So schritt die Schwester zur Tat. Langsam führte sie den dünnen Stab an der Flasche in seinen After ein. Als er fast ganz drinnen war, begann sie die Flasche zu drücken. Dabei zog sie diese allmählich wieder heraus, schob sie noch einmal voll hinein, um sie beim zweiten Mal ganz herauszuziehen. Das Gefühl empfand Ron als interessant. ... Wie die warme Flüssigkeit in seinen Hintern floss und sich ausbreitete. Unangenehm war es tatsächlich nicht.

„Das war's schon!" lächelte Odette. „Sie dürfen jetzt aufs WC gehen. Ich warte hier auf sie."

Keine fünf Minuten später kam Ron zurück. Bevor er sich wieder auf die Liege legte, platzierte Schwester Odette ein Schaumgummikissen mit gummiertem Bezug in Form einer nicht ganz halben Rolle quer auf der Liege. Sie deutete an das er sich darauf legen sollte.

Kaum lag er wieder mit leicht erhöhtem Po vor ihr, fuhr Odette fort: „Als Nächstes machen wir noch einen Test. Bleiben Sie bitte so liegen, es geht sofort weiter." Sie griff zu einem langen, dünnen, leicht flexiblen Plastikstäbchen mit einer etwas dickeren Spitze in Tropfenform. An der dicksten Stelle maß das Instrument nur gut einen Zentimeter. Der Großteil des Stäbchens war jedoch nur knapp fünf Millimeter dick war. Behutsam führte sie jenes Gerät in seinen Po ein. Sie schob es langsam so tief es ging. Dann bewegte sie es etwas in alle Richtungen, versuchte es noch ein Stück tiefer einzuführen. Dies klappte und ging noch einmal zwei bis drei Zentimeter tiefer. Schließlich zuckte Ron etwas zusammen. Damit war das Ende definitiv erreicht. An dem dünnen Stäbchen gab es eine Skala. 15,9 Zentimeter las sie ab. So tief hatte sie dieses einfache Messgerät einführen können. Sie notierte die Zahl und zog das Instrument sehr zügig komplett wieder heraus. Das Ganze entlockte Ron einen leisen Seufzer.

„Gut ich hab mir jetzt angesehen wie empfindlich Sie sind, ob es Stellen gibt, die unangenehm sind und wie tief man eindringen kann" erklärte Odette, während sie sich neben seiner Liege auf einen Hocker setzte. „Sieht alles gut aus, keine Probleme. Nun werde ich mit Ihnen zum Abschluss noch eine nette Kleinigkeit machen, dann haben sie es für heute bereits überstanden. Das, was ich mit ihnen vorhabe, ist ... na ja kein Test für uns, mehr eine kleine Probe für Sie. Ich fange erst einmal an, dann erkläre ich es Ihnen."

In ihrer Hand hielt sie einen Gegenstand, der beinah wie ein Tampon aussah. Etwa die gleiche Größe und Form sowie mit einem Stück Strick am Ende. Die Schwester streifte sich ein Fingerkondom über und verteilte anschließend etwas Gleitcreme auf dem Gegenstand. Schließlich drückte sie mit der einen Hand wieder seine Pobacken auseinander, um mit der anderen jenen Gegenstand langsam in seinen Anus einzuführen. Sie schob ihn mit einem Finger wie ein Zäpfchen hinein – so tief es ging. Dabei achtete sie darauf, dass der Strick nicht mit in seinem Hintern verschwand. Anschließend zog sie ihren Finger langsam wieder heraus.

„So weit, so gut. Das was ich ihnen eben eingeführt habe nennen wir hier umgangssprachlich den Torpedo. Ist vergleichbar mit einem Vibrator-Ei, nur dass der nicht vibrieren kann und etwas schlanker ist. So wie bei einem Vibrator-Ei ein Kabel daran hängt, hat dieses Ding einen Plastikstrick, welcher in dem Torpedo aufgewickelt ist. Dieser Strick ist fast anderthalb Meter lang! Um den Torpedo wieder herausziehen zu können, werde ich nun an diesem Strick ziehen. Doch bevor der Torpedo sich in Bewegung setzt, muss ich eben erst den gesamten Stick herausziehen. Und dieses sollte bei Ihnen ein interessantes Gefühl erzeugen!" erläuterte Odette.

Gespannt drein schauend, lag Ron einfach nur da und wartete was jetzt passierte. Langsam begann die Schwester am Strick zu ziehen. Es war ein einerseits komisches Gefühl was bis weit in ihn hinein reichte. Zum anderen ein mit der Zeit immer interessanteres Kribbeln.

Das ganze begann ihn zu erregen. Einerseits sehnte er das Ende des Strickes herbei, andererseits würde er das Gefühl doch gern noch etwas länger genießen. Schon alleine um es besser analysieren oder einordnen zu können. Nach fast einer halben Minute schließlich spürte er wie sich jenes Ding in seinem Hintern in Bewegung setzte. Augenblicke später glitt der aufgeheizte, glatte Gegenstand durch seine Rosette hinaus ins Freie. Dabei überkam ihn ein erneut wohltuender Schauer.

„Gut damit sind wir für heute fertig!" meinte Odette, während sie begann aufzuräumen. „Sie können aufstehen und sich anziehen." Ron tat dies, wobei der Schwester nicht entging, dass ihm die letzte Aktion einen Halbsteifen beschert hatte. Sie notierte es sich, dann sagte sie: „Hier habe ich noch ein Merkblatt für Sie. Da steht drauf, was sie essen sollten und was nicht. Falls sie sich dran halten ist alles auch ohne Spülung oder gar Einläufe kein Problem. Wenn nicht ...!" Sie zwinkerte. Er hatte verstanden. „Okay dann sehen wir uns morgen wieder hier um die gleiche Zeit!"

Am darauffolgenden Tag war Ron pünktlich zur vereinbarten Zeit zurück. Schwester Odette erwartete ihn bereits im Gang. Als Erstes führte sie ihn zu dem Raum, in dem der heutige Teil der Behandlung stattfinden sollte. Auf dem Weg dahin fragte sie: „Na wie haben sie geschlafen?"

Ron grinste sie leicht von der Seite an: „Ich habe von gestern geträumt und war irgendwie etwas unruhig." Daraufhin lachte Odette: „Ich hab nichts anderes erwartet, daher hab ich auch gefragt. So geht's den meisten!"

Bevor sie in den eigentlichen Behandlungsraum gingen, begaben sie sich in ein Vorzimmer. Dort standen zwei bequeme Ledersessel. Jeder nahm in einem Platz.

Odette schlug eine Akte auf. „So, nach dem es ja gestern schon mal ganz gut angefangen hat, werden wir heute nun so richtig zur Sache kommen. Das gestern waren ja nur Tests, heute gehen wir einen Schritt weiter – beginnen also mit der eigentlichen Behandlung, beziehungsweise dem Training. Dass Sie dem ganzen nicht abgeneigt sind und wir Ihnen Passiv-Anal näher bringen können haben wir gestern gesehen. Außerdem Sie sind heute wieder hier, somit gehe ich davon aus, dass Ihrerseits Interesse daran besteht?!"

Kurz räusperte sich Ron: „Also ich muss sagen, der gestrige Tag war schon irgendwie interessant. Anfangs zwar schon etwas gewöhnungsbedürftig, dann aber mit der Zeit recht angenehm und erregend. Es hat mich auf jeden Fall neugierig auf mehr gemacht. Ich kann mir zwar noch immer nicht vorstellen, dass es großartig Lust steigernd sein soll, doch schlimm war es bislang nicht. Also bin ich mal gespannt, was mich als nächstes erwartet und ob es am Ende wirklich so ist, wie Sie versprechen."

„Das wird es garantiert sein, da geb' ich Ihnen mein Wort. Bei Ihnen hab ich keinerlei Bedenken!" meinte die Schwester mit einem Lächeln. Nach einer Pause fuhr sie fort. „Okay, was wir nun machen sind zwei Dinge. Zum einen werden wir Sie etwas dehnen, damit sie auch keine Probleme haben ein richtiges Sextoy in Penisgröße oder etwas Ähnliches aufzunehmen."

„Oh Gott!" stöhnte Ron prompt. Odette winkte jedoch sofort ab. „Alles halb so wild. Die meisten vergessen, dass die natürlichen Dinge, die sonst Ihr Hintertürchen passieren, mitunter auch die Ausmaße eines durchschnittlichen Penis haben. Dies ist also kein Problem. Wir gewöhnen Sie nur daran, etwas in der Größe aufnehmen zu können. Zum anderen werden wir Sie langsam an die passive anale Penetration heranführen, Ihnen zeigen welche extremen lustvollen Reize dabei entstehen und wie Sie damit umgehen, so das Sie ein Höchstmaß an Lust daran empfinden."

„Klingt ziemlich krass!" stellte Ron fest. „Nein, das klingt nur so", kommentierte die Schwester. „Ich würde sagen wir fangen einfach mal an. Sie können sich in der Umkleidekabine nebenan ausziehen, dann gehen sie durch die Tür auf der anderen Seite in den Behandlungsraum. Ich werde dort auf sie warten."

Nachdem sich Ron entkleidet hatte, kam er in den Behandlungsraum. Auf der rechten Seite stand hier eine einfache, etwas größere Liege, auf der anderen Seite ein Gyn-Stuhl. Gleich daneben fand sich ein Rolltisch auf welchem mehrere Dildos in verschiedenen Größen und Formen bereitlagen. Ron machte große Augen. Es sah so aus als würde es heute ernst werden. Da trat Schwester Odette an seine Seite. „Etwa nervös? Oder vielleicht sogar Angst?" fragte sie. Er zögerte kurz: „Na ja, wenn ich die so sehe ... Da kann einem schon etwas Angst werden!" Sie lächelte fast schon amüsiert über seine Bedenken. „Kein Grund zur Sorge! Fangen wir erst mal etwas softer an." Bei diesen Worten legte sie ein Keilkissen, mit einer Aussparung in der Mitte, auf die Liege. „Machen Sie es sich hier drauf schon mal bequem Ron, ich bin gleich wieder da. Kaum war sie verschwunden, legte er sich wie angewiesen auf die Liege – so über das Kissen, dass sein Becken etwas erhöht lag.

Einige Minuten vergingen, bis Odette zurückkam. Ron staunte nicht schlecht, als er sah, dass sie einen Teller in der Hand hielt. Darauf mehrere Bockwürste, offensichtlich frisch aus der Kantine. „Na Appetit auf eine?" fragte sie grinsend. Er verneinte: „Ich hatte vorhin erst ein ausgiebiges Mittagessen". Odette hingegen ergriff eine, bevor sie den Teller bei Seite stellte. „Wissen sie Ron..." begann sie. „Es geht allen so. Wenn sie diese Spielzeuge dort sehen oder an einen durchschnittlichen erigierten Penis denken, bekommen sie es mit der Angst zu tun, denken sich: das geht doch nie oder falls doch, dann wird es verdammt unangenehm. Andererseits ist es so, dass wenn wir zu kleine Spielzeuge für das Training nehmen, bringt es nichts. Wir verfehlen allenfalls die Wirkung. Aber es gibt da eine gute Nachricht..." Während sie eine Pause einlegte, nahm sie die Bockwurst in den Mund. Diese hatte durchaus Penis-Maße. Allerdings biss sie nicht ab, sondern lutschte etwas daran, sodass Ron es gut sehen konnte. „Diese Bockwurst ist im Gegensatz zu einem recht harten Dildo viel elastischer. Etwa zu 95% wie ein erigierter Penis!" Noch einmal leckte sie an dieser Wurst, gab Ron eine kleine lustvolle Showeinlage. Seine Vorstellung, wie sie an einem Schwanz lecken und saugen würde, erregte ihn augenblicklich gewaltig.

An ihn herangetreten berührte sie mit dem Nahrungsmittel seinen erhöht liegenden Po. Sachte strich sie damit seine Spalte auf und ab. Dabei konnte sie deutlich beobachten wie es ihm recht bizarr vorkam. „Ron, entspannen Sie sich! Schließen sie mal die Augen, stellen sie sich vor, dass all das, was wir jetzt hier tun so normal, so alltäglich ist, wie wenn eine Freundin oder ihre Partnerin sie streicheln würde. Bei Seite mit den Schranken, die Sie davon abhalten, neue Horizonte zu entdecken. Lassen Sie sich darauf ein, geben Sie sich hin – es ist okay! Ihnen wird es gefallen, ich weiß es. Aber Sie müssen im Kopf dafür bereit sein. Das ist das allerwichtigste!"

Langsam drückte Odette die auf Körpertemperatur erwärmte knackige Bockwurst zwischen seine Pobacken.

Dort suchte sie seine Rosette. Mit der anderen Hand nahm sie ein Fläschchen Massageöl. Davon goss sie etwas über seine Po-Spalte, wie auch über die Wurst. Erst rieb sie mit dem essbaren Penisersatz etwas über seine Rosette, dann begann sie leichten rhythmischen Druck auf seinen Schließmuskel auszuüben.

Dieser warme, weiche, glatte Gegenstand fühlte sich irgendwie erstaunlich gut an, stellte Ron fest. So gut wie möglich versuchte er das umzusetzen, was sie gesagt hatte. Er entspannte sich, ließ es auf sich wirken. Der mit jeder Bewegung zunehmende Druck gegen sein Hintertürchen fühlte sich sogar so herrlich an, dass es ihm auf der Zunge lag Odette darum zu bitten, diesen mehr und mehr zu verstärken. Aber sie tat es ohne hin, nur langsamer als er vermutet hatte. Doch plötzlich und ganz, ohne dass es ihm bewusst war, schlüpfte dieses fleischige Ding durch sein Hintertürchen hinein. Es war gut, wirklich gut – nicht einfach nur angenehm oder aushaltbar. Im Gegenteil! Fast vermochte er zu sagen: „Endlich!" Für einen Moment schoss ihm sogar durch den Kopf, dass es ist als, wenn die Wurst dort einfach hingehörte, so verrückt dieser Gedanke auch war. Zwar kam da wieder das dezente Verlangen auf, aufs Klo zu wollen, doch diesmal konzentrierte er sich darauf, die Impressionen zu genießen.

Langsam und mit weiterhin leicht rhythmischen Bewegungen führte sie ihm die Bockwurst ganz in den Hintern ein. Dann ließ sie davon ab. Sie setzte sich seiner gegenüber. „So, jetzt lassen Sie das Gefühl ganz in Ruhe auf sich wirken! Freunden sie sich damit an, analysieren sie es, überlegen sie sich was schön daran ist und was vielleicht weniger schön ist. Konzentrieren sie sich dann auf das schöne!" Odette machte eine Pause damit er seine Gedanken ordnen konnte. „Und wie ist es?"

wollte sie wenig später wissen. „Sagen sie mir was sie denken!"

Nachdenklich antwortete Ron: „Eigentlich ist es ganz angenehm. Fast so als müsste es von Natur aus so sein. Das hätte ich nicht gedacht!" Schwester Odette lächelte daraufhin. „Sehr gut! Lassen sie es noch einen Moment auf sich wirken bevor wir weiter machen." Nach einigen Minuten, in denen Ron mit geschlossenen Augen dagelegen hatte, stand Odette auf und ging wieder zu ihm. Langsam zog sie die Wurst ganz heraus. Dann fragte sie erneut: „Und wie ist es jetzt?" Zögernd antwortete er: „Schön, dass es wieder raus ist, aber zugleich so als wenn etwas fehlt und wieder hineinmüsste. ... Das ist schon ein bisschen verrückt, aber ich spüre ein wenig das Verlangen, dass Sie das ganze wiederholen." Mit einem Lächeln kam Odette seinem Wunsch nach. In der Tat genoss er es diesmal wirklich. Er war verblüfft. Was für eine aufregende neue Erfahrung.

Einige Male wiederholte Odette das Ganze noch, um ihn mehr und mehr daran zu gewöhnen. Es schien tatsächlich so, als hatte er Gefallen daran gefunden. Zwar warf es ihn nicht vom Hocker und er konnte sich auch keines Wegs vorstellen davon zu kommen, doch er war definitiv bereit für das, was als Nächstes kommen sollte.

Nach einiger Zeit stoppte Odette das Spiel. Sie zog die Wurst heraus und entsorgte diese. Gleich darauf ging sie hinüber zu den bereitliegenden Dildos und kam mit einem Plug zurück. Dieser war recht dünn – dünner als die Wurst – und hatte einen Schlauch mit einer Handpumpe daran. Zügig bestrich sie den Plug mit etwas Gleitgel. Sie wollte ihn in Ron's Hintern einführen, solang er nach der Bockwurst-Nummer noch entspannt und etwas geweitet war. Ihr Plan ging auf, der Plug ließ sich recht leicht einführen und fühlte sich für ihn nicht viel anders an. Etwas kühler und nicht ganz so natürlich.

Als sie das Ding platziert hatte, nahm sie wie am Vortag auf dem Hocker neben der Liege Platz, sodass sie Ron ins Gesicht sehen konnte. „Alles gut so weit?" fragte sie kurz. Er nickte. „Prima, dann werden wir ihren Po nun mal etwas dehnen. Keine Angst!"

Behutsam begann Odette die Handpumpe zu betätigen. Der Plug füllte sich ganz allmählich mit Luft, wodurch er sich mehr und mehr ausdehnte. Sie machte wirklich ganz vorsichtig. Ließ ihm Zeit, damit er sich daran gewöhnen konnte. So nahm er gar nicht bewusst wahr, wie der Plug auf den doppelten Durchmesser gewachsen war. Vermutlich maß er inzwischen vier Zentimeter. Vorsichtig pumpte sie weiter bis Ron begann das Gesicht zu verzerren. „Jetzt wird es langsam unangenehm. Es ziept irgendwie und fühlt sich an, als wenn ich ein Baumstamm hinten drin hätte." Odette schmunzelte: „Na ganz so krass ist es noch nicht, aber wir haben es auf respektable 5 Zentimeter geschafft, sogar bisschen darüber. Das hätten Sie sicher nicht für möglich gehalten. Es entspräche einem wirklich großen Spielzeug oder Penis!" „Wow!" entgegnete Ron. Indes bat Odette ihn die Augen zu schließen und sich nur auf das Gefühl zu konzentrieren, es mal kurz auf sich wirken zu lassen. Nebenbei holte sie etwas anderes vom Tisch, bevor sie die Luft aus dem Plug abließ.

Mit einer gewissen Erleichterung atmete Ron auf, während sie ihn vom Plug befreite. Doch einen Moment später spürte er bereits, wie sie ihm wieder etwas hineinschob. Es war größer. Es fühlte sich sehr groß an, obwohl sie es ohne Probleme oder gar Schmerzen seinerseits einführen konnte. Zudem führte sie das neue Etwas

sehr tief ein. Der Druck, den er so weit in sich zu verspüren begann, hatte was Interessantes, etwas Erregendes.
Prompt erigierte sein bestes Stück. Odette bewegte jenen Gegenstand leicht hin und her, wobei er sofort einen richtig Steifen bekam. Einerseits war die Größe zwar
schon etwas unangenehm, andererseits hatte es plötzlich doch etwas sehr Antörnendes. Da Odette gerade
weiter gegangen war, als für heute eigentlich geplant,
zog sie das Ding wieder aus seinem Anus und bat ihn
die Augen zu öffnen. Was sie ihm nun präsentierte war
ein Dildo von 20 Zentimetern Länge und gut 4 Zentimetern Durchmesser. Verblüfft musterte Ron das Gerät. Er
hätte nie gedacht, sowas in sich aufnehmen zu können,
zumindest nicht ohne gehörige Schmerzen. Dies war
eine erstaunliche Erkenntnis.

„Sehen Sie Ron, so einfach ist das. Und mit solch einem Spielzeug kann man wunderbar die Prostata des
Mannes stimulieren, was ein sehr angenehmes Gefühl
für Sie erzeugt und im richtigen Zusammenspiel mit ihrem Kopf sogar extrem Lust-steigernd sein wird. ... Damit sind wir für heute erst einmal fertig." Sie machte eine
Pause. „Morgen dann wieder um dieselbe Zeit, da machen wir an dieser Stelle weiter." Langsam und mit weiterhin leicht rhythmischen Bewegungen führte sie ihm
die Bockwurst ganz in den Hintern ein. Dann ließ sie davon ab. Sie setzte sich seiner gegenüber. „So, jetzt lassen
Sie das Gefühl ganz in Ruhe auf sich wirken! Freunden
sie sich damit an, analysieren sie es, überlegen sie sich
was schön daran ist und was vielleicht weniger schön ist.
Konzentrieren sie sich dann auf das schöne!" Odette
machte eine Pause damit er seine Gedanken ordnen
konnte. „Und wie ist es?" wollte sie wenig später wissen.
„Sagen sie mir was sie denken!"

Nachdenklich antwortete Ron: „Eigentlich ist es ganz angenehm. Fast so als müsste es von Natur aus so sein. Das hätte ich nicht gedacht!" Schwester Odette lächelte daraufhin. „Sehr gut! Lassen sie es noch einen Moment auf sich wirken bevor wir weiter machen." Nach einigen Minuten, in denen Ron mit geschlossenen Augen dagelegen hatte, stand Odette auf und ging wieder zu ihm. Langsam zog sie die Wurst ganz heraus. Dann fragte sie erneut: „Und wie ist es jetzt?" Zögernd antwortete er: „Schön, dass es wieder raus ist, aber zugleich so als wenn etwas fehlt und wieder hineinmüsste. ... Das ist schon ein bisschen verrückt, aber ich spüre ein wenig das Verlangen, dass Sie das ganze wiederholen." Mit einem Lächeln kam Odette seinem Wunsch nach. In der Tat genoss er es diesmal wirklich. Er war verblüfft. Was für eine aufregende neue Erfahrung.

Einige Male wiederholte Odette das Ganze noch, um ihn mehr und mehr daran zu gewöhnen. Es schien tatsächlich so, als hatte er Gefallen daran gefunden. Zwar warf es ihn nicht vom Hocker und er konnte sich auch keines Wegs vorstellen davon zu kommen, doch er war definitiv bereit für das, was als Nächstes kommen sollte.

Nach einiger Zeit stoppte Odette das Spiel. Sie zog die Wurst heraus und entsorgte diese. Gleich darauf ging sie hinüber zu den bereitliegenden Dildos und kam mit einem Plug zurück. Dieser war recht dünn – dünner als die Wurst – und hatte einen Schlauch mit einer Handpumpe daran. Zügig bestrich sie den Plug mit etwas Gleitgel. Sie wollte ihn in Ron's Hintern einführen, solang er nach der Bockwurst-Nummer noch entspannt und etwas geweitet war. Ihr Plan ging auf, der Plug ließ sich recht leicht einführen und fühlte sich für ihn nicht viel anders an. Etwas kühler und nicht ganz so natürlich. Als sie das Ding platziert hatte, nahm sie wie am Vortag auf dem Hocker neben der Liege Platz, sodass sie Ron ins Gesicht sehen konnte. „Alles gut so weit?" fragte sie kurz. Er nickte. „Prima, dann werden wir ihren Po nun mal etwas dehnen. Keine Angst!"

Behutsam begann Odette die Handpumpe zu betätigen. Der Plug füllte sich ganz allmählich mit Luft, wodurch er sich mehr und mehr ausdehnte. Sie machte wirklich ganz vorsichtig. Ließ ihm Zeit, damit er sich daran gewöhnen konnte. So nahm er gar nicht bewusst wahr, wie der Plug auf den doppelten Durchmesser gewachsen war. Vermutlich maß er inzwischen vier Zentimeter. Vorsichtig pumpte sie weiter bis Ron begann das Gesicht zu verzerren. „Jetzt wird es langsam unangenehm. Es ziept irgendwie und fühlt sich an, als wenn ich ein Baumstamm hinten drin hätte." Odette schmunzelte: „Na ganz so krass ist es noch nicht, aber wir haben es auf respektable 5 Zentimeter geschafft, sogar bisschen darüber. Das hätten Sie sicher nicht für möglich gehalten. Es entspräche einem wirklich großen Spielzeug oder Penis!" „Wow!" entgegnete Ron. Indes bat Odette ihn die Augen zu schließen und sich nur auf das Gefühl zu konzentrieren, es mal kurz auf sich wirken zu lassen. Nebenbei holte sie etwas anderes vom Tisch, bevor sie die Luft aus dem Plug abließ.

Mit einer gewissen Erleichterung atmete Ron auf, während sie ihn vom Plug befreite. Doch einen Moment später spürte er bereits, wie sie ihm wieder etwas hineinschob. Es war größer. Es fühlte sich sehr groß an, obwohl sie es ohne Probleme oder gar Schmerzen seinerseits einführen konnte. Zudem führte sie das neue Etwas sehr tief ein. Der Druck, den er so weit in sich zu verspüren begann, hatte was Interessantes, etwas Erregendes.

Prompt erigierte sein bestes Stück. Odette bewegte jenen Gegenstand leicht hin und her, wobei er sofort einen richtig Steifen bekam. Einerseits war die Größe zwar schon etwas unangenehm, andererseits hatte es plötzlich doch etwas sehr Antörnendes. Da Odette gerade weiter gegangen war, als für heute eigentlich geplant, zog sie das Ding wieder aus seinem Anus und bat ihn die Augen zu öffnen. Was sie ihm nun präsentierte war ein Dildo von 20 Zentimetern Länge und gut 4 Zentimetern Durchmesser. Verblüfft musterte Ron das Gerät. Er hätte nie gedacht, sowas in sich aufnehmen zu können, zumindest nicht ohne gehörige Schmerzen. Dies war eine erstaunliche Erkenntnis.

„Sehen Sie Ron, so einfach ist das. Und mit solch einem Spielzeug kann man wunderbar die Prostata des Mannes stimulieren, was ein sehr angenehmes Gefühl für Sie erzeugt und im richtigen Zusammenspiel mit ihrem Kopf sogar extrem Lust-steigernd sein wird. ... Damit sind wir für heute erst einmal fertig." Sie machte eine Pause. „Morgen dann wieder um dieselbe Zeit, da machen wir an dieser Stelle weiter."

Während Ron sich anzog, fragte er: „Sagen Sie Schwester, ist es nicht so, dass man durch solche Dinge ausleiert?" Sie lachte. „Ich weiß was sie meinen, diese Bedenken haben alle, Männer wie Frauen. Und nein das passiert nicht. Der Schließmuskel ist ein Muskel und den trainieren Sie. Es ist eher das Gegenteil. Passiven Analverkehr zu haben ist als, wenn Sie mit ihrem Anus ins Fitnessstudio gehen!" Beide lachten. Dann Schloss Odette: „Ich gebe ihnen noch einen kleinen Plug mit. Ruhig immer mal damit übern oder ihn einfach einführen und eine Weile tragen. So kommen wir umso schneller voran. Also dann bis morgen."

Tags darauf war Ron pünktlich zurück im Wartebereich vor den Behandlungsräumen. Schwester Odette kam dagegen etwas verspätet, bat ihn dann jedoch gleich hinein. Zu Beginn setzten sie sich wieder in die Sessel zu einer kurzen Besprechung.

„Wie geht's Ihnen heute? Wie war der Rest Ihres gestrigen Tages? Haben Sie den Plug probiert zu tragen?" wollte die Schwester eingangs wissen. Ron schmunzelte: „Ja, gestern war noch recht gut. Ich habe den Plug mal bisschen getragen. Einerseits war es ganz ok, andererseits aber auch bissel ...hmm... ich will nicht sagen unangenehm aber..." Odette unterbrach ihn: „So wie wenn Sie die ganze Zeit aufs Klo müssen?!" Er nickte: „Ja so quasi." „Ok. Aber Sie haben es probiert und das ist gut" fuhr Odette fort. „Morgen tragen Sie den Plug bitte mal früh, bevor sie herkommen. Für heute steht etwas recht Nettes an, das ihnen gefallen dürfte. Wir werden uns nun speziell um Ihre Prostata kümmern. Also sprich um ihr Lustzentrum schlecht hin, oder man könnte auch sagen um den männlichen G-Punkt. Es geht heute speziell darum, das anale Lustempfinden zu entdecken. Gehen wir dafür in den Behandlungsraum. Ziehen Sie sich wieder aus in der Kabine, ich warte dort."

Heute bat die Schwester Ron auf dem Gyn-Stuhl Platz zu nehmen. „Damit Sie sich auch wirklich entspannen und wir das so durchführen können, wie es sein sollte, werde ich Ihre Arme und Beine fixieren. Keine Angst, ihnen passiert nichts. Falls Sie sich unwohl fühlen oder etwas nicht gut ist, sagen Sie mir bitte Bescheid" erklärte Odette, während sie seine Füße an den Beinstützen angurtete. Danach legte sie ihm Handmanschetten an, welche sie an den Seiten des Stuhles befestigte. Zu guter Letzt zog sie Latexhandschuhe an.

„Keine Sorge, ich werde ganz vorsichtig sein!" grinste Odette, als sie Ron's besorgte Blicke sah. Sie setzte sich auf ihren Hocker und rollte mit diesem zwischen seine hochgelegten, gespreizten Beine. Bevor sie mit dem eigentlichen Teil begann, rieb sie mit der Hand etwas über seinen schlaff daliegenden Penis. „Lehnen Sie sich zurück Ron. Entspannen Sie sich, schließen Sie die Augen, lassen Sie alles auf sich wirken. Doch vor allem genießen Sie!" empfahl sie mit ruhiger, fast schon erotisch gehauchter Stimme. Er tat, was sie sagte. Der Weile verteilte die Schwester reichlich Gleitgel auf den Fingern ihrer rechten Hand.

Sachte begann sie mit ihrer Linken erneut seinen Penis zu streicheln. Zugleich ertasteten die Finger ihrer anderen Hand seinen Anus-Bereich. Erst streichelten sie diese Gegend großflächig, dann kam sie seiner Rosette immer näher. Schließlich begann Odette damit, sein Schließmuskel zu massieren. Dabei baute sie allmählich immer mehr Druck auf. Parallel massierte sie mit ihrem Daumen seinen Damm. Auch da übte sie einen gewissen Druck aus. Zugleich beobachtete sie Ron ganz genau, um seine Reaktionen zu lesen. Dies beherrschte sie ausgezeichnet, konnte genau erkennen, wenn sie ihm etwas Zeit lassen musste, wenn etwas nicht so gut war und wenn sie weiter gehen konnte.

Ron lag ganz entspannt da. Es kostete ihn anfangs – wie an den vorangegangenen Tagen – etwas Überwindung, sich zu entspannen. Doch als er sich erst einmal darauf eingelassen hatte, begann es ihm sogleich zu gefallen. In der Tat war es sehr erregend für ihn, von einer Frau an diesen Stellen gestreichelt und massiert zu werden. Der Druck ihrer Finger gegen seine Rosette hatte schon etwas. Nach und nach war es gar so, dass er dieses Gefühl auch von innen wollte. Er hoffte regelrecht sie würde bald einen Finger hinein Stecken, wobei sein Penis gemächlich zu erwachen begann.

Odette nahm die Anzeichen sofort wahr, erkannte, dass er bereit war. Langsam bohrte sie ihren Zeigefinger in seine enge Rosette, was Ron mit einem lustvollen, hörbaren Einatmen quittierte.

Genau wie an den Tagen zuvor war es kurz ein wenig Merkwürdig für ihn, einen Finger tief in den Po gesteckt zu bekommen, doch heute war es das schon wesentlich weniger als beim ersten Mal. Er empfand es von Beginn an angenehm, genoss es mit geschlossenen Augen. Das Ganze war einfach so außergewöhnlich, so versaut. Der Gedanke machte ihn an.

Odette war vorsichtig. Allerdings war ihr dünner weiblicher Finger auch nichts, was hätte unangenehm sein können. Ganz geschmeidig zog sie ihn zurück, schob ihn erneut hinein, ließ ihn durch seine Rosette hin und her gleiten. Zuckend richtete sich unterdessen sein Penis auf, wie ein Signal welches sagte: Das ist gut! Es gab ihr den Weg frei fortzufahren.

Nun schob Schwester Odette den Finger bis Anschlag hinein. Zugleich winkelte sie ihn etwas an, um gezielt Druck auf seine Prostata Region auszuüben. Kaum begann er leise zu stöhnen, hauchte sie: „Das ist der männliche G-Punkt." In der Tat war dies deutlich Lust-steigernd. Sein Penis hatte sich augenblicklich voll aufgerichtet und bald darauf kam ein wenig klarer Lustsaft aus seiner Eichel. Nie im Leben hätte er gedacht, dass es so erregend sein kann, einen Finger im Po zu haben. Diese Frau besaß wirklich Talent.

Als wäre es telepathische Übertragung gewesen ergriff Odette mit ihrer linken Hand seinen erigierten Schwanz. Langsam und geschmeidig begann sie diesen zu reiben. Augenblicklich ballte Ron die Fäuste. Er rutschte vor Erregung etwas mit dem Becken hin und her. Jetzt verstand er, warum sie ihn fixiert hatte. Aber genau dies – ihr völlig ausgeliefert zu sein, selbst nicht eingreifen oder mitmachen zu können – hatte einen zusätzlichen Reiz, der alles noch verstärkte.

Die Schwester fingerte ihn jetzt richtig. Sie fickte ihn regelrecht mit dem Zeigefinger in den Arsch, während sie seinen Schwanz eher halbherzig, im gemächlichen Tempo wichste. Sinn und Zweck der Übung war es ja, auch ihm den zunehmenden Teil seiner Erregung durch das anale Gefühl zu bescheren. Umso geiler, umso unruhiger er wurde, umso mehr drosselte sie die Handbewegung an seinem Schwanz. Zugleich drückte sie ihren Finger immer tiefer, zügiger und kraftvoller in seinen Po, wie auch gegen seine Prostataregion. Als bald darauf sein Stöhnen lauter wurde, stoppte sie das Wichsen fast komplett. Nur noch gerade so viel Bewegung, dass die physischen Reize auf seinen Penis nicht abrissen. Doch schon Augenblicke später quoll ein großer Schwall Sperma aus seiner Eichel. Es spritzte nicht im hohen Bogen heraus, es lief einfach nur heraus und ergoss sich über Odettes Finger, sowie seine Hoden. Begleitet wurde es durch ein lautes Stöhnen von Ron.

Dieses Gefühl war schier unglaublich. Er Zitterte regelrecht. Eine derartige Flut aus Glückshormonen hatte er noch nie erlebt. Es war anders als ein gewöhnlicher Orgasmus, aber definitiv um einiges heftiger. Was tat sie da nur mit ihm?

Nachdem der Orgasmus mit all seinen Nachwehen abgeklungen war, kam Ron langsam wieder zu sich und öffnete seine Augen. Schwester Odette saß grinsend zwischen seinen Beinen. „Na, zu viel versprochen?" lachte sie. Sprachlos schüttelte er den Kopf. Das ganze musste er erst einmal verarbeiten. Unterdessen löste

Odette die Gurte an seinen Beinen und befreite seine Hände. „Bleiben sie ruhig noch liegen. Erholen und entspannen sie sich. Der erste Prostata-Orgasmus durch anale Stimulation haut die meisten aus den Socken. Ich verabschiede mich schon einmal bis morgen um dieselbe Zeit wie immer." Sie streifte ihre Handschuhe ab und ging.

Ron brauchte noch einige Zeit um sich zu Sammeln. Doch nicht nur das. Diese Erfahrung hatte etwas ausgelöst. Er hatte Blut geleckt. Am Abend auf seinem Zimmer machte er es sich noch zweimal selbst, wobei er sich selbst mit der zweiten Hand den Arsch fingerte. Was war das doch für eine erregende, versaute Sache, die sie ihm hier beigebracht hatten. Schade, dass er keine Spielzeuge zur Hand hatte, um sich richtig zu penetrieren.

Der nächste und somit letzte Tag der Therapie war rasch heran. Zum ersten Mal freute sich Ron darauf, konnte es gar nicht erwarten. Überpünktlich begab er sich hinab ins Kellergeschoss. Auch Schwester Odette war bereits da.

„Hallo Ron, kommen Sie ruhig schon herein. Ich bin zwar noch nicht so weit, aber Sie können gern Platz nehmen." Die Schwester deutete auf den Ledersessel. „Wie geht es Ihnen heute?" Bei der Frage war ihr sein Lächeln nicht entgangen. „Bestens! Mich hat der gestrige Tag noch lang beschäftigt und ziemlich meine Lust geweckt. Ich musste es mir einfach noch zweimal selber machen. Heute Morgen bin ich mit einer Wahnsinnserektion aufgewacht, nachdem ich die Nacht immer wieder an das Gefühl des Höhepunktes gedacht hatte" beschrieb er. Diese Antwort zauberte sogleich auch Odette ein Lächeln ins Gesicht. „Ja wundervoll! Damit sind wir also genau auf dem richtigen Weg. Nun ..." Sie machte eine kurze Pause, in der sie sich setzte. „Heute zum krönenden Abschluss werden wir das Thema des analen Orgasmus oder zu mindestens anal stimulierten, verstärkten beziehungsweise ausgelösten Orgasmus noch einmal fokussiert angehen. Doch vorab werden wir noch etwas anderes tun. Aber dazu sollten wir erst einmal in den Behandlungsraum wechseln." Schnell notierte sie noch seine Aussage, dann stand sie auf und ging vorn weg. „Sie kennen ja bereits die Prozedur, Ron. Ich erwarte Sie entkleidet an der Liege.

Als Ron aus der Umkleide kam, konnte die Schwester erkennen, dass er bereits in einem Zustand leichter Erregung war. Sie hatte indes das gummierte Schaumstoffkissen auf der Liege platziert, über welches e sich legen sollte. Auch einen ersten Stimulationsgegenstand hatte sie schon bereitgelegt, sowie Latexhandschuhe aufgezogen. Kaum lag Ron, meinte sie: „Zum Aufwärmen bekommen Sie erst einmal eine kleine Analmassage."

Völlig entspannt, befreit von jeder Angst und Aufregung, lag Ron da. Bereit es in vollen Zügen zu genießen, denn er wusste ja was kommen würde, wie wundervoll es sich anfühlt und was es in ihm auslösen konnte. Kaum fühlte er ihre Finger seinem Anus näher kommen, begann er leise zu stöhnen. Es war irgendwie verrückt. Jetzt wo er wusste, was es auslösen konnte, assoziierte er diese Berührungen sofort mit den Höhenflügen seiner Gefühle kurz vorm gestrigen Orgasmus. Augenblicklich versetzte es ihn in einen Zustand totaler Erregung – mehr mental als körperlich. Jedes Mal, wenn ihre Finger über seine Rosette strichen, zuckte ein elektrisierender Lustschauer durch seinen Körper. Als sie schließlich mit einem Finger eindrang, wurde sein Stöhnen sofort deutlich lauter.

Ihre Vorarbeit zeigte Wirkung. Langsam war er für das nächste Spielzeug bereit. Vom Beistelltisch nahm sie eine Silikon-Analkette. Jener dünne Silikonstab hatte neun Kugeln hintereinander. Die erste maß gerade einen halben Zentimeter im Durchmesser, die letzte gute anderthalb. Vorsichtig begann Odette diese Kette in seinen Po einzuführen. Augenblicklich breitete sich eine Gänsehaut auf seinen Armen aus. Kugel für Kugel schob sie die Kette tiefer. Kugel für Kugel wurde seiner Reaktion lauter.

Dieses Gefühl war krass, stellte Ron fest. Ein wohliges Kitzeln bei jeder Kugel die seinen Schließmuskel passierte. Doch als sie die Kette vollständig eingeführt hatte, traf sie einen Punkt im Inneren, der seine Erregung augenblicklich enorm steigerte. Zum Glück hatte jenes Kissen, auf dem er lag, eine Aussparung in der Mitte. Auf seiner harten Erektion zu liegen wäre sonst recht unbequem gewesen. „Und jetzt stellen Sie sich einmal vor Ron, Sie tragen solch ein Spielzeug beim Sex in sich. Können Sie sich vorstellen, in welchen Vulkan sie sich verwandeln? Speziell wenn sie vielleicht schon an einem Punkt sind, an dem normalerweise Schluss ist."

Er stöhnte nur, schüttelte dabei leicht den Kopf, brachte vor Faszination jedoch kein Wort heraus. Indes begann die Schwester die Kette in ihm zu bewegen. Sie zog sie heraus, schob sie wieder hinein ... fickte ihn quasi damit. Oh Gott, was tat sie da nur. Die Lustschauer, die ihn durchliefen, waren schier unglaublich. Warum nur war ihm all das bislang verborgen geblieben? Vermutlich seiner beschränkten Offenheit wegen musste er sich eingestehen. Ab sofort würde er alle Schranken ablegen, würde noch viel mehr probieren – das schwor er sich. Zu gleich wurde sein Verlangen immer größer, seinen

Schwanz in die Hand zu nehmen, diesen zu wichsen und kommen zu wollen.

Odettes geschultes Auge nahm sein unruhig werden wahr. Sie wusste, dass jeder hier recht schnell an den Punkt kam, diese Stimulation nicht mehr aushalten zu können und zum Höhepunkt kommen zu wollen. Doch das war nicht das Ziel – noch nicht. Es war nur die Vorbereitung für den letzten Akt. Sie stoppte, zog die Kette ganz heraus. Ron's Anus fühlte sich an, als würde diese Kette immer noch raus und rein rattern. Als würde sein Schließmuskel immer noch vibrieren. Schade, dass sie gestoppt hatte, es war verdammt geil gewesen.

„Na wie fühlen Sie sich?" fragte Odette. Mit leicht Lust-verzerrter Stimme antwortete Ron: „Irre. Schade, dass Sie aufgehört haben. Man bin ich jetzt erregt!" Sie grinste: „So soll es sein. Nun, dann kommen wir mal zum Höhepunkt. Aber dazu müssen wir nach nebenan wechseln."

Im recht kleinen Nachbarraum befand sich lediglich eine Art Liege. Diese bestand jedoch aus zwei Teilen, die eine leicht unterschiedliche Höhe aufwiesen. Schwester Odette zeigte darauf: „Knien Sie sich auf den unteren Teil und legen sich mit dem Oberkörper auf den oberen Teil." Ron blickte etwas unsicher, tat es jedoch ohne Fragen zu stellen. Inzwischen vertraute er der Schwester, wusste, dass ihn etwas ausgesprochen Lustvolles erwarten würde. Kaum hatte er Platz genommen fixierte Odette seinen Oberkörper mit einem breiten Gurt an der Liege. „Das ist nur damit Sie bei all der Erregung, die Sie gleich erleben werden, ihre Position nicht zu sehr ändern. Das wäre sonst kontraproduktiv." Gleich darauf folgten noch die Fixierung der Hände und Füße mittels weiterer Klettbänder. „Wie gesagt, wenn Sie sich zu sehr bewegen, könnte das nicht ganz ungefährlich sein. Es

dient also rein Ihrer eigenen Sicherheit." Nach dieser Erklärung holte die Schwester eine Augenbinde hervor.
Bevor sie Ron diese anlegte, setzte sie sich auf einen Hocker neben der Liege.

„Nun Ron, das, was Sie hier in den letzten Tagen erfahren und gelernt haben, können sie später mit Partnerin, Freundin oder wem auch immer einsetzten, um
selbst viel mehr Spaß am Sex zu haben. Sie werden viel
intensivere Höhepunkte erleben. Zum einen kann Ihre
Partnerin Sie bei einem Hand- oder Blowjob mit dem
Finger stimulieren oder Ihnen eine Analmassage geben,
wie ich vorhin. Zum anderen können Sie einen Plug oder
Analvibrator beim Sex tragen. Das wird Ihre sexuelle
Leistungsfähigkeit erhöhen. Gerade wenn sie denken
nicht mehr zu können greifen Sie zu diesem Trumpf und
genießen eine weitere Runde und einen weiteren Höhepunkt. Und dann gibt es noch etwas. Die Endstufe quasi.
Und das ist Pegging. Haben Sie schon einmal davon gehört oder wissen, was das ist?" Ron verneinte direkt.
Schmunzeln fuhr Odette fort: „Beim Pegging nutzt die
Frau einen Umschnalldildo oder Vorbindepenis auch
besser bekannt als Strap-on und Penetriert sie damit."
Seine großen Augen ließen die Gedankengänge, die er
gerade hatte, nur erahnen. „Die Frau fickt also den Mann
mit einem umgeschnallten Schwanz?" hakte er nach.
„Richtig!" bestätigte die Schwester. „Und für die Kenner
ist, dass die höchste Stufe der passiven analen Stimulation, denn sie können miteinander Sex haben wie gewohnt, nur mit vertauschten Rollen. Das mag vielleicht
erst einmal etwas komisch klingen, doch ist wie gesagt
für die, die es kennen das Highlight schlecht hin." Ein
wenig verwundert, ein wenig ungläubig, doch genauso
neugierig blickte Ron Odette an. Nach einer kurzen

Pause meinte diese schließlich: „Das Gefühl möchte ich Ihnen nun gern demonstrieren!"

Bei den Worten legte sie ihm die Augenbinde an. „Jetzt möchte ich, dass sie genau daran denken. Stellen sie sich vor, wie sie von ihrer Partnerin oder auf der Frau ihrer Träume mit einem Strap-on genommen werden. Wir werden das ganze hier allerdings nur simulieren, denn das eigentliche Erlebnis sollen sie später in Real haben."

Noch während Odette sprach, stand sie auf und begab sich zu einem Vorhang in der Ecke vom Raum. Hinter diesem verbarg sich eine Fickmaschine – ein auf stabilen Beinen stehender Kasten mit einer langen Edelstahlstange daran. Diese Maschine schob sie von hinten an die Liege heran und klinkte sie dann an diese ein. Aus dem einzigen Schränkchen im Raum suchte sie einen für Ron passenden Dildo heraus und schraubte diesen an die Stange. Anschließend verteilte sie eine gute Ladung Gleitgel auf dem Silikonschwanz wie auch Rons Hintereingang. Während sie es dort verrieb und dabei einige Male mit ihren Fingern in seinen Anus eindrang, stöhnte er bereits lustvoll auf. Im Geiste war er inzwischen zu jeder Schandtat bereit, konnte es kaum erwarten, wollte wissen wie es ist, obgleich er etwas Respekt davor hatte. Vor allem auch vor der Größe dessen, was die Schwester gleich in ihn einführen würde.

Geübt führte Odette den Dildo an seine Rosette. Kaum spürte er dessen Spitze an seinem Schließmuskel, gab Ron weitere lustvolle Laute von sich. Indes begann sie ihm dieses Ding langsam in den Hintern einzuführen. Er begleitete es mit einem: „Oh Gott, oh ja. Wow!" „Gewöhnen sie sich kurz daran", riet die Schwester, während sie die Maschine final justierte. Dann griff sie zur Fernbedienung, schaltete das Gerät an und setzte es in

Bewegung. Langsam begann die Stange hin und her zu fahren. Langsam fing sich der Dildo in seinem Hintern zu bewegen an. Für den Anfang stellte Odette die Frequenz auf Zehn gleichmäßige Bewegungen in der Minute. „Wie ist das für Sie?" erkundigte sie sich dabei. „Krass! Und auch ziemlich geil!" gab Ron zu. „Okay, dann erhöhen wir mal das Tempo ein wenig. Wie gesagt, stellen Sie sich vor, ihre Partnerin würde sie gerade von hinten nehmen."

Genau das tat Ron. Eine verdammt geile Vorstellung. Das Ganze war so abgefahren. Wie er diesen Dildo in sich fühlte, wie die Bewegungen ihn stimulierten. Plötzlich fühlte er eine Hand an seinem Penis. Es musste Odette sein, die sein bestes Stück ganz zaghaft rieb. Um Himmelswillen, das war unglaublich. Etwas so erregendes hätte er sich nie und nimmer vorstellen können. Er hielt sich mit den Händen an den Kanten der Liege fest, wusste einfach nicht wie ihm geschah. Langsam erhöhte Odette die Geschwindigkeit weiter. Inzwischen zeigte die digitale Zahl auf der Fernbedienung 50 an. Dabei verstellte Odette mit einem anderen Knopf etwas die Höhe der Maschine, um den Eindringwinkel zu optimieren. Plötzlich stöhnte er auf: „Oh ja genau so, das ist es. Scheiße ist das geil!" Da wusste sie, dass das Gerät nun genau seinen G-Punkt traf – seine Prostata stimulierte. Sie gab ihm etwas Zeit, bewegte ihre Hand an seinem Penis so wenig wie möglich. Er sollte schließlich noch nicht kommen!

Das ganze fühlte sich so unglaublich an! War es Folter? War es Erregung in einem Stadium, das er noch nicht kannte? Der Wunsch, dass sie ihn schneller wichsen würde war enorm. Der Wunsch zu kommen gigantisch. Doch sie ließ ihn zappeln. Stattdessen startete die

Schwester nun das Orgasmusprogramm auf der Fernbedienung. Damit bewegte die Maschine den Dildo nicht mehr länger gleichmäßig, sondern wechselte zwischen kleinen schnellen Bewegungen, bei der die Spitze des Dildos lediglich durch rasches Eindringen und Hinausgleiten gezielt seine Rosette stimulierte, und heftigen, ruckartigen, tiefen Stößen, die seine Prostataregion trafen. Augenblicklich stöhnte Ron auf wie eine Frau bei einer Porno-Synchronisations-Meisterschaft. Nicht einmal er selbst konnte glauben welch Geräusche da gerade seinen aufgerissenen Mund verließen. Dieses Gefühl war unbeschreiblich, raubte ihm jeden klaren Gedanken, katapultierte ihn in eine völlig andere Welt.

Begeistert, dass es bei ihm so gut ankam, setzte Odette das Wichsen seines Schwanzes fort. Zugleich beobachtete sie ihn ganz genau, um abzuschätzen, wie weit er war. Als sie merkte, wie er zitterte, sich mit den Händen festkrallte und kurz leiser wurde, drosselte sie ihre Bewegungen. Augenblicke später begann ein regelrechter Vulkanausbruch. Es regnete eine unaufhörliche Menge an Sperma, gefolgt von weiterer klarer Flüssigkeit. Begleitend dazu schrie er, als solle es das gesamte Sanatorium hören. Sein Körper zitterte und bebte, als stünde er unter Strom.

Rasch reduzierte Odette die Bewegungen, stoppte die Fickmaschine und befreite ihn vom Dildo. Auch die Gurte löste sie. Doch er blieb einfach liegen, zuckte immer noch. Schmunzelnd legte Odette eine Hand auf seine Schultern. „Willkommen zurück! Sammeln sie sich, ruhen sie sich aus, solange wie sie wollen. Ich bin für sie da." Sie setzte sich wieder neben Ron.

Die Zeit verging. Am liebsten wäre Ron in diesem Rausch ähnlichem Zustand noch ewig liegen geblieben. Er bekam kaum seine Augen auf. Selbst nach Minuten zuckte immer mal noch ein kurzer Schauer durch seinen Körper. Hatte er das alles gerade wirklich erlebt? War das Realität? War das möglich. Was um alles in der Welt war das für ein Wahnsinns-Orgasmus gewesen? Es war als wäre sein ganzer Unterleib gekommen – vorn, hinten, überall. Irgendwann sammelte er die Energie die Augen zu öffnen. Da war es, das Lächeln der charmanten Schwester, in das er blickte. „Na?" fragte sie. Er konnte nur wortlos mit dem Kopf schütteln. „Das war nicht von dieser Welt!" brachte er nach einiger Zeit über die Lippen. „Verdammt was habe ich mein ganzes Leben lang nur verpasst?" Odette zwinkerte: „Na, na, Ihr Halbes. Jetzt kennen Sie es und können es nutzen." Mit Sicherheit würde er das tun, wobei ...

Langsam richtete er sich auf. „Das einzige, was ich mich nun frage, ist, wer macht so etwas mit? Die Frauen stufen einen doch als Pervers, Spinner oder Freak ein, wenn man sagt: fick mich in den Arsch." Die Schwester schüttelte den Kopf. Manche vielleicht, weil es da ebenso Verklemmte gibt. Aber das sind eher wenige Außenseiter. Überlegen Sie doch mal genau, Ron. Was würden Sie tun, wenn ihnen Ihre Partnerin den goldenen Schlüssel in die Hand drückt, um sie zu Orgasmen zu bringen und ihr Gefühle zu bescheren, wie Sie sie eben erlebt haben. Selbst wenn es etwas außergewöhnlich wäre. Würden sie den Schlüssel annehmen? Selbst wenn es vielleicht nicht IHR eigener Favorit wäre?"

Verdammt, die Schwester hatte recht, ging ihm durch den Kopf. Selbiges hatte die Ärztin ja eingangs auch schon gesagt. Das war alles vollkommen einleuchtend. Von der Seite hatte er Dinge noch nie betrachtet. Während er noch darüber nachdachte, sagte Odette: „In der Tat leben die meisten Menschen ihre Lust und Fantasien nicht aus, weil sie es ihrem Partner oder ihrer Partnerin nicht kommunizieren! Viele haben Angst der Andere könnte manchen Wunsch abartig finden. Doch die Realität ist anders. Die Meisten würden unglaublich viel tun, wenn sie damit den Anderen unglaubliche Höhepunkte bescheren könnten." Bedächtig nickte Ron, dankbar über die neue Erkenntnis, die ihm so bisweilen noch nicht bewusst war. Inzwischen saß er auf der Liege.

„Na gut Ron, wir sind jetzt am Ende mit unserem Kurs oder der Behandlung", fasste Odette zusammen. „Ich hoffe, Sie haben einiges gelernt und gute neue Erfahrungen gemacht, aber dessen bin ich mir sehr sicher. Ich wünsche Ihnen alles Gute. Leben Sie die neu gewonnenen Erkenntnisse aus. Ich drücke Ihnen die Daumen, dass es Ihnen die Tür zu einem neuen, besseren Sexualleben geöffnet hat – eine Hintertür sozusagen."

Lachend nickte Ron. „Ja das denke ich schon. Vielen Dank für alles. Es ist unglaublich was ich hier erfahren durfte, welche neuen Gefühle ich erlebt habe und welche neuen Erkenntnisse es mir gegeben hat. Wie gesagt, schade, dass ich das erst jetzt erfahren durfte und nicht schon eher. Aber ich freue mich sehr und kann es kaum erwarten, das ganze auszuleben und weiter zu entdecken."

Schwester Odette stand auf um zu gehen. Bevor sie den Raum verließ, legte sie ihm jedoch noch einmal die Hand auf die Schulter: „Vielleicht war jetzt der richtige Zeitpunkt. Alles hat seine Zeit im Leben und der Lehrer kommt, wenn der Schüler bereit ist. Eines möchte ich Ihnen allerdings noch mit auf den Weg geben. Das, was Sie jetzt hier erfahren haben, ist wie eine Droge. Das werden Sie ja heute gemerkt haben. Wir kommen mit vielen Drogen in Kontakt in unserem Leben: Kaffee, Nikotin, Alkohol, Liebe, Geschwindigkeit, Adrenalin, Geld, manche auch mit Gras und heftigerem. Es ist immer die

Dosis, die das Gift macht. Heute haben Sie eine neue Droge kennengelernt. Setzen Sie diese Weise ein! Wer es übertreibt, stürzt ab. Zu viel davon und sie verlieren die Lust am normalen Sex. Aber ich bin mir sicher Sie geben Acht. Alles Gute Ihnen!" Mit den Worten verließ sie den Raum.

Auch diese Worte gaben ihm zu denken. Vertieft in seine Gedanken, zog er sich an und ging. Er besorgte sich eine Flasche Wein, setzte sich auf den Balkon seines Zimmers und genoss. Er genoss die Erinnerungen an das erlebte, an die Gefühle. Zugleich sinnierte er über die Zukunft. Welchen Einfluss und welche Veränderungen all das wohl mit sich bringen würde. Morgen war die Kur zu Ende. Dann ging es wieder heim. Und dann? Er war sehr gespannt!

Einen Monat später erhielt Schwester Odette ein Brief ...

Liebe Schwester Odette,

ich möchte mich von ganzem Herzen bedanken, für die unglaubliche (Hinter)Tür die Sie mir und auch meiner Partnerin Silke geöffnet haben! All das, was Sie mir gezeigt haben, hat unser Sexualleben extrem gesteigert. Vor allem hatten Sie recht, als sie sagten, dass der andere diesen „Goldenen Schlüssel" – wie Sie es nannten – dankend annimmt und nicht ablehnt. Meine Partnerin hat mir, nach dem ich ihr den Schlüssel zu dem bei der Kur gelernten Dingen, bzw. zu meiner Hintertür auch der Schlüssel zu noch einigen verborgenen Fantasien ihrerseits überreicht. Es hat unsere, etwas durch Routine an-

gerostete Beziehung, mit neuem Schwung belebt und un-
ser Feuer durch neue sexuelle Energie wieder zum hellen
Lodern gebracht. Wir entdecken, experimentieren und
bauen die gelernten Ansätze aus. Auch Sil hat neue anale
Lust entdeckt, nachdem sie miterleben durfte, was es mit
mir macht. Außerdem macht es sie extrem geil, wenn sie
mich anal stimuliert und erlebt, wie ich dabei abgehe. Ich
glaube, es gab noch nie etwas, dass sie dermaßen erregt
hat!

Sie hat ganz von sich aus einen Strap-on besorgt, noch
bevor ich diesen Wunsch geäußert hatte. Und das, war
das Außergewöhnlichste, was ich jemals erlebt habe!!! Es
hat die letzte Behandlung bei Ihnen noch deutlich über-
troffen. Wir haben in der Tat quasi einmal die Rollen ge-
tauscht. Es war genial sich einmal fallen lassen zu kön-
nen. Sil hat mich gefickt, wie ich sie sonst. Als sie mich am
Ende in der Missionarsstellung nahm, ich sie mit meinen
Beinen umklammerte, wir uns in die Augen sahen, sie
mich dabei leicht würgte, während sie mir den Strap-on
tief in den Hintern stieß ... ich bin gekommen wie nie zu
vor. Viel Heftiger noch als bei Ihnen in der Kurklinik. Die-
ser Höhepunkt dauerte gefühlte Minuten und ich bin in
Tränen ausgebrochen, weil er solche krassen Emotionen
ausgelöst hatte. Dabei habe ich mich an Sil festgeklam-
mert ... dies war der innigste, emotionalste, intimste, am
tiefsten verbundene Moment, den wir beide jemals erlebt
haben!

Ich kann Ihnen nicht sagen, wie dankbar ich dafür bin!
Und nicht nur ich. Für Sil war es ähnlich.

Herzliche Grüße Ron

Wunschzettel
Von André

Zu Weihnachten hatte Alvin seiner Frau Jessica einen Gutschein für einen neu eröffneten Erotikladen geschenkt. Einerseits, weil sie sich weder etwas Spezielles gewünscht, noch ihm versteckte Hinweise gegeben hatte. Zeit für einen großen Geschenke-Shopping-Bummel hatte er ebenso wenig gehabt. Andererseits war er gespannt, was sie sich holen würde. Sie brauchten mal wieder etwas frischen Wind im Alltag. Insgeheim dachte er daran, dass es wohl eine Peitsche oder Gerte sein könnte. Darüber hatten sie schon länger nachgedacht. Spätestens seit sie das Buch »Wenn die Frühlingsgefühle zuschlagen« gelesen hatte, reizte es sie, einmal in softe SM-Themen einzutauchen ... vorerst nur mal so zum Spaß.

Gleich zu Beginn des neuen Jahres war Alvin sechs Tage am Stück dienstlich unterwegs. Dies nutzte seine Frau, um den besagten Gutschein einzulösen. Sie hatte lang überlegt, was sie sich dafür besorgen könnte. Mal wieder ein neues Outfit? Lack-Overknees-Stiefel? Einen guten Porno? Diverse kleine Accessoires? Ein neues Spielzeug für sich selbst? Oder vielleicht doch eine Peitsche? Doch sie entschied sich für etwas ganz anderes – etwas, dass sie auf einer »Sex Wunsch- und Hit-Liste« von ihm gefunden hatte. Eine Liste, die beide vor einigen Jahren einmal geschrieben und ausgetauscht hatten.

Als Alvin nach den sechs Tagen zurückkam, ahnte er noch nicht, was ihn erwartete. Draußen war es am späten Nachmittag bereits dunkel. Für gewöhnlich war er nach sechs Tagen im Dienst recht fix und alle, doch diesmal war es eher entspannt gewesen. Eine gute Gelegenheit für Jess dies ausnutzen.

In dem Moment, als Jack die Wohnung betrat, staunte er nicht schlecht. Mitten auf dem Fußboden im Flur standen ein paar angezündete Teelichter. Mittig davon ein kleiner Briefumschlag. Seine Jacke an die Garderobe gehängt, seine Schuhe ausgezogen, seinen Koffer abgestellt, öffnete er diesen und las.

„Willkommen im Reich der heißen Fantasien. ... In meinem Reich! Folge meinen Anweisungen und ich werde dich ins Paradies entführen. Mach dich rasch frisch, gehe in dein Arbeitszimmer, zieh dich aus, und werfe dann einen Blick in dein Schreibtischschubfach."

Alvin löste seine Krawatte. Welch eine Überraschung! Das schien aufregend zu werden. Ihm wurde direkt etwas warm. So entledigte er sich seines Hemdes. Jess hatte die Wohnung ohnehin über das normale angeheizt. Kurz verschwand er im Bad, dann begab er sich ins Arbeitszimmer. Sich vom Rest seiner Sachen entledigt, schaute er ins Schreibtischfach. Dort fand er einen weiteren Zettel mit der Notiz:

„So ist es brav Süßer! Und nun gehe ins Wohnzimmer, wo dich deine Überraschung erwartet."

Er ging hinüber. Im schwachen roten und blauen LED-Licht ihrer Wohnzimmerschränke sah er in der Mitte auf dem Teppich einen Stuhl stehen. Auf der Sitzfläche lag ein schwarzes Tuch, an der Lehne klebte der nächste Zettel: „Na warst du artig in den vergangenen Tagen, oder etwa nicht? Hast du dir eine Belohnung oder eine Bestrafung verdient? ... Nimm das Tuch, verbinde dir die Augen und setz dich!"

Letzteres klang zugegeben ziemlich nach Befehlston. Jetzt war er wirklich gespannt, was kam. Während er sich die Augen verband und setzte, sinnierte er: wird sie mal wieder eine heiße Tanz- und Stripshow machen ... oder hatte sie etwa doch die Peitsche gekauft? Beides heiße Vorstellungen, wenn auch die unbekannte von beiden etwas reizvoller war. Eben weil es einfach Neuland wäre, obgleich die Tanzshow sicher sehr erregend sein würde.

Es vergingen einige Augenblicke der Stille. Dann hörte er plötzlich das unverkennbare Geräusch von Absatzschuhen aus der Küche kommen. Von hinten näherte sich dieser Klang, welcher Musik in seinen Ohren war – einfach nur sexy wie auch erregend. Wie es sich anhörte, schien sie ihn einmal zu umrunden. Alvin glaubte ihren musternden Blick an sich zu fühlen. Augenblicke vergingen, wurden zu Minuten. Die Spannung stieg. Plötzlich strich ihre Hand über seine Schulter und an seinem Arm hinab. Dabei vernahm er den Geruch ihres Playboy-Parfüms. Jessica ergriff seine Hand. Handschellen klickten. ... Oh ha, was geschah jetzt, fragte er sich. Diesmal hatte er wirklich keine Ahnung was kam – nicht die geringste – und das machte es besonders prickelnd für ihn!

„Steh auf!", hauchte sie ihm ins Ohr. Kurz stand sie dicht hinter ihm. Es schien, als tanzte sie etwas an ihm, bevor die zweite Handschelle klickte. Nun waren beide Hände hinter seinem Rücken gefesselt. „Los, komm mit!", befahl sie und führte ihn ins Schlafzimmer. Dort schubste sie ihn zaghaft auf das große Bett. Als er landete, bemerkte er, dass das Bett mit dem Latexlaken bezogen war, welches sie unlängst besorgt hatten, um richtig herumsauen zu können. Gleich darauf positionierte sie ihn in der Bettmitte und drehte ihn um, sodass er fortan auf dem Bauch lag.

Okay, da hat sie sich wohl doch 'ne Peitsche geholt, sinnierte Alvin. Aber anscheinend kam es anders, denn Jess setzte sich sogleich auf seine Oberschenkel. Kurz streichelte sie mit ihren Fingerspitzen über seinen Rücken. Wobei es eher einem sanften kratzen glich. Das elektrisierende Kribbeln, welches es auslöste, bescherte ihn eine wohlige Gänsehaut. Oh wie liebte er diese Frau, für solche Überraschungen, solche Verführungen, solche Einfälle – auch wenn es meist er war, der sie überraschte. Wenn sie einmal etwas tat, war es doch stets etwas ganz Besonderes. Daher fühlte er ein wenig positive Aufregung, was sie sich hatte diesmal einfallen lassen.

Eine weitere kleine, Spannungsaufbauende Pause folgte, dann spürte Alvin wie sie Massageöl auf seinen Hintern tropfte. Dieses begann sie sogleich zu verreiben. Es glich einen lustvoll, heißen Po-Massage. Diese konzentrierte sich mit der Zeit zunehmend auf Alvin's Hintertürchen.

Sie verwöhnte ihn des Öfteren einmal auf diese Weise, untermalte einen Handjob gelegentlich, in dem sie ihn fingerte. Kaum etwas empfand sie antörnender, als zu sehen, wie es ihn erregte – wie er dabei abging. Sein leises Stöhnen zu vernehmen, machte sie feucht.

Alvin stand auf diesen extra Kick! Von ihr mit der Hand zum Höhepunkt gebracht zu werden, war schön. Doch es war beinahe doppelt so gut, wenn sie ihn nebenbei zusätzlich fingerte. Die Orgasmen waren dann immer wahre Flüge in den Orbit, die schlichtweg alles andere übertrafen. Allerdings hatte sie es ihm auf diese Weise immer nur während eines Handjobs gemacht. Dass sie es diesmal ohne Hand an seinem Glied tat, während er mit Handschellen gefesselt und verbundenen Augen auf dem Bauch lag, war neu. Aber gerade das war das aufregende an der Sache. Völlig entspannt gab er sich ihr hin, genoss die wundervolle Analmassage.

Diesmal war es noch geiler als sonst, als sie mit ihrem Finger erst seine Pforte umkreiste und dann langsam eindrang. Zwar war das Gefühl während eines Handjobs erregender, doch ohne die »Ablenkung« an seiner Männlichkeit fühlte es sich natürlich viel intensiver an. Sein Stöhnen lag wie eine leise, erregende Melodie in der Luft.

Einige Augenblicke fingerte sie ihn, bevor sie wieder einen Schritt zurück machte, um erneut den knackigen Po ihres Mannes zu massieren. Schließlich fingerte sie ihn abermals. Ein Spiel, das ihn so richtig in die oberen Lustsphären entführte. Schließlich wagte sie es sogar einen zweiten Finger zu benutzen. Dann folgte wieder ein wenig Po-Massage. Ganz schien es, als zögerte sie – womit auch immer.

Alvin hatte es wohl erkannt und flüsterte: „Hilfe, ist das geil! Welch Überraschung! Was auch immer du dir noch ausgedacht hast, nur zu. Ich bin dir voll und ganz ergeben. Stell mit mir an, was du willst!" Inzwischen war er zu so gut wie jeder Schandtat bereit, egal wie Kinky es werden würde! Im Gegenteil – er hoffte sie würde Grenzen überschreiten, die es bislang noch gab. Auch er wurde gern mal von ihr hinter den bisherigen Horizont entführt, anstatt immer der Entführer zu sein.

Diese Aussage von ihm steigerte Jessicas eigene Erregung, war aber zugleich auch genau die richtige Ansage, um alle Zweifel auszuräumen, die noch über ihrem Plan schwebten. So nahm sie ihm die Augenbinde ab, bevor sie von ihm kletterte. „Na, wenn du darauf bestehst...", bemerkte sie.

Neugierig sah sich Alvin im Schlafzimmer um – bis auf das Latexlaken sowie ein paar Teelichter auf den Nachttischen war alles wie sonst. Im schwachen rötlichen Licht der Deckenlampe blickte er zu seiner Frau. Jess hatte sich aufreizend zurechtgemacht: Ihre schwarzen Haare gelockt, dazu ein Pony, ein Korsett aus schwarzem Samt umschloss ihre Hüfte und brachte ihren Busen besonders prall zur Geltung. Dazu ein rot-schwarz-karierter Schulmädchenrock. Hohe schwarze Lederstiefel, welche er außerordentlich liebte, rundeten das ganze ab und gaben ihr ein wildes, leicht Punk-Gotik stylisches Aussehen.

Vor seinen Augen, zwischen dem Bett und dem daneben stehenden Kleiderschrank mit der großen Spiegelwand, tanzte sie für einen Moment, wobei sie den Rock langsam auszog. Darunter trug sie knackig enge, schwarze Lederhotpants, die Alvin ebenfalls liebte. Nichtsdestoweniger hatte er immer noch das Gefühl, sie zögerte ihr geplantes Spiel fortzusetzen. „Hilfe siehst du wieder umwerfend aus. Ich bin gespannt, was jetzt noch kommt. Bin schon ohne Ende geil!" verkündete er um sie damit weiter anzuspornen. In der Tat, es zeigte Wirkung...

Jessica griff zu einem Beutel, welcher neben ihm auf dem Bett lag. „Na schauen wir mal. Du hast es so gewollt, ich nehm' dich beim Wort." Er nickte, doch einen Moment später traute er seinen Augen nicht, als sie einen Strap-on aus dem Beutel holte. Wenn er mit vielem gerechnet hatte, aber nicht damit! Umso größer war der Kick, umso heftiger das Kribbeln in seiner Magengegend. Nichts geht über eine echte Überraschung, die einen verblüfft. Sein Gesicht zeigte, dass ihr genau das gelungen war.

Einige Momente lang blieb er sprachlos, dann meinte er jedoch: „Okay nur zu, wie ich gesagt hatte, mach was auch immer du willst mit mir!" Daraufhin grinste sie. Nun denn, auf ins Neuland, dachte sie und legte sich dieses Ding an. Was für eine neue Erfahrung auch für sie. Ein wenig konnte sie damit nachfühlen, wie sich Männer so vorkamen, während sie an sich hinab blickte und dort den künstlichen Schwanz stehen sah. Es erregte sie selber. Gern würde sie sich jetzt ebenfalls ficken lassen. Geringfügig zögerte sie noch, ihren Plan umzusetzen. Aber warum kehrt machen, wenn man die Grenze gerade überschritten hatte und das Neuland entdeckungsbereit vor einem lag. Er hatte ihr eindeutig zu verstehen gegeben, dass er das aufregende Spiel fortsetzen wollte. Also griff sie zum Massageöl und verteilte eine reichliche Ladung davon auf dem Strapon, während sie aufs Bett zurückkletterte. Wieder auf seinen Oberschenkeln sitzend rieb sie den Siliconschwanz kurz an, dann zwischen seinen Pobacken. Schon jetzt stöhnte er, halb vor Erregung, halb vor Aufregung. Für einen Moment suchte sie mit der Penisspitze das gewünschte Ziel. Als sie es fand, musste sie mit beiden Händen nachhelfen, um das rutschige Ding an der Stelle zu halten, während sie ihr Becken langsam nach vorn schob. Leise stöhnend kam ihr Alvin so gut es ging entgegen. Das Ding, was etwa die gleichen Ausmaße hatte wie sein eigener Schwanz, bohrte sich langsam in Alvins Po. Als die Spitze endlich drin war, stoppte Jess. „Ist das okay?"

„Ja, ist es und ziemlich abgefahren. Aber mach ruhig weiter, ich sag' schon, falls es nicht gut ist!" flüsterte er. So drang sie weiter in ihn ein. Als sie für ihr Gefühl tief genug in seinem Po steckte, begann sie sich zu bewegen. Langsam rutschte sie auf seinen Schenkeln hin und her. Dabei beobachtete sie, wie das Ding in seinen Hintern glitt. Der Anblick war geil, da gab es keine Frage. Nun war ihr auch klar, warum er es so mochte, sie von hinten zu nehmen. Die neue Erfahrung, sich ein wenig in die Rolle eines Mannes versetzt zu fühlen, hatte echt was. Allmählich kam sie sich dabei nicht mehr allzu komisch vor. Stattdessen war es enorm erregend zu sehen, wie ihr Mann dabei in ungeahnte Lusthöhen aufstieg. Kontinuierlich stöhnte er, genoss es aber zugleich noch sehr entspannt – nicht wie sonst, wo er direkt auf den Höhepunkt hin arbeitete. Er ging wohl nicht davon aus jetzt zu kommen, sondern vermutete, dass sie ihn später noch umdrehen und nebenbei einen Handjob geben würde. So gab er sich dem ganzen mit geschlossenen Augen vollends hin. Sein Stöhnen wurde dennoch lauter. Bald begann sich Jess etwas Gedanken zu machen, dass die Nachbarn sich gestört fühlen könnten. Kurz entschlossen zog sie den Strap-on aus ihm und schaltete das Radio neben dem Bett an. Dessen Lautstärke übertönte das ganze vielleicht nicht völlig, aber sie hoffte zumindest, dass es die lustvolle Geräuschkulisse etwas untergehen ließ.

Zurück auf dem Bett nahm sie wieder ihre Position ein. Alvin hob seinen Po an, um ihr einerseits entgegenzukommen, andererseits um seinem eigenen Schwanz, der steinhart zwischen ihm und dem Laken eingeklemmt war, etwas Freiraum zu verschaffen. Diesmal konnte Jess geradezu spielend eindringen. Sogleich legte sie los ihn weiter zu ficken, schön im Takt von Lady Gaga's Pokerface.

Inzwischen ging sie mehr und mehr in ihrer Rolle auf, genoss die damit verbundene Dominanz. Zugleich wollte sie so viel wie möglich Erfahrung aus dieser Rolle mitnehmen. Wie er es tat, wenn er sie von hinten nahm, machte sie es nun auch. Sie kratzte leicht über Alvin's Rücken, küsste diesen wie auch seinen Nacken, griff in sein Haar. Es hatte wirklich was!

Im Spiegel konnte Alvin alles von der Seite mit ansehen, was dem Betrachten eines neben her laufenden

Pornos gleich kam. Langsam war er in einer anderen Welt, völlig high. Ein Trancezustand, ähnlich wie wenn sie ihn beim Handjob fingerte. Obgleich es ganz anders war – viel intensiver, aber zugleich auch ohne den extra Kick des Handjobs. Dennoch ging er so mit, dass es mindestens genauso gut war. Diese Stöße tief in seinem Inneren, das Reiben des Schaftes an seiner Rosette, das ausgefüllte, der intensive Reiz seiner Prostata ... seines G-Punktes. Es raubte ihm Kopf und Verstand. Ein absolut unbeschreiblich erregendes Gefühl. Der pure Kick. Immer mehr streckte er seinen Po heraus, um diesen noch zu steigern, Jess noch tiefer zu spüren – da wo der Druck ein regelrechtes Endophinfeuerwerk zündete. Sie dabei einmal ganz hinzugeben, sich in die Rolle einer Frau zu begeben, ganz loszulassen, sich einfach mal wild und versaut anal durchvögeln zu lassen ... das löste im Kopf unglaublich viel. Befreite! Nie hatte er solch eine Leidenschaft gespürt.

Inzwischen war es ein wilder Ritt geworden, den seine Frau da auf ihm hinlegte. Mit diesem stieß sie ihn geradezu in einen Rausch, welcher in ein unbeschreibliches Kribbeln in seinem ganzen Becken über ging. Sich windend, stöhnte und keuchte er so laut, wie sie ihn noch nie beim Sex gehört hatte. Plötzlich hörte sie es regelrecht regnen.

Niemals hätte Alvin gedacht, dass er, ohne dass jemand seinen Schwanz berührt hatte, zum Orgasmus kommen würde. Schon gar nicht zu einem derart heftigen. Dieser wollte gar nicht aufhören. Inzwischen war es schon nur noch klare Flüssigkeit, welche aus seinem Glied aufs Laken schoss. Dabei zitterte und bebte er. Schließlich kam er zur Ruhe. Der Strap-on glitt aus ihm und er sank aufs Laken.

Fix und alle, als habe man ihn eben durch die Schall-mauer geschossen, lag er da. Jessica betrachtete ihn. So hatte sie ihn noch nie abgehen sehen … und das war eine verdammt geile Erfahrung. Jetzt war auch sie so aufgeladen, dass sie einfach nur den Strap-on lockerte, ihre Hotpants öffnete, eine Hand hineinsteckte, um es sich selbst zu machen, doch schon Augenblicke darauf es ihr.

Als sie fertig war und er immer noch wie abgeschos-sen da log, fragte sie: „Lebst du noch?" Sein enthusias-tisch nach oben gestreckter Daumen sagte alles. Nach einiger Zeit des Ausruhens lagen sie noch etwas bei ei-nander und sprachen über die neue Erfahrung. Für Alvin war es in der Tat eine andere Dimension gewesen und er hätte nichts dagegen, das gelegentlich wieder zu er-leben. Obgleich es gewaltiges Suchtpotential hatte!

Ein griechisches Wochenende
Von Bianca & André

Es war der Moment gewesen, als sie seinen Joy Club Profiltext las und es ihr sofort Bilder von freizügigem, ungezügeltem, versautem Sex in den Kopf zauberte. Seine wenigen, aber gut gewählten, hochwertigen Bilder versorgen das Kopfkino mit weiterer Nahrung, ließen die jugendfreien Bilder zu süßen Früchten reifen, zu deren Ernte sie zunehmend Lust bekam.

Seine Eckdaten enthielten keine Red Flags. Nicht grenzenlos durchtrainiert aber auch keineswegs unsportlich. Einfach appetitliche 1,78 Meter mit modisch braunen Haaren und männlichem 5-Tage-Bart. Die angegebenen Vorlieben rundeten das Bild ab. Kinky, experimentierfreudig, Swicher wie sie selbst und eine große Vorliebe für alles anale – es passte perfekt. So zögerte Alexa nicht länger, klickte auf das Herz und schrieb ihn an.

Ein Tanzabend in einem griechischen Restaurant, wenige Tage später, war eine willkommene Gelegenheit sich kennenzulernen. Schon beim ersten Ouzo war da diese besondere Aura, die beide umgab. Seine Bilder hatten nicht gelogen. Der im schicken, engen, modischen Herrenhemd ihr gegenübersitzende Gentleman hielt, was sein Profil versprochen hatte. Doch auch ihr Profil hatte ihm nicht zu viel versprochen. Die süße, etwas frech wirkende Blondine in den frühen Dreißigern in ihrer bauchfreien Bluse und den knackigen Lederjeans gab seiner wilden Fantasie Nahrung.

Ein heiterer Abend, der unter dem Einfluss von mehr und mehr griechischem Anisschnaps schon bald zu einem illusteren Austausch von sexuellen Erfahrungen,

Fantasien und Wünschen wurde. Ein erregendes Gespräch, welches ihr Höschen zum Okawango-Delta in der Monsunzeit verwandelte. Auch sein Hosenschritt erinnerte bald an einem Gemüsedieb beim Zucchini-Dealer und hätte einen skandalfreien Gang zum Herrenklo ausgeschlossen. So wurde rasch klar, dass sie sich wieder sehen würden – mit einem etwas geringeren Alkoholpegel, jedoch ausreichend Zeit all die versauten Ideen umzusetzen. Ein Wochenende ganz im Zeichen analer Freuden, schlug er vor. Dem konnte sie unmöglich widerstehen.

All das lag jetzt eine Woche zurück. Alexa und Timon stießen aufs neue mit einem Glas Ouzo auf Eis an. Diesmal bei ihm auf der großzügigen Wohnlandschaft. "Auf ein heißes Wochenende!" stimmten beide ein. Auch wenn sie sich sehr sympathisch waren, so waren sie sich einig, dass es vorerst ein reines, unverbindliches Vergnügen sein sollte. Das hemmungslose Ausleben ihrer Vorlieben – die pure Lust sollte ungetrübt von aufkommenden, zu tiefen Gefühlen im Vordergrund stehen. Zumindest für dieses Wochenende.

Während ihnen noch der markante Geschmack des kalten Getränks auf der Zunge lag, vereinbarten beide, dass sie als Erstes die passive und er die aktive Rolle spielen würde.

So erhob sich Timon, der wie die Woche zu vor sehr elegant gekleidet war. Vor Alexa stehend, legte er seine Finger unter ihr Kinn, brachte sie dazu zu ihm aufzublicken. Mit einem tiefen Blick in ihre Augen fragte er: „Bist du bereit?" Neugierde widerspiegelte sich in ihren Augen. Mit vorfreudigem Lächeln nickte sie. „Gut, dann gehe jetzt nach neben an und zieh dich um."

Wie ihr geheißen, ging Alexa ins Bad. Aus ihrer mitgebrachten Tasche zog sie einen Nippelfreien Lack-BH, in dem sie auf der einen oder anderen Joy-Party schon etliche Blicke und Körperflüssigkeiten auf sich gezogen hatte. Sie betrachtete diesen. In ihrem Bauch kribbelte es beinah genauso wie vor ihrer ersten Club-Party. Es war dieser Mix aus Vorfreude und Aufregung – etwas Neues von dem sie noch nicht wusste wie es werden würde und zugleich diese gewisse Vorahnung, dass es geil sein wird. Das zweite Kleidungsstück, welches sie hervorholte war dieser erst in der letzten Woche besorgte Spanking-Skirt - ein fast knielanger Bleistiftrock, ebenfalls aus glänzend schwarzem Material, jedoch mit der Besonderheit, dass dieser Po-frei war und die Seiten unterhalb ihres entblößten Gesäßes Korsage-ähnlich zusammen geschnürt waren. Noch nie zuvor hatte sie solch ein Kleidungsstück getragen und womöglich wäre sie auch nicht dazu gekommen, wenn er nicht den Wunsch geäußert hätte. Oder war es viel mehr die eindeutige Anweisung?

Beim Ablegen ihres Slips bemerkte sie all dem Muschisaft, der sich darin bereits wieder gesammelt hat. Feuchter als ein Schneemann in der Frühlingssonne machte sie die Vorstellung des Bevorstehenden. Mit leicht feuchten Handflächen schlüpfte sie in den neuen Bewohner ihres Kleiderschranks für die Kinky-Sessions. Der zuvor online bestellte Rock saß wie angegossen. Neugierig betrachtete sie sich im Spiegel. Oh ja, der hatte etwas. Ein Eyecatcher der den Blutdruck aller Geschlechter steigern würde – besonders untenrum. Wie ihr sexy Po aufreizend eingerahmt präsentiert wurde, aus diesem ohnehin heißen Outfit lugte. Wenn das keine Einladung zu versautem Analsex war, was dann? Der Rock schien förmlich alle Betrachter anzubrüllen: fick diesen Arsch ordentlich durch, ihre Besitzerin liebt nichts anderes. ...Gott, war Alexa jetzt rollig!

Timon hatte unterdessen sein Schlaf und Spielzimmer für ihre Session vorbereitet. Über die Matratze des speziellen Himmelbettes ein rotes Latexlaken gezogen, wartete er mit einer Reitgerte in der Hand auf Alexa. Kaum sah er sie, wusste er, der Abend würde versauter werden, als in seiner Fantasie. Sie trug tatsächlich das Outfit, welches er ihr aufgetragen hatte. Ein Gehorsam wie er es mochte. Doch ein Detail fehlte noch an ihr. Aber vorab reichte er ihr noch einen weiteren Ouzo-Shot. Ein gewisses enthemmendes Level dürfte von Vorteil sein.

Mit dem bei Seite stellen der mit griechischen Sexstellungen bemalten Shot-Gläser, übernahm Timon das Kommando. Sofort legte er den Schlag der Gerte auf Alexas Schulter und befahl: „Auf die Knie!" Sie gehorchte Widerstandslos, nahm sofort ihre Rolle an. Schweigend legte er ihr ein Halsband an. Das kühle Leder schmiegte sich an ihren Hals und brachte ein Gefühl von Geborgenheit mit sich. Ein Gefühl von Kontrolle abgeben, loslassen, sich ihm anvertrauen. Genau das tat sie in diesem Moment, während deine Finger durch ihre Haare kämmten.

Er zeigte auf ihre Spielwiese. Gehorsam tat Alexa was er wollte, erhob sich und ging mit gesenktem Blick hinüber zum Bett. „Stopp" erklang seine Stimme erneut. Sie blieb vor dem Bett stehen. Wortlos legte er ihr eine Augenbinde an. „Nun leg dich auf den Bauch", befahl er als Nächstes. Kaum lag sie, sollte sie die Arme ausstrecken. Diese verzierte Timon mit Ledermanschetten, welche er gleich darauf an einem Karabiner am Kopfende des Bettes einhängte. Ihre Füße schnallte er mittels eines Lederriemens zusammen, jedoch nirgendwo fest. Der Anblick, wie diese hübsche Blondine in ihrem verführerischem

Outfit, gefesselt auf dem Latextuch lag, war äußerst erregend.

Alexa hatte keine Ahnung was genau er mit ihr vorhatte. Sie entspannte sich. Ihres visuellen Sinnes beraubt, wehrlos und in der Beweglichkeit eingeschränkt, tauchte sie nun vollkommen ein ins Fühlen. Das anfangs kühle, sich nun rasch erwärmende, glatte Latex unter ihr. Die wohltuenden Manschetten an ihren Handgelenken, der feste Riemen um ihre Beine. Ein Luftzug strich über ihre nackten Pobacken, streichelten ihre Haut erfrischend, während Rock und BH recht ordentlich wärmten. Beinahe zu viel, oder war es doch eher nur ihre Aufregung, das leicht Alkohol-angereicherte, kräftig in ihren Adern zirkulierende Blut. Der Moment hatte einen unglaublichen Reiz auf sie. Ebenso der im Raum zirkulierende Geruch. Eine Mischung aus Leder, Latex, Duftkerzen und herbem Herrenduft. Eine Kombination die als wahrer Lustverstärker patentiert werden sollte, sinnierte sie. Da spürte sie plötzlich wieder etwas kleines kühles an ihrem Hintern. Schnell konnte sie es als den ledernen Riemen am Ende der Gerte identifizieren. Diese sachte Berührung bescherte ihr augenblicklich eine Gänsehaut. Komm Meister, schlag zu, schien eine Stimme in ihr plötzlich zu rufen. Und sogleich von einer Zweiten gebremst zu werden. Alexa war Kinky aber nicht unbedingt eine leidenschaftliche BDSM-Anhängerin.

Timon kniete sich neben ihre Oberschenkel, sah auf seine Sub hinab. Die langen blonden Haare, die über ihrem so gut wie nackten Rücken lagen; ihr Knackiger Arsch in dem heißen Lackrock … Er strich mit der Gerte über ihre Arme, ihre Seiten, ihren Rücken. Schließlich hohlte er aus und versetzte ihr einige leichte Schläge mit der Reitgerte auf ihren nackten Po. Auch wenn sie vorab über all ihre Erfahrungen und Fantasien gesprochen hatten, so war es doch erst einmal ein Herantasten. Ein etwas sanfteres einsteigen. Später würde er immer noch ein, zwei oder mehr Gänge hochschalten können.

Die Gerte abgelegt, ließ er seine Hände über ihre Pobacken gleiten, knetete diese und genoss währenddessen das Gefühl. Der Schritt seiner Hose spannte dabei zunehmend. Sein Gemächt bat um Befreiung, wollte das Objekt der Begierde ebenfalls zu Gesicht bekommen. Halt, nicht so schnell – musste sich Timon selbst ermahnen. Dieses Spiel musste maximal ausgekostet werden. Die Situation verlangte danach sie zu genießen. Sekunde um Sekunde! Genüsslich zog er ihre Backen auseinander. Welch einladende Rosette offenbarte sich ihm da. Er beugte sich vor und begann ihren Schließmuskel ausgiebig mit der Zunge zu verwöhnen.

Seine Zunge an ihrem Hintertürchen fühlte sich einfach unglaublich gut an. Es bescherte ihr beinah am ganzen Körper eine Gänsehaut. Ein wohliger, elektrisierender Lustschauer durchlief sie. Ein Kerl, der ihr die Rosette leckte, war für Alexa pure Hingabe. Ganz besonders erregend empfand sie es, wenn er sie mit der Zungenspitze fickte, versuchte so weit es ging in ihren Anus einzudringen. Oh, wie sehr bekam sie dadurch Lust auf größeres ... auf einen schönen hart erigierten Schwanz.

Mit seinem geschickten Zungenanal trieb Timon sie regelrecht in den Wahnsinn. Er bemerkte wie sie zunehmend unruhig wurde vor lauter aufkommender Wollust. Doch mit einem Mal stoppte er, ließ ab von ihrem Schließmuskel. Stattdessen griff er zur Gerte. Ein paar mal schlug er ihr mit der perfekten Dosierung abwechselnd auf beide Pobacken. „Na, na! Du bist viel zu gierig! Soll ich dir erst den Arsch versohlen bevor ich ihn dir mit dem fülle, wonach du dich sehnst?" „... Ja, ähm ich meine nein Meister!" antwortete sie. Grinsend gab Timon ihr einen Handfesten Klaps. Ja! So auf ihre knackigen Pobacken zu hauen, gab ihm einen echten Kick. Gierig bewegte sie ihren Hintern, bettelte sichtlich danach, dass er sich weiter ihrem hinteren Lustzentrum widmete.

Neben dem Bett hatte er ein Fläschchen Öl bereitgestellt. Die kleine Flasche verfügte über eine Pipette zum Dosieren des Inhalts. Mit einer Hand hielt er ihre Pobacken gespreizt, während er mit der anderen die Pipette an den lechzenden Ringmuskel führte. Erst etwas Öl darauf verteilt, lud er gleich darauf nach. Diesmal führte er die Pipette ein wenig in ihr Hintertürchen ein. Ihre Reaktion verriet wie es sie mehr und mehr erregte. Somit führte er die Pipette nach neuerlichem Auffüllen diesmal ganz in ihren Po ein und injizierte ihr die wenigen Tropfen genau dahin, wo sie wenig später gebraucht werden sollten.

Langsam war es an der Zeit, die bereitgelegten Utensilien ins Spiel zu bringen. Schmunzelnd wanderte sein Blick über die bereitliegenden Dinge. Was davon würde ihr wohl das aufregendste Gefühl zum Einstieg verschaffen. Er wählte eine Anal-Kugel-Kette. Es war eine mit 6 Kugeln, die recht weit auseinander aufgefädelt waren. Auf diesen Kugeln verteilte er ebenfalls etwas Öl, bevor er ein paar mal mit einer der Kugeln über ihre Rosette strich. Schließlich stoppte er. Vorsichtig drückte er die erste Kugel gegen ihre Rosette. Alexa hatte sich so perfekt entspannt, dass die Kugel sofort einzudringen begann. Sie rutschte dank des Öles wie von selbst in ihren Po. Nach wenigen Momenten war sie verschwunden und die zweite Kugel folgte. Auch die flutschte nur so hinein.

Mit geschlossenen Augen voll auf das Empfinden konzentriert, labte sich Alexa an dem Gefühl wie jede dieser Kugeln ihr Rosette öffnete, dann hineinglitt und die vorangegangene tiefer schob. Doch am erregendsten war es, wenn er langsam die Plastikschnur, welche die Kugeln miteinander verband, in ihr Poloch schob. Dieses dezente kitzeln, welches es erzeugte ... es fühlte sich genial an.

Schließlich schaute nur noch der Ring am Ende der Schnur aus ihrem Löchlein. Timon ließ es sich aber nicht nehmen mit dem Zeigefinger ihn ihren Po einzudringen, um die Kugeln so tief wie möglich zu schieben.

Vor lauter Erregung biss sich Alexa auf die Unterlippe und brachte ein wohliges Stöhnen hervor. Das Gefühl diese Kugeln im Arsch zu haben war schon geil an sich, doch als er sie nun noch tiefer drückte, gab ihr das einen regelrechten Kick. Dies aber war erst der Anfang! Was plante er wohl als Nächstes? Sie spürte bereits ihren Lustsaft durch die Schamlippen rinnen.

Auch ihn erregte es sehr. Vor allem ihre Reaktion, ihr offensichtlich aufkommendes Lustempfinden, doch ebenso die Vorstellung, wie es sich für sie anfühlen mochte. Sich neben Alexa gekniet, öffnete er seine Hose, holte seinen steifen Schwanz hervor. Seine Rechte an die Fleischrute gelegt, wichste er, labte sich dabei an dem versauten Anblick. Die Vorfreude auf ihren sexy Po hielt ihn jedoch davon ab, das ganze unnütz auszudehnen. Auf ihre Schenkel gesetzt und ein wenig nach vorn gebeugt, drückte er ihr seinen Schwanz zwischen ihre feuchten Schamlippen. In dieser Stellung und wegen des Rockes war das alles andere als einfach. Andererseits hatte es etwas. Durch die zusammengebundenen Beine fühlte sie sich besonders eng an. Oh, wie sollte es dann erst in ihrem Hintern sein? Der Anblick und das

Feeling sie so zu nehmen übertraf die vorangegangene Vorstellung. Vorsichtig bewegte er sich, schob seinen Schwanz so tief es ging in das flutschige Loch.

Das Gefühl, das Alexa dabei empfand, überwältigte sie. So hatte auch sie es noch nie gemacht. Besonders die Kombination mit den Analkugeln war einfach abgefahren. Bis jetzt bereute sie es keines Wegs, sich auf all das eingelassen zu haben. Dabei konnte sie es kaum erwarten, einfach nur ordentlich durchgefickt zu werden. So musste sie sich gedanklich immer wieder selbst ermahnen, das ausgedehnte Spiel zu genießen. Warum so schnell. Heute ging es ja gerade darum, die analen Freuden einmal maximal auszukosten, anstatt diese nur als nebensächliches Beiwerk oder Zielsprint zu haben.

Timon beugte sich noch weiter vor, bis er fast auf ihr lag. Ihr fest in die Haare gegriffen, bewegte er sich nun um einiges schneller. Die Kugeln in Alexas Anus bewegten sich bei jedem Stoß mit – bescherten ihr unglaubliche Gefühle. Für sie hatte es den leichten Charakter einer Vergewaltigung. Wie oft hatte sie schon in ihrer tiefsten, dunkelsten Fantasie derartige Vorstellungen gehegt.

Sie heftig fickend, presste er Alexas Gesicht zugleich auf das Latexlaken. Dies machte sie erst recht geil, sodass sie unwillkürlich seinen Bewegungen leicht entgegenkam. Ihr gedämpftes Stöhnen erfüllte zunehmend den Raum. Allerdings hatte Timon nicht vor sie so schnell an den Rand eines ersten Orgasmus zu bringen. Wusste er doch aus voran gegangenen Chats, dass sie bei solchen Spielchen schnell, oft und heftig kommen konnte. Daher verringerte er sein Tempo wieder, stieß seinen Kolben noch einige Male der vollen Länge nach hart in ihre Muschi.

Plötzlich stoppte er, zog seinen pulsierenden Ständer

langsam aus ihr. Ihn selbst hatte es so erregt, dass er in kurze unfreiwillig gekommen wäre. Aber noch nicht! Er wollte es maximal auskosten, seine eigene Erregung in solche Höhen puschen, dass der Höhepunkt umso intensiver sein würde.

Weiter auf ihren Oberschenkeln sitzend, griff er das Ende der Anal-Kugel-Kette und begann diese langsam herauszuziehen. Das Gefühl, das Alexa dabei empfand, war fast noch besser als beim Einführen der Kette. Eine Kugel nach der anderen flutschte aus ihrem Po. Nach dem auch die Sechste heraus war, massierte Timon sanft mit dem Finger ihre Rosette. Großartig zur Ruhe kommen ließ er sie jedoch nicht. Von den bereitliegenden Utensilien griff er sich als Nächstes ein Vibrator-Ei. Etwas Öl war schnell darauf verteilt, dann begann das Spiel von neuem. Mit zwei Fingern drückte er ihre herrlich runden Arschbacken auseinander, führte das Ei an ihre Rosette und schob es schließlich hinein. Sowie es verschwunden war, schob er noch einige Zentimeter des dünnen Kabels hinterher. Vor allem letzteres stimulierte Alexa wieder heftig. Schwer atmend, ihre Fäuste geballt und auf ihre Unterlippe beißend genoss sie es. Wie Alexa selbst, wusste auch Timon genau worauf es ankam und kannte all die geilsten Tricks, um die Lust des Partners ins Astronomische zu treiben. Als Nächstes suchte Timon einen speziellen Analdildo heraus, der eher dünn war, sehr glatt und eine ideale Form besaß. Auch diesen bohrte er jetzt vorsichtig in ihren Anus, um damit das Vibrator-Ei schön tief hineinzuschieben. Alexa verfolgte das aufregende, lustvolle Spiel, versunken in ihre eigene Welt voll versauter Gedanken und dem Aufsaugen der Gefühlsimpressionen. Sie gab sich ihm ganz hin und genoss es in vollen Zügen, wie er sie behandelte.

Nach dem Timon den Dildo wieder herausgezogen

hatte, verließ er wortlos den Raum, ließ sie gefesselt und bestückt mit dem Vibrator-Ei im Po zurück. Sie fragte sich, wo er hinging, was er vorhatte. Einige Zeit verging. Für ihren Geschmack etwas zu viel. Was tat er nur? Erfreut hörte sie schließlich seine näher kommenden Schritte.

Genüsslich hatte Timon einen Schluck Wein auf dem Balkon getrunken. Eigentlich wollte er nur die Analkugeln reinigen, doch ihm schien es passend ihr eine kleine Ruhepause zu gönnen, sie etwas zappeln zu lassen. Wieder neben ihr auf dem Bett nahm er die Kette und führte diese in ihre Muschi ein. Nach jeder Kugel drehte er die Vibration des kleinen eiförmigen Spielzeuges in ihrem Po etwas höher. Alexa begann zu keuchen und als er ihr die letzte Kugel durch die Schamlippen drückte, lief ein Schauer durch ihren Körper. Um dem ganzen noch eins draufzusetzen schon Timon eine Hand unter ihren Schoß. Durch den Rock ertastete er ihren Schambereich. Die Stelle an der sich ihr Kitzler versteckte war schnell gefunden. Der Druck seiner Finger, seine Bewegungen durch den dünnen Lackrock ... es gab ihr den Rest. Hatte sich doch schon einiges an Erregung aufgestaut. Mehr als sie erwartet hätte. Dieses experimentelle Spiel, all das aufregend-neue und zugleich die abgefahrenen Dinge, die sie liebte in Kombination ... der Orgasmus kam schneller als erwartet. Eigentlich viel zu schnell, obgleich es nur ein Leichter war.

Timon reagierte darauf jedoch anders, als sie es je erwartet hätte – er stoppte seine Aktivitäten, stieg vom Bett und befahl: „Steh auf! Hatte ich dir erlaubt zu kommen? NEIN!" ... Er löste ihre Fessel vom Bett, sodass sie aufstehen konnte. Kaum stand sie, sah er sie scharf an: „Unerlaubte Orgasmen stehen unter Strafe, also ab auf den Bock mit dir!"

Am Fußende des Bettes gab es einen Querbalken auf Leistenhöhe, mit einer dicken Leder-bespannten, gepolsterten Rolle in der Mitte. Mit sichtlichen Schwierigkeiten durch die immer noch zusammen gebundenen Beine humpelte sie dahin. So wie sie davor stand, folgte der nächste Befehl: „Beuge dich darüber!" Auch dies tat sie und er betrachtete Alexa in dieser Position einige Sekunden – wie sie so dastand, die langen Beine eng zusammen, die Knie durchgedrückte und ihr knackiger Arsch vom sündigen, glänzenden Rock eingerahmt. Die bereitliegenden Utensilien musternd, sah er einen gürtelähnlichen Lederriemen. Genau das richtige, dachte er und nahm ihn an sich. Gezielt ging er hinter Alexa in Stellung, die nun ahnte, was bevorstand. Der Gedanke an das kommende und die Spielzeuge in ihren Löchern erhielten ihre Lust auf dem gleichen Level, wie bei den Spielen zuvor.

Voller Anmut und Respekt fordernd, ging Timon hinter ihr vorbei, betrachtete sie dabei – sah auf sie herab. Die Fernbedienung für das Vibrator-Ei zur Hand genommen, stellte er es auf volle Leistung: Im Anschluss streichelte er über ihren runden, unbedeckten, ungeschützten Po. Dabei fühlte sich Alexa wie ein böses Mädchen vor der Züchtigung. Die innere Aufregung – ein kleiner Rausch. Wie heftig würde es wohl werden? Sie hatte ihm von ihren Fantasien erzählt, aber auch unterstrichen, dass sie kein Freund echter Schmerzen war.

Es dauerte nicht lang bis sie der erste Schlag laut klatschend traf. „Aahhh!!", rief sie erschrocken. Adrenalin schoss durch ihre Adern. Das war mehr als sie erwartet hatte. Doch zu ihrer eigenen Überraschung empfand sie es besser als angenommen. Hatte sie vor einer Minute noch gedacht abzubrechen, sollte er zu heftig zuschlagen, so wollte sie doch augenblicklich noch mehr. Auch wenn es weh tat. Ihr Schrei war echt. Klatsch – der zweite Hieb traf ihr Sitzfleisch. Auch diesmal hatte er nicht minderhart zugeschlagen und es schmerzte erneut, dennoch war der Schmerz erträglich, ja sogar Lust-steigernd – halt gerade noch so, dass sie es aushalten konnte. Gleichzeitig auch handfest genug um weiteres Adrenalin auszuschütten. Ein dritter, vierter und fünfter, gleichstarker Schlag traf ihre Pobacken, ließ diese erzittern, sich sogleich langsam röten.

Timon hielt er kurz inne, um an der Kette mit den Kugeln zu ziehen. So wie die erste Kugel aus ihrer nassen Muschi heraus geflutscht war, folgten weitere drei Schläge, dann die zweite Kugel. Bei jedem Schlag schrie Alexa halb vor Lust, halb vor Schmerz und keuchte zugleich, wenn er wieder eine Kugel durch ihre Schamlippen zog. Schließlich war auch die letzte Kugel aus ihr geglitten und sie hatte die letzten drei Schläge überstanden. Schweigend legte Timon den Lederriemen bei Seite. Er trat an sie heran, streichelte mit seinen Händen sanft ihre roten Pobacken, wobei er leise sagte: „Braves Mädchen, nun wird es allmählich Zeit für deine Belohnung!" Bei den Worten rieb er seine Eichel an ihrem Kitzler, bevor er langsam seinen Kolben in ihre nasse Muschi gleiten ließ. Während er sich gemächlich bewegte, zog er, begleitet von ihrem Stöhnen, das Vibrator-Ei aus ihrem Po – er musste erst eine ganze Weile an dem dünnen Kabel ziehen, bis schließlich das Ei zum Vorschein kam. Das immer noch vibrierende Ei in der Hand, zog er seinen Schwanz aus ihr heraus, steckte jedoch sofort an dessen Stelle das Vibrator-Ei in Alexas lechzendes Fickloch.

Sie musste weiterhin über die Lehne gebeugt bleiben. Unterdessen kniete er sich vor sie auf das Bett und befahl ihr, seinen Schwanz zu blasen. Das konnte sie nicht nur gut, sie liebte es. Sie liebte es ihn ganz tief aufzunehmen, ganz bis in den Rachen, bis der Würgreflex einsetzte. Indes labte er sich am Anblick des Ganzen. Wie diese devote Frau mit ihren weichen, roten Lippen seinen Prügel umschloss. Sie saugte, dass es eine wahre Freude war. Zu lang genoss er es allerdings nicht, denn das Beste sollte ja noch kommen. Grinsend befahl er seiner Sub sich aufzurichten. Gemächlich trat er hinter sie, stellte sich direkt an sie heran und legte die Arme um sie. Mit seinen Händen packte er fest an ihre Brüste, knetete sie. Sein Becken presste er gegen ihren Arsch. Alexa spürte seinen Steifen. Trotz des Spielzeuges in ihr, rann eine neuerliche Ladung flüssiger Geilheit aus ihrer Muschi, tropfte zäh aufs Laminat. Zart küsste er ihre Schultern, während seine Finger fest an ihren Nippeln drehten. Seine Hände glitten nach unten, über das warme, glatte Material ihres Rockes. Dann über ihren noch heißeren Po. Er zog ihr das Vibrator-Ei aus Muschi, nebenbei fragte er sie: „Na, bereit ordentlich in deinen Arsch gefickt zu werden? Komm sag es, bitte darum! Ich weiß wie sehr du darauf gewartet hast!"

„Jawohl Meister, sicher doch", keuchte sie zurück. „Ich kann es nicht erwarten. Ich möchte jetzt in meinen engen Po gefickt werden. Mir juckt die Rosette. Bitte gib mir deinen großen harten Schwanz. Ich will ihn spüren!" Dies hatte sie ausgezeichnet gesagt. Zur Belohnung sollte sie genau das bekommen. „Also dann ab aufs Bett. Knie dich aufs Laken und beuge dich vor, die Schenkel geschlossen!" Genau dies tat Alexa noch bevor er es richtig ausgesprochen hatte. „Komm du geiles Luder, zeig mir deinen ficksüchtigen Arsch!" feuerte er sie an. Auf die Ellenbogen gestützt, machte sie ein Hohlkreuz, streckte ihm ihren Arsch heraus soweit es nur ging, als wollte sie ihm mittels Körpersprache sagen, dass sie es ausschließlich anal wollte. Der Rock spannte um ihren prallen Po. Timon ging hinter ihr in Position, betrachtete sie dabei grinsend. Solch eine willige Stute war ihm auch noch nicht untergekommen. Den einladenden Arsch vor sich verteilte er rasch noch ein wenig Öl auf seiner Eichel. Der Weile wartete sie gespannt, endlich seinen Ständer in den Arsch geschoben zu bekommen. Ihr Herz pochte und im Bauch kribbelte es. Ihre Rosette fühlte sich genauso feucht an wie ihre Muschi. Am Ende war es jedoch nur Schweiß und die Reste vom Gleitmittel, der zuvor darin gewesenen Spielzeuge.

Die Ölflasche bei Seite gelegt, spuckte er auf ihre Rosette, verteilte alles mit dem Finger und setzte schließlich seine Eichel an ihre Rosette. Sie streckte ihm ihren bereiten Po noch weiter entgegen. Schräg von oben drang er ein. Kaum war der erste Widerstand überwunden, schob er seinen Ständer zügig der vollen Länge nach in ihren Hintern, bis sein Schoß durch ihre Pobacken gestoppt wurde. „Oh, jaahhhhh! Uhh wow", schrie sie lustvoll auf und keuchte voller Erregung. Besonders als er ganz tief in ihr war und sie spürte, wie sich seine Eichel so richtig prall mit Blut füllte, als sei es ein aufpumpbarer Analplug.

Auch er stöhnte laut, bei dem Gefühl ihres engen Arschlochs. Nun packte er sie an den Hüften und begann ihren knackigen Po zu ficken. Seine Stöße waren heftig. Jedes Mal zog er seinen Ständer fast völlig aus ihrem Fickkanal, um ihn sofort wieder bis zum Anschlag hineinzustoßen. Die versaute blonde Stute stöhnte lauthals, musste ihren Emotionen einfach Ausdruck verleihen. Das Gefühl so von ihm genommen zu werden: schnell, hart, leidenschaftlich, ausdauernd ... das war es! Der pralle Schwanz der emsig in sie stieß, ihr spannender Schließmuskel, der Druck in ihr – so abgefahren. Oh wie liebte sie es, wie erfüllt war sie genau das zu bekommen. Ihr Rock versperrte ihrer Finger den Weg zu ihrem Kitzler. Eine Tatsache die irgendwo schade war für sie, doch auch ihren eigenen Reiz mit sich brachte. Das Gesicht auf dem Latexlaken, griff sie unter sich, zog ihre Arschbacken auseinander, denn so fühlte es sich irgendwie noch etwas geiler an, war es noch etwas versauter und unterwürfiger. Genau dieser Gedanke gab es ihr. Ein Kick den sie viel zu selten hatte.

Er fickte sie so tief, schnell und vor allem gekonnt. In diesen geilen, willigen Arsch zu stoßen, war die Erfüllung schlechthin. Es sah irre scharf aus und dass Alexa voll darauf abfuhr, erregte ihn am meisten. Sie wusste sich zu bewegen und ließ ihn hören wie sehr es ihr gefiel, mal so richtig was hinten rein zu bekommen: „Ja, ja, ja, jaaa fick meinen Arsch, fester! Wahnsinn!"

Schließlich konnte sie nicht länger und schob eine Hand trotz allen Widerstand durch den Saum ihres eng sitzenden Rockes. Stimulierende Fingerspitzen an ihrer Klitoris, das brauchte sie jetzt, egal wie. Dieser Doppel-Kick, der war es, nach dem sie absolut süchtig war. Jedes Mal, wenn seine pralle Eichel ganz tief in ihrem Anus war, prickelte es in ihrem Bauch. Bald wurde aus dem Prickeln ein heftiger Schauer, der sich durch ihren ganzen Unterleib zog und in einem Orgasmus gipfelte. Sie drückte ihr Gesicht auf das Laken, um ihre ununterdrückbaren Lustschreie zu dämpfen. Ihr ganzer Körper zitterte. Eine wahre Lawine löste sich. Alles Aufgestaute brach nur so heraus in mehreren aufeinanderfolgenden Monsterwellen. Schließlich begann sie zu squirten. Das ganze weibliche Ejakulat spritzte in mehreren Schwällen aufs Laken. Es erlöste und befreite sie in gänzlicher Tiefe.

Als Timon hörte wie es ihr kam, sah, wie sie bebte, der

Saft aus ihrer Muschi spritzte und dazu fühlte, wie sie die enge Rosette rhythmisch anspannte, gab es ihm den Rest. Jetzt wo sie ihre Erfüllung erlebte konnte er sich ebenfalls fallen lassen. Den aufgestauten Orgasmus trieb er mit ein paar letzten heftigen Stößen in sie, schoss sein warmes Sperma tief in den Arsch seines JoyClub-Dates. Keuchend drückte er sein Schoß fest gegen ihren Po, als wolle er zum Schluss noch einmal besonders tief in sie. So verweilte er einige Zeit, genoss dabei den Rausch der Glückshormone. Schließlich ließ er ganz langsam seinen immer noch harten Schwanz aus ihrer Rosette gleiten. Seine Begeisterung kund tuend kniete er sich hinter sie. Erfüllt beobachtete er ihre immer noch leicht zuckende Rosette.

Erlöst, ebenfalls erfüllt von Glückshormonen, lag Alexa da, genoss das Gefühl. Ihr befreiter Hintern fühlte sich gut an. Besonders das nun langsam aus ihrem Loch laufende Sperma. Was für ein versautes Gefühl. Wie eine feuchte Bestätigung dafür, dass es ein verdammt guter, abgefahrener Arschfick gewesen ist. Sein Saft lief über ihre Schamlippen, tropfte hinab und vereinte sich mit ihrem Ejakulat zu einem bizarren Cocktail. Gleichzeitig spürte sie erneut seine wohltuende Zunge, die ihren erschöpften Hintereingang sauber leckte. Am Ende nahm er sie in den Arm, umschlang sie, hielt sie fest, während sie sich erholte und sammelte.

Sie lagen noch eine ganze Weile beieinander. Dieses gelöste Gefühl nach solch einer Session war stets schier wunderbar. Die Erregung war der Nähe gewichen, das wilde Treiben den sanften Berührungen. Einige Zeit verging bis sie sich aufrafften, sauber machten, Essen bestellten und mit einem weiteren Ouzo auf die gelungene Aktion anstießen. Auf Timon's Sofa zurückgezogen, genossen sie aneinander gekuschelt den Rest des

Abends. Versunken in tiefgründige Gespräche über Lust, Leidenschaft, Empfindungen, Sessions, Vorlieben und weitere bislang unerfüllte Fantasien, klang der Abend aus.

Gut geschlafen, lecker zusammen gefrühstückt, ließen die beiden den Sonntag gemütlich angehen. Sie gaben sich Zeit. Heute würden sie die Rollen einmal tauschen. Eine Vorstellung die sie ebenso erregte wie ihn, waren sie doch zusammen gekommen, um genau das gemeinsam auszuleben. Das Besondere, Bizarre, nicht Alltägliche. Und das in vollem Umfang. Doch sie wollten allmählich in Stimmung kommen. Auf einer Spazierrunde setzten sie ihr Gespräch vom Vorabend fort, puschten einander mit dem Ausschmücken ihrer Fantasien. Dem überlegen, wie man das eine oder andere umsetzten könnte. Alexa hatte da ein paar gute Ansätze. Nach der er ihre Vorstellungen am Vortag mehr als gebührend erfüllt hatte, wollte sie ihm nun diesen Gefallen zurückgeben. Er war bereits sehr gespannt was sie im Sinn hatte. Ihr schelmisch, erregendes Grinsen versprach so einiges.

Im frühen Nachmittag entkorkte Timon einen seiner Agiorgitiko Weine. Sie stießen an, dann verschwand Alexa ins Bad um sich und alles Weitere für die Umsetzung ihres Planes vorzubereiten. In der Nacht waren ihr die ersten guten Ideen für die heutige Session gekommen, die im Laufe der Gespräche über den Vormittag zu einer sehr klaren, äußerst erregenden Vorstellung gereift waren. Heute konnte sie ihm die orgasmischen Höhenflüge des Vortages zurückgeben. Zugleich war sie bereits sehr gespannt wie es wohl sein würde den Spieß um zu drehen. Ganz konnte sie es sich noch nicht vorstellen, wie es sein würde die Rollen zu tauschen. Besonders nachdem sie ihn zuvor in seiner vollen Dominanz erlebt hatte. Würde sie sich all das trauen zu tun, was sie gern einmal tun würde? Einige ihrer Kinky Vorstellungen, von denen sie bislang keinem erzählt hatte, in die Tat umsetzen? Der Reiz war groß, die Hemmschwelle auch. Größer oder überwindbar? Ihre Gedanken kreisten wie am Vortag, als sie drei ihrer Lieblingskleidungsstücke für Clubbesuche anzog: eine rote Lackkorsage, rote Lack-Hotpants, Netzstrümpfe und hohe rote Lack-Absatzstiefel.

In seinem Schlafzimmer zog sich indes auch Timon um. Alexa hatte der Gedanke ihn in einem Harnes zu sehen sehr gereizt, so suchte er diesen aus seiner Kollektion heraus und legte diesen an. Während sich die Lederriemen an seine Haut schmiegten, ging auch ihm so einiges durch den Kopf. Würde er die Kontrolle an sie abgeben und sich fallen lassen können ... alles mit sich machen lassen, was sie vorhatte? Ein Gefühl von sexueller Aufregung fuhr ihm durch den Magen.

Als Alexa aus dem Bad kam, übernahm sie direkt das Kommando. „Häng deine Schaukel auf!" befal sie. Ihre Worte klangen streng. Von dieser hatte er ihr am Vormittag erzählt. Ein reizvolles Utensil, dass er irgendwie zu selten verwendete. Schnell war es aus dem Schrank im Schlafzimmer geholt und an den stabilen Haken unter der Zimmerdecke seines Arbeitszimmers aufgehängt.

Ihn mit den Blicken einer KGB-Gefängniswärterin beobachtend, wartete Alexa das er seine Aufgabe zu ihrer Zufriedenheit abschloss. Kaum war dies der Fall, lautete ihr nächster Befehl: „Los rein mit dir!" Er tat, was sie sagte – legte sich auf das an vier Ketten aufgehängte Ledertuch. An den Ketten hingen bereits Manschetten zum Anschnallen seiner Hand- und Fußgelenke. Es hatte etwas davon auf einem Stuhl beim Frauenarzt zu liegen.

„Na das sieht doch sehr gut aus …", meinte Alexa, „Schon mal eine russische Massage bekommen?" Mit einem frechen, fast schon fiesen Grinsen holte sie ein Paar Latexhandschuhe aus ihrer Tasche. Gespannt verfolgte Timon, wie sie diese demonstrativ vor seiner Nase anzog. Das Kribbeln in der Magengegend wurde heftiger. Bevor sie zur Tat schritt, stolzierte Alexa einmal musternd um ihr Opfer herum. Bei ihren Schritten klackten die Absätze ihrer Stiefel auf dem Fliesenboden. Ein Klang purer Dominanz hallte durch den Raum.

Für ihn gut sichtbar verteilte sie etwas Gleitcreme auf ihrer rechten Hand, dann trat sie neben ihn. Mit dem Zeigefinger strich sie über seine rasierte Rosette. Augenblicklich ging ein Schauer durch seinen Körper. Ein leises Aufstöhnen kam ihm über die Lippen. Gott, erregte ihn dies auf der Stelle. Neugierig entspannte er sich und spürte, wie sich der Finger in seinen Anus bohrte. Welch ein erregendes Gefühl! Er liebte es. Schade nur, dass er es nicht sehen konnte. Andererseits hatte genau das zusammen mit den Fesseln seinen Reiz.

Alexa drang mit ihrem Finger so tief ein wie es ging, verweilte einen Moment und zog ihn wieder heraus um gleich darauf, das Ganze zu wiederholen. Nachdem sie seinen Arsch eine gute Minute lang gefingert hatte, begann sie ihren Finger in seinem Anus zu bewegen, zu krümmen und massierte Timon auf diese Weise von innen. Die Stimulation seiner Prostata bescherte ihm ein Schauer nach dem anderen. Allmählich steigerte sie ihre Anale-Lustfolter, bis sie ihren Finger abrupt aus seinem Hintern zog und im Bad verschwand.

Zurück kam sie wenig später mit einer Art Dildo. Dieser war mindestens dreißig Zentimeter lang, allerdings nicht viel dicker als einen Zentimeter. Am hinteren Ende war er etwas Dicker. Timon's Anal-Domina tat etwas, das er nicht sehen konnte. Als sie wieder in sein Blickfeld trat, verteilte sie etwas Gleitcreme auf dem Dildo, geradewegs so, als würde sie ihm damit Angst machen wollen. Mit einem Grinsen trat Alexa erneut an ihn heran. Er konnte ihre feuchten Latexhandschuhe am Arsch spüren, gefolgt von Gefühl, wie ein langer, kühler, glatter Gegenstand in seine Rosette geschoben wurde. Sein sich augenblicklich aufrichtender Schwanz widerspiegelte gut, wie es ihn erregte. Abermals hätte er laut aufstöhnen können. Es war in der Tat ein ausgesprochen Lust-steigerndes Gefühl. Langsam glitt das Ding immer tiefer. Es schien kein Ende zu nehmen. Plötzlich aber doch. Er hatte das Gefühl, sie hätte diesen Stab bis zum Anschlag hineingeschoben, doch dem war nicht so – es war gerade einmal die reichliche Hälfte gewesen. Das Alexa auf derartige Spielchen stand und sich auskannte, zeigte sich, als sie das Ende des Dildos etwas kreisen ließ, um ihn an einer Stelle noch einmal einige Zentimeter tiefer zu schieben. Nach Luft japsend, hatte Timon das Gefühl, sie hatte ihm die Lanze bis in den Bauch geschoben. In der Position ließ die Dame den Dildo stecken.

Seine Gesichtszüge verrieten Alexa sehr eindeutig wie ausgesprochen erregend es für ihn war. Dies zu sehen befeuerte Alexas Treiben. Der bereits ziemlich steife Penis vor ihr lachte sie regelrecht an, forderte sie gerade zu auf mit ihm zu spielen. Das herrliche, erigierte Stücke männliches Fleisch in die Hand genommen, rieb sie ihn, jedoch nicht so wie Timon es selbst tun würde, sondern quälend langsam.

Für ihn war es der blanke Wahnsinn. Timon's Schwanz füllte sich unter ihrer geschmeidigen

Massage immer mehr mit Blut. Bald schon war er knochenhart und glänzend prall. Die Kombination aus ihrer Hand und dem Dildo tief im Arsch waren Zunder auf dem Feuer seiner Lust.

Zugern hätte er sein bestes Stück jetzt selbst in die Hand genommen und sich einen ersten Höhepunkt genehmigt. Doch die Fesseln hielten ihn davon ab, gaben ihr die Chance ihn weiter zu foltern. Zudem lautete die Regel des Spieles für ihn: Hände weg vom Schwanz! So blieb ihm nichts anderes, als sich auf seine Gefühle zu fokussieren. Diese wusste Alexa geschickt zu verstärken. Etwas in die Knie gegangen, leckte sie an seiner Eichel, umschloss das herrliche Ding mit ihren Lippen. Saugend, senkte sie ihren Kopf, ließ den Ständer ganz in ihren Mund gleiten, bis er ihren Rachen berührte. Voller Hingabe aber dennoch wie in Zeitlupe leckte und lutschte sie seine Männlichkeit. Zugleich bewegte sie den Dildo in seinem Hintern vor und zurück.

An den Ketten festgeklammert gab sich Timon ihrer Lusttortur hin. Dieses Gefühl, dieses anal-orale Duett beförderte ihn geradewegs in die obersten Sphären der Erregung. Mal blickte er hinab, beobachtete sie. Er sah zu wie ihre Lippen seinen Schwanz verschlangen, wie ihr Speichel an seinem Schaft glänzte, wie sie gegen den Würgreflex ankämpfte, wenn sie versuchte den Kolben so tief wie es ging in den Mund zu nehmen. Mal schloss er die Augen, fühlte hinein, in ihr Saugen einerseits, in das delikate Gefühl, welches das Spielzeug in seinem Anus hervorrief, auf der anderen Seite. Dass sich etwas in ihm bewegte, hatte so etwas Versautes, Verruchtes, Unanständiges. Dazu der Reiz seiner Prostata – es war stets ein Rausch für ihn.

Leider hatte genau dieses Gefühl schon bald ein vorläufiges Ende. Langsam zog Alexa den Dildo aus Timon, um sich sogleich mit ihrer Zunge um seine Rosette zu kümmern. So geil sie dies selbst fand, so gern erwiderte sie auch diesen Gefallen. Timon raunte unter ihrem lustvollen Lecken. Auch für ihn war dies eines der mit Abstand wohltuendsten Gefühle. Dieses feuchtwarme, unglaublich intime "streicheln" seiner Hintertür. Das leichte Kitzeln ... Gänsehaut überkam ihn.

Allmählich war es Zeit für den nächsten Schritt. Aus ihrer Tasche holte Alexa einen Butt Plug. Ein herrliches, kleines, schwarzes, tropfenförmiges Ding. Einige Male rieb sie damit über seinen Schließmuskel, bevor sie das Toy genüsslich einführte. Es bedurfte nicht viel Mühe und es steckte in seinem feuchten Loch. Kaum war der Plug an seinem vorbestimmten Ort platziert, drückte sie auf den versteckten Knopf am Ende. Ein leises Surren verkündete die aktivierte Vibrationsfunktion. Timon begann erneut zu stöhnen, während seine Herrin aufstand und auf in herab grinste. Sie begann ihn von den Fesseln zu lösen. Für den nächsten Part, den sie sich überlegt hatte, war ein Positionswechsel nötig. „Steh auf und stell dich hin", befahl sie ihm.

Untergeben, Sklave seiner eigenen Erregung, kam er dem nach. Während er aus der Schaukel kletterte, stand sein Schwanz, als hätte er Viagra wie Smarties genascht. In dem Moment als seine Herrin etwas Neues aus ihrer Tasche holen wollte, konnte er der Versuchung nicht länger widerstehen, seinen Ständer zu umfassen. Alexa bemerkte es sofort, noch rechtzeitig bevor er anfing zu wichsen. „HALT!", rief sie augenblicklich. „Das könnte dir so passen, jetzt schon abspritzen wollen um den besten Teil nicht mehr mitmachen zu müssen? Vergiss es!" Sie packte ihn am Arm, zog ihn in sein Wohnzimmer, setzte sich auf das Sofa und meinte: „Los, leg dich hier

her!" Mit dem Zeigefinger deutete sie auf ihre Oberschenkel. „.... Drüberlegen, sagte ich!" Zögernd tat er
was sie sagte. Er kam sich vor wie auf dem Strafbock,
doch es fühlte sich auch erregend an, so über ihren
Schenkeln zu hängen. Zeit es zu genießen ließ sie ihm
nicht. Ohne Vorwarnung klatschte ihre Rechte auf seinen Hintern, so das er zusammenzuckte. Gleich darauf
noch einige weitere Male. Seine Pobacken erzitterten,
begannen sich leicht zu röten. Nach zehn Schlägen
stoppte sie, streichelte kurz über seinen erwärmten Hintern. Eigentlich liebte sie es eher selbst gespankt zu
werden, doch in diesem Moment konnte sie nicht widerstehen, ihm den knackig, nackten Arsch ein wenig zu
versohlen. Und Strafe musste sein, dachte sie.

Timon hingegen war überrascht, hatte Mühe die doch
etwas schmerzhaften Schläge zu genießen. Auch wenn
es etwas sehr Erregendes hatte. Im Nu brannte sein Sitzfleisch, sodass er am liebsten seine Hände zum Schutz
darüber gehalten hätte. Die Gute hatte echt einen festen
Schlag.

Indes ergriff Alexa den Plug und zog diesen langsam aus
seinem Hintern. Gleich darauf bekam Timon weitere
zehn Schläge mit der flachen Hand. Langsam durfte sein
Po ordentlich feuern. Um es sich nicht gleich mit Timon
zu verscherzen, trieb sie das Spiel nicht weiter. Wenn,
dann würde es sie ohnehin mehr reizen ein Schlagwerkzeug dafür zu benutzen. Ein schönes Paddel zum Beispiel. Na, vielleicht beim nächsten Mal.

Wie ganz zu Beginn spreizte sie nun seine Pobacken
um jetzt mit dem Finger über seine Rosette zu streichen.
Erneut begann sie ihn zu fingern, was Timon augenblicklich fast in den Wahnsinn trieb. Vor allem, weil er
nur diese eine Stimulation bekam, sein Schwanz aber
nach wie vor dem Spiel inaktiv beiwohnen musste.

„So, ich glaube, du bist nun so weit zur letzten Stufe zu kommen", sagte Alexa. Ganz langsam zog sie ihren Finger aus seinem engen, warmen Loch. „Erhebe dich!", befahl sie. „Knie dich auf die Bank!" Wie ihm geheißen, kniete sich Timon auf die Bank und beugte sich vor. Mit den Worten: „Damit du nicht wieder auf die Idee kommst deinen Schwanz zu wichsen", fesselte sie seine Hände. Zu guter Letzt nahm sie noch einen Ledergürtel, legte ihm diesen um den Hals, um ihn später als Leine benutzen zu können.

Wie geil Kinky war das alles? Genau so, wie sie zu vor darüber philosophiert hatten. Nur schwer vermochte er es zu glauben. Sie spielte ihre Rolle – das Spiel – sehr gut, setzte all seine Ideen um. Sich ihr hinzugeben, sich ihr so auszuliefern, erfüllte so manche seiner Wünsche und Fantasien. Obgleich wäre es ihm lieber gewesen, er hätte freie Hand. Besonders wo er nun erspähte, was sie als Nächstes vorhatte. Den Vorbindepenis, den sie aus der Tasche holte, beäugte er mit ein wenig Skepsis. Einerseits ein Traum, andererseits eine ziemliche Waffe, die Augenblicke später von ihrem Schoß ab stand und in seine Richtung zeigte. Wie ein riesiger Finger der sagte: Du bist jetzt fällig. Das Teil maß bestimmt an die 20 Zentimeter und an der dicksten Stelle locker 4 Zentimeter. Der Strap-on sah zudem ganz wie ein echter Penis aus. So das er es sehen konnte, zog Alexa ein Kondom darüber und befeuchtete den künstlichen Ständer mit reichlich Gleitgel. Vorfreude überkam Timon, trotz allem Respekt vor dem riesig wirkenden, umgeschnallten Phallus. Wie geil, dachte er. Aber auch: hoffentlich rammt sie das Ding nicht einfach so hinein. Sich hinter ihn gestellt, setzte sie die Spitze des Gummipenis auf seine Rosette, drückte leicht, bis das Ding mit der Eichel eingetaucht war. Nach einem kurzen Moment des Abwartens stieß sie zu. Mit einem Ruck steckte der ganze Strap-on tief in ihm. „Wwaaahhh, jaahh, ...oohhuu, oh mein Gott!", stöhnte er auf. Durch ihre gute Vorarbeit, war es nicht Schmerzhaft, lediglich ein Schreck mit einem Mal das dicke Ding komplett im Hintern zu haben. Vorsichtig zog die Arschfick-Domina ihren Schwanz etwas zurück, um ihn sogleich noch tiefer hineinzudrücken. Sie packte seine Hüften und zog ihn fest an sich. Der Vorbindepenis steckte bis zum Anschlag in seinem Anus. Die warmen, glatten Lack-Hotpants berührte seine Pobacken. Timon japste nach Luft. Es war mit das geilste, was er je erlebt hatte. Vor allem als sie nun auch noch leicht kreisende Bewegungen vollführte. Einige Augenblicke gönnte sie ihm, um sich an den Strap-on zu gewöhnen, dann begann sie ihn langsam zu ficken. Schön gemächlich, der ganzen Schaftlänge nach. Jedes Mal zog sie den Ständer fast heraus und schob ihn dann so weit wieder hinein, bis sie ihr Becken fest gegen sein Gesäß presste. Dabei genoss sie den Anblick – einen Anblick, in dessen Genuss sie als Frau sonst nie kam beim Sex. Sie labte sich am erhabenen Gefühl, dem Kerl mit dem großen Strap-on durchzuficken. Macht – genau das spürte sie in dem Moment. Eine herrliche Macht über seine Erregung. Allmählich steigerte sich ihr Tempo, kontrollierte und lenkte mit ihren Stößen seine Lust. Ihn an seinem Harnes gepackt fickte sie ihn in einem gleichmäßigen Rhythmus, als hörte sie dabei Musik. Allmählich wurden die Stöße härter. Zugleich zog sie an der "Leine". Der Gürtel um seinen Hals zug sich zu, schnürte sich um seine Kehle, drosselte ein wenig die Luftzufuhr. Verdammt war das versaut geil, schoss ihm durch den Kopf, während er in eine leichte Trance abdriftete. Sein Schwanz noch viel härter als zu vor und er konnte ihn nicht wichsen, sich nicht in den erfüllenden Orgasmus retten. Das harte Ding stieß emsig weiter in seinen Arsch. Tief in sich die Bewegungen zu fühlen, brachte ihn fast um den Verstand. Hilfe, er liebte dieses Gefühl so sehr. Und heute wurde es mehr erfüllt als jemals sonst.

Laut stöhnte er vor sich hin, ließ Alexa deutlich hören, wie er es empfand. Indes fickte sie ihn richtig schnell und heftig. Es klatschte jedes Mal, wenn ihr Schoß auf sein Po traf. Plötzlich stieß sie noch einmal ganz hart und tief zu, dass er fast jammerte, dann zog sie den Strap-on mit einem Mal aus seinem Arsch, der daraufhin offen klaffte. Für einen Augenblick erfreute sie sich am tiefen Einblick, lauschte seinem überraschten Stöhnen. Oh ja, das Gefühl kannte sie zu gut und liebte es selbst.

„Und jetzt leg dich auf den Rücken und zieh deine Beine an", befahl sie. ... Abermals tat er was sie sagte. Kaum lag er, stellte sie sich vor ihn, brachte ihren Schwanz erneut in Position und drückte ihn zurück in seine Arschfotze. Diesmal konnte es Timon wunderbar beobachten, blickte wie von der Loge auf das Geschehen zwischen seinen Beinen. Bei jedem Stoß hob sich seine Bauchdecke – er kollabierte fast vor Geilheit. Soweit wollte sie es jedoch nicht kommen lassen. Ihn in dieser Position zügig fickend, beugte sie sich vor, griff mit ihrer Linken seinen Hals. Ihn kontrolliert würgend griff sie mit der anderen Hand nach seinem pulsierenden Schwanz. Lang brauchte sie nicht an seinem Ständer zu reiben. Es bedurfte quasi nur ihrer Berührung. Unter Timon's lautem Stöhnen begann sein Glied zu zucken. Er presste die Augen zusammen, bevor ein wahrer Vulkan ausbrach. Die heiße Sperma-Lava ergoss sich auf seinem Oberkörper, seinen Beinen und ihrem Arm. Alexa lachte laut. Ein paar der Tropfen landeten sogar auf ihren Brüsten. Dies war der mit Abstand heftigste und längste Orgasmus, den er je erlebt hatte. Als diese abklang, schob Alexa ihren Strap-on nochmals bis zum Anschlag hinein und stoppte ihre Bewegungen. Sie nahm Timon an sich, umschloss ihn fest mit den Armen, während er immer noch zuckte, bebte und überflutet von einem Cocktail aus Glückshormonen in einer anderen Dimension zu sein schien. Als er nach einigen Momenten langsam wieder zu sich kam, fragte sie lächelnd: „... Na, was sagst du nun? Alles gut?" „... Der blanke Wahnsinn!", keuchte er.

Ganz langsam zog sie den Vorbindepenis aus ihm, was Timon nochmals einen kleinen Schauer bescherte. „... So, dann komm mal in Ruhe wieder zu dir und lass uns zusammen unter die Dusche gehen. Mir hat es unglaublich Spaß gemacht. War echt geil!" schwärmte Alexa. „Freut mich echt, dass es für dich so gut war." Sie entledigte sich des Strap-on's, ging in seine Küche und kam mit zwei Ouzos zurück. „Auf diese gelungene Aktion. Wobei ich gerade auch noch ziemlich erregt bin. Dein Stöhnen, dich zu ficken, das zu sehen, hat mich echt rollig gemacht. Na vielleicht stellst du noch was Versautes mit meinem Hintern unter der Dusche an. Ideen hätte ich da schon!" Sie zwinkerte ihm zu. „Jetzt aber erst einmal Jámas!"

10 Argumente für Analsex
Von Bianca

Ich liebe Analsex und praktiziere ihn schon, seit ich noch ein Teenager war. In den meisten Geschichten, die ich geschrieben habe und die in Kürze hier noch erscheinen oder in die kommenden Bücher einfließen, geht es darum. Oft werde ich daher gefragt, was ich daran mag. Daher habe ich einmal diese 10 Punkte zusammen getragen. 10 Punkte, warum ich Analsex liebe und diesen anderen sehr empfehlen kann.

... Vielleicht sind sie Anstoß zum darüber sprechen, diskutieren, fantasieren. Oder hat jemand von euch – speziell vom weiblichen Standpunkt oder der männlich-passiven Seite – noch etwas hinzuzufügen. Ich freue mich auf eure Kommentare – gern per Mail an uns!

1. Es ist etwas anderes! Damit gibt es einem die Möglichkeit den Partner anders zu erleben als sonst. Es steigert also die Vielfältigkeit und erhöht die Abwechslung. Wer zum normalen Sex auch noch Analsex macht, hat quasi doppelt so viele Möglichkeiten. Mann kann es durch Spielzeug oder bei einem Dreier sogar mit normalem Sex in unzähligen Variationen kombinieren.

2. Es ist etwas Besonderes, etwas nicht alltägliches, etwas Ausgefallenes, dass nicht jeder macht. Auch ich, obwohl ich es Anal sehr mag, mache es nicht jedes Mal. Nicht mal mein Mann, obwohl er darauf steht, würde es jedes Mal wollen, damit es den Reiz des besonderen behält. Weiterhin ist aus meiner Erfahrung eine Frau die für Analsex offen ist für viele Männer ein zusätzlicher Reiz – es macht sie attraktiver.

3. Es ist etwas besonders Intimes, das besonderes Vertrauen verlangt und ich auch nicht mit jedem machen würde, beziehungsweise in der Vergangenheit nicht mit jedem Sexpartner gemacht habe. Man gibt sich seinem Partner viel mehr hin als bei normalem Sex. Die Hemmschwelle zu Anal überzugehen liegt gewöhnlich deutlich höher, denn man kommt sich dadurch quasi noch näher. Man lässt eine Person an einen Ort, an den man gewöhnlich weniger lässt, als an seine Vulva. Ein Ort an dem man für normalerweise mehr Scham empfindet.

4. Es ist etwas Versautes! Schon alleine die Pseudonyme für Analsex klingen versaut: „durch die Hintertür", „Posex", „Arschfick", „Schokolade stampfen" usw. Ich mag vieles, weil es sich nicht jeder traut, weil es als besonders versaut gilt: z.B. Lack und Leder, BDSM, Spanking, Squirten uns so weiter. Analsex passt gut dazu. Immer nur Pussy ist was für Waschlappen und Mauerblümchen. So fühle ich mich dabei auch immer besonders verrucht, bitchig, nuttig.... Gerade, auch wenn es praktisch versauter wird – wenn man dabei wirklich mal herumsaut. Zum Beispiel, wenn mir sein hinein gespritztes Sperma danach aus dem Hintern tropft und ich merke wie geil mein Mann dies findet.

5. Es hat etwas „verbotenes!" – schon alleine das reizt mich immer wieder. Für Konservative ist es ein Tabu, für die Kirchen eine Sünde und in manchen Gegenden der Welt steht sogar die Todesstrafe drauf. Für mich (speziell als liberale Atheistin) um so mehr ein Grund, genau deswegen besonders auf Analsex zu stehen. Die verbotenen Früchte sind für gewöhnlich die süßesten.

6. Das Gefühl an sich. Manchmal würde ich zwar einfach sagen: es ist wie wenn man dringend aufs Klo muss, doch ein andermal würde ich es auch wieder als ein schönes, warmes, wohliges, geborgenes Gefühl beschreiben. Und dann gibt es Tage, an denen es einfach auf magische Weise die Lust sowie Geilheit auf das doppelte steigert, ohne dass man es exakt beschreiben kann. Fakt ist, es ist viel intensiver, wie ich ihn „hinten drin" spüre. Ich liebe diesen Druck in mir. Das besondere Kitzeln bzw. Jucken an der Rosette, oder das Gefühl, wenn diese beim Herausziehen zwischendurch offen stehen bleibt, Luft hineinströmt und meinem Mann ggf. tiefe, intime Einblicke gewehrt. Ganz zu schweigen von den analen Orgasmen, die natürlich auch noch mal etwas Anderes sind als ein gewöhnlicher vaginaler o. klitoraler Höhepunkt, bzw. die in Kombination mit einem gewöhnlichen Höhepunkt natürlich ein umso intensiveres Feuerwerk der Lust sind!

7. Der Anblick ... den ich als Frau zwar nur mithilfe eines Spiegels oder einer Kamera genießen kann, aber den ich ebenfalls äußert heiß finde! Es gibt mir jedes Mal einen extra Kick, wenn ich sehen kann, wie er in meinen Po eindringt oder wie er darin steckt. Wenn ich sehe, wie ich den großen Penis tief hinten drin habe. Dabei gleich noch ein heißer Tipp: gebt eurem Partner eine Kamera in die Hand, die an den Fernseher angeschlossen ist, vor welchem ihr es treibt. Dann kann sie live sehen, wie es aus seiner Sicht aussieht, was sehr reizvoll ist! Ich fand es in dem Zusammenhang besonders heiß seinen Blickwinkel zu sehen, als er mich Anal von hinten nahm! ... Mann muss es ja nicht gleich aufzeichnen.

8. Das Erlebnis für ihn. Was mich selbst beim Analsex wahnsinnig geil macht, ist, nicht zuletzt der Gedanke daran, wie besonders und außerordentlich erregend es für meinen Mann ist – dass ich ihm damit quasi jedes Mal einen besonderen Wunsch erfülle. Auf ihn treffen viele dieser Punkte auch zu und machen es daher besonders reizvoll. Aber Männer lieben es im Allgemeinen sowieso, denn der Po ist nun mal viel enger. Zudem haben sie permanent den extra geilen Anblick, den wir Frauen nur mithilfe eines Spiegels haben. Mein Mann hat schon oft betont, dass es vor allem auch dieser Punkt ist. ... Jedenfalls liebe ich es einfach zu sehen, zu hören, zu fühlen wie er dabei abgeht. Was gibt es Besseres als zu erleben, wie man den Partner zur Ekstase bringt! Ihm höchsten Genuss, höchste Lust, maximale Geilheit und außerordentlich gute Orgasmen beschert!

9. Die Kopfsache – eines der wichtigsten, vielleicht aber auch besten Dinge daran! Ohne dass man im Kopf dem Analsex freundlich gestimmt ist, geht es nicht bzw. ist es alles andere als schön. Doch wenn man es ist, ja wenn man sogar die entsprechend positive Einstellung dazu hat, ist es irre geil. Zugegeben: Es gab schon den einen oder anderen nicht ganz so angenehmen Arschfick, nach dem ich mich fragte: warum mache ich das nur immer wieder? Doch schon wenig später überwogen die guten, geilen Erinnerungen und ich konnte das nächste Mal kaum erwarten. Diese geilen Erinnerungen sind es, die mich in erster Linie wie eine Süchtige immer wieder danach verlangen lassen. Auch das Kopfkino beim Analsex ist natürlich ein anderes, geileres, das einen zusätzlich antreibt. Oftmals hab ich sogar beim normalen Sex das Posex-Kopfkino. Ich glaube, das wichtigste für eine positive Kopfsache ist, dass man von Anfang an gute Erfahrungen damit macht.

10. Alles zusammen! Jeder einzelne Punkt der hier aufgelisteten ist wie ein Faden. Wenn alle Fäden zusammen kommen, sich zu einem Seil bündeln, dann entsteht etwas Wunderbares, Besonders, Reizvolles, was einen in den Bann zieht! Hinzu kommt noch dass man es sowohl in der Erdbeerwoche praktizieren kann, einer von Beiden oder beide das „stochern im Marmeladenglas" weniger reizvoll finden. Und natürlich das sie nicht Gefahr läuft Schwanger zu werden, gerade bei denen die keine Pille nehmen und es mit Kondomen und Co nicht so haben.

Ein Statement zum Pegging
Von Bianca

Vor einiger Zeit hatte ich bereits das vorangegangene Kapitel: "Zehn Argumente für Analsex" auf unserer Webseite Lort4Passion.de gepostet. Daraufhin hatten wir viele interessante E-Mails, Diskussionen, Gespräche usw. Vor allem auch mit anderen Frauen, die diese Anregung sehr interessant fanden. Manche hat es gar animiert das Ganze daraufhin zu probieren, was durchaus mein Ziel war.

Ich habe mich auch zudem viel darüber unterhalten, dass ich Analsex auch aktiv, mittels Strapon praktiziere. Also sogenanntes „Pegging". Und oft bekam ich die Anregung mal etwas dazu zu schreiben. Genau das will ich nun hier, in Zusammenhang mit diesem Buch und später auch auf unserer Webseite tun.

Wenn ich mich recht erinnere hatte ich im letzten Statement auch erwähnt, dass ich für Po-Sex Männer bevorzuge, die selbst passive Analerfahrung haben. Um genau zu sein hatte ich erst einmal einen Mann, der diese Voraussetzung nicht erfüllte und es war deutlich schlechter. Warum? Nun Männer, die dieser Erfahrung selbst gemacht haben, können damit viel besser umgehen, vor allem zu Beginn. Sie sind einfühlsamer, wissen wie es besonders gut ist und finden es – soweit ich weiß – noch erregender.

Ich möchte mit diesem Statement zum Pegging bzw. Strapon-Sex allen Männern und Frauen Mut machen, es einmal zu probieren! Oder besser noch mehr als einmal. Es bringt beiden enorm viel! So möchte ich als erstes Mal damit beginnen, die Punkte aufzuführen, warum man es probieren sollte, beziehungsweise was gut daran ist.

Abwechslung: Es ist Abwechslung und frischer Wind in einer Partnerschaft, besonders wenn man schon länger zusammen ist. Gerade weil es auch etwas ist, was wohl die wenigsten zusammen ausprobieren oder gar regelmäßig machen.

Besonders intim: Nichts ist wohl intimer, als Pegging miteinander auszuprobieren. Es schweißt einen noch mehr zusammen. Außerdem ist es meist ein besonderes gemeinsames Geheimnis beider, da die wenigsten (vor allem Männer) nach außer darüber sprechen.

Etwas "Verbotenes", Besonderes, Versautes: Mal ehrlich, wer würde es nicht als etwas "Verbotenes" und unheimlich Versautes betrachten, wenn eine Frau ihren Mann mit einem Strapon in den Arsch fickt? Dies hat einen ganz besonderen Reiz.

Der geheime Wunsch: Liebe Damen, heißt es nicht immer, die Männer würden uns Frauen nie ihre geheimsten Sexfantasien verraten. Vielleicht, weil dies eine davon ist und es den meisten Männern sehr peinlich wäre dies zu erzählen. Soweit ich von meinem eigenen Mann und vielen Diskussionen im Forum erfahren habe, wünschen es sich die meisten Männer insgeheim. Zumindest all die, die schon mal das Gefühl von analer Stimulierung erfahren haben. Ja und der Rest ... dem sollte man dies auch einfach mal näher bringen! Glaubt mir: die Frau, die einem Mann diesen geheimen Wunsch erfüllt wird bei ihm zur absoluten Sexgöttin werden!! Traut euch. Ich verrate euch später noch einen guten Weg.

Empathie: Kaum etwas ist besser in einer Beziehung als sich in den Anderen hinein versetzen zu können. Und das kann man natürlich am besten, wenn man beim Sex einfach mal die Rollen tauscht. Die Frau legt sich einen Strapon (Vorbindepenis) an und der Mann übernimmt die Rolle der Frau, in dem er sich von ihr ficken lässt. Nur da er keine Vagina hat halt anal. Zudem wird man den Partner / die Partnerin so von einer ganz neuen, anderen Seite kennenlernen.

Rollentausch – Punkt für die Frau: Jetzt könnt ihr mal Mann sein! Könnt euch mal so fühlen wie ein Kerl, der euch sonst fickt. Es hat ein unglaublich mächtiges, herrschendes Gefühl. Und ihr „seht" es mal buchstäblich aus den Augen eines Mannes. Gerade wenn ihr es von hinten also Doggystyle treibt. Diesen optischen Faktor hat man so als Frau nie und man kann sofort nachempfinden, warum es Männer so gern von hinten machen. Glaubt mir Mädels, es ist einfach saugeil zu sehen wie der Mann unterwürfig vor euch kniet und ihr ihm den umgebundenen Strapon in den Arsch steckt, um ihn schön durchzuficken, bis er um Gnade winselt. ... Und wenn ihr ihn so einmal richtig durchfickt, frisst er euch danach ganz anders aus der Hand. Ihr werdet aber auch merken, dass die Männer beim Sex doch so einiges an Arbeit verrichten müssen, um uns glücklich zu machen. So einen Schwanz zu führen, ihn als eine Art Instrument oder Werkzeug zu benutzen, um den Anderen damit glücklich zu machen, im Optimalfall sogar zum Höhepunkt zu bringen, ist gar nicht so einfach!

Rollentausch – Punkt für den Mann: Jetzt dürft ihr mal Frau sein, liebe Männer. Ihr dürft euch mal entspannen, die Frau machen lassen. Ihr könnt euch fallen lassen, euch ganz ihr ausliefern, einmal eure Lieblingsstellung aus ihrer Position und Blickweise empfinden. Habt den Mut, streckt ihr euren Po entgegen, nehmt sie tief in euch auf, genießt es, wenn sie euch an den Hüften packt und ihr Becken gegen eure Arschbacken klatscht.

Oder doch erstmal etwas einfühlsamer? Genießt es wie sie auf euch liegt, umklammert sie innig, tankt ihre Bewegungen. Natürlich werdet ihr auch einmal merken, wie es ist, wenn man in den Arsch gefickt wird, wie es sich anfühlt so einen großen, prallen Schwanz ins enge Hintertürchen zu bekommen – wie es angenehm ist und wie nicht.

Der männliche G-Punkt: Mädels, nicht nur wir haben so etwas, sondern die Männer ebenfalls. Genannt Prostata! Und wenn ihr damit richtig umgeht, kann der Mann einen Hammer-Höhepunkt erleben. Jede Frau, die dieses männliche Organ richtig stimuliert wird bei ihm ewig einen Platz auf dem Thron bekommen! Ob einfach durch Streicheln oder Druck auf dem Damm, oder gar von innen. Wer sich schon mal getraut hat, einen Mann beim Handjob oder Blowjob in dessen Arsch zu fingern, der wird gemerkt haben, wie er abgehen kann. Nun wenn ihr euren Mann, Freund, Partner, Kerl mit einem Strapon fickt, wird das für ihn noch viel intensiver. Vielleicht schafft ihr es sogar, dass er dabei kommt – unter Umständen sogar, ohne dass er oder du sein bestes Stück berührt.

Der Orgasmus: Der männliche Orgasmus wird durch anale Stimulation, Penetration sowie / oder Prostata Stimulation deutlich heftiger. Mein Mann sagt: Der Orgasmus ist um 50 bis 100 % gesteigert! Wen reizt das nicht: Einen Höhepunkt der so gut und heftig ist wie 2 gleichzeitig. Auch kann dieser damit deutlich länger ausfallen. Hinzu kommt: Es gibt dabei fast schon eine Orgasmus-Garantie! Mein Mann und ich greifen manchmal einfach dann zu der Option Pegging, wenn er gern noch mal will und nicht mehr kann, oder wenn es aus irgendeinem Grund bei ihm mal mit einer Erektion oder dem Höhepunkt nicht so recht klappen will. Daher liegt bei uns der Strapon nie weit weg. Ich binde ihn mir schnell um und los geht's. ... Dann erlöse ich ihn auf diese besondere Weise. Es hat erst einmal nicht funktioniert, doch da war einfach zu viel Alkohol im Spiel.

BDSM: Es ist eine gute Option in dem Bereich und eignet sich wunderbar für BDSM-Spiele. Ist der Mann der Devote und die Frau die Dominante, kann sie ihn wunderbar fesseln und dann "anal vergewaltigen". Mit meinem Mann praktiziere ich Pegging oft im Zusammenhang mit einer SM-Session.

Nun noch eine kleine Pegging-Anleitung von mir, für die, die es noch nicht kennen bzw. mal probieren wollen. Also Grundlage ist natürlich erstmal ein Strapon zu besitzen. Ich persönlich habe inzwischen drei verschiedene. Mein erster, den ich mir besorgt habe, nachdem mein Mann mir von seinem geheimen Wunsch Pegging erzählt hatte. Dieser war recht günstig, ist einfach und nicht sehr groß (12 × 2,5 cm). Im Nachhinein kann ich sagen, er war ein guter Einstieg, und wir verwenden ihn heute gern als Reise-Spielzeug. Allerdings sitzt er bei mir nicht sonderlich gut und meinem Mann war er zu dem bald schon zu klein. Er fühlt da zwar das „raus und rein" gut, doch er übt bei ihm innen nicht genug Druck aus beziehungsweise erreicht die richtigen Stellen nicht. Zudem hat er ein Drei-Punkt-Gurt. Das heißt der Mittlere Riemen, der bei mir zwischen den Beinen durchgeht, schneidet mir manchmal in die Muschi ein und verhindert zudem, dass man das Spiel mitten drin mal rasch wechselt, da der Gurt eben meine Löcher bedeckt. Ein Vier-Punkt-Gurt ist deutlich besser! Der Zweite ist quasi mein Liebling, den habe ich bei Amazon gefunden und kann ihn echt empfehlen: Er sitzt viel besser, hat zwar leider auch einen Drei-Punkt-Gurt, aber das aus gutem Grund: Er hat 3 wechselbare Dildos oder besser gesagt Silicon Penisse, in verschiedenen Größen (13 × 2,5 / 16 × 3,5 / 19 × 4,5). Zwei davon kann man innen einsetzen – somit habe ich auch etwas davon. Wenn ich meinen Mann ficke, kann ich also entscheiden, ob ich dabei auch was in der Muschi oder dem Po haben möchte, oder gar beides zugleich. Das stimuliert mich mit und ist sehr geil! Der Dritte, den ich besitze, hab ich mir aus einem Sexshop in den USA mitgebracht. Dieser hat nur ein Zwei-Punkt-Gurt, also wie ein breiter Gürtel quasi. Sitzt aber trotzdem relativ stabil. Hintergrund ist, dass ich vor allem in der Domina-Rolle gern Röcke und Kleider trage, da funktioniert ein Gewöhnlicher Strapon nicht. Der extra Kick an dem ist zudem, dass man eine Pumpe hat, um die Größe etwas zu ändern (aufpumpen) und dass man ihn mit einer Flüssigkeit befüllen kann und somit eine Ejakulation nachempfinden kann. Geiles Ding! Mein Mann liebt ihn. Auch hat er keine direkte Penisform, sondern ist etwas schnittiger, was in der Tat bei ihm eine deutlich höhere Erregung erzeugt und komfortabler ist.

Bei der Wahl der Größe kommt es natürlich auf den Geschmack des Mannes an. Meine persönliche Meinung: der Strapon sollte so groß sein, wie sein bestes Stück – dann ist es ein faires Spiel. Zu bedenken ist jedoch noch, dass ein echter Penis mit selben Durchmesser viel leichter in den Po einzuführen ist, als ein Strapon. Und dies auch für den Empfänger angenehmer ist. Grund: egal wie hart der Penis ist, die Eichel lässt sich immer zusammendrücken – nicht so bei einer Künstlichen.

Neben dem Strapon sollte man unbedingt auch Gleitgel verwenden. Mein Mann hat mich zwar schon oft ohne zusätzliche Ölung des Getriebes anal genommen, aber dann hatten wir davor oral oder vaginal und zumindest mit Spucke angefeuchtet. Bei einem Strapon geht das nicht so leicht. Eventuell ist es auch ratsam ein Kondom darüber zu ziehen, um das Spielzeug besser vor Verschmutzung zu schützen. Wer es mag, kann natürlich auch vorher spülen sprich eine Analdusche benutzen. An sich ist es fast nie nötig, doch man ist schlichtweg entspannter. Aber werte Damen: Angst davor, dass das umgeschnallte Spielzeug in seinem Hintern schmutzig werden könnte, solltet ihr trotzdem nicht haben. Falls doch, solltet ihr das mit dem Pegging lassen. So etwas könnte theoretisch auch nach einer Spülung und mit genug Gleitgel noch passieren. Aber meine persönliche Erfahrung ist: Was hier in der Theorie vielleicht noch ein Gedanke ist, der gewissen Ekel hervorrufen könnte – wenn man voll im Spieltrieb und Erregung ist, ist das nicht mehr so. Aber zurück... Nett ist es natürlich auch, wenn er seine Rückseite rasiert hat – finde ich.

Wenn man das ganze zum ersten Mal versucht ist das Beste mit der Reiterstellung zu beginnen. Dabei kann er ihn selbst in sich einführen – so wie es gut für ihn ist.

Was wirklich genial ist, vor allem in Richtung getauschte Rollen, ist die Missionarsstellung. Liebt euren Mann doch mal in der Stellung! Er sollte dabei die Beine weit anziehen, sonst geht es schlecht bis gar nicht – je nach Strapon. Obendrein ist es ein tolles Gefühl finde ich, wenn er euch mit seinen Beinen umklammert. Macht es einfach mal ganz sinnlich, innig, gefühlvoll, mit viel Küssen. Das ist für ihn eine einzigartige Erfahrung. Ähnlich gut ist es, wenn er einfach flach auf dem Bauch liegt und ihr euch auf ihn legt oder setzt. Dabei könnt ihr ihn streicheln, massieren oder am Hals küssen. Gerade als Steigerung einer vorangegangenen Massage oder kleine Überraschung passt es gut. Verwöhnt ihn auf diese Weise. Haltet vielleicht sogar seine Hände hinter den Rücken fest, damit er nicht selbst bei sich Hand anlegen kann. Für ihn ist natürlich auch später, wenn es dann um einiges mehr abgeht, die Reiterstellung gut. So kann er selbst Tiefe und Rhythmus bestimmen, zudem kann sie oder er nebenbei Hand anlegen. Wenn er zum Höhepunkt kommt, kann er euch die volle Ladung auf die Brust schießen ... oder wenn ihr Pech habt, geht's ins Auge.

Zum Ende, wenn es auf seinen Höhepunkt zugeht, gibt es zwei sehr zu empfehlende Stellungen. Zum einen: Er liegt auf dem Rücken, am besten etwas erhöht, damit sie sich gut bewegen kann. Beispielsweise auf einem Tisch, der Sofa- oder Bettkante. Diese Stellung hat den Vorteil, dass sie sein bestes Stück mit der Hand verwöhnen kann. Gefickt und gewichst werden zugleich, das ist der Himmel für einen Mann und es schießt ihn in den orgasmischen Orbit! Zum anderen wäre da natürlich die "the best of all" Analsex Stellungen: Doggystyle! Von hinten könnt ihr ihn einfach mal so richtig durchficken – schön hart in den Orgasmus stoßen! Er muss oder kann dabei natürlich selbst Hand anlegen, wenn er das möchte. Und wenn, dann kann er dies so tun, wie es für sich am besten ist. Hier gibt es in der Regel für ihn die besten und heftigsten Höhepunkte!! Ich schwöre ich hab mein Mann da schon zu Orgasmen gebracht, die in Intensität und Länge nicht in Worte zu fassen sind.

Ich hoffe, ich konnte euch damit einen Anstoß geben, Pegging zu versuchen und einen gehörigen Lustgewinn im Leben zu erleben, sowie euch dadurch noch mehr aneinander zu schweißen.

DANKSAGUNG

An dieser Stelle gilt unser Dank in erster Linie all Denen, die uns – in welcher Weise auch immer – bei unserem „Lord for Passion" Projekt bzw. Bücherprojekt unterstützen.

Weiterhin gilt unser Dank all Denen, die an der Verwirklichung des Buches beteiligt waren und uns dabei unterstützt haben, eine zweite Reihe unserer unzähligen gemeinsamen Erotikgeschichten in einem Buch zu verlegen. Es werden weitere Bücher von uns einzeln, sowie gemeinsam folgen.

Ein großer Dank geht zudem an die Menschen, die unser Buch promoten, öffentlich lesen oder dieses weiterempfehlen.

Bianca Cuir

Jahrgang 1985
Zur Veröffentlichung des Buches: Dispatcherin aus Leipzig, verheiratet, Mutter. Hobbyautorin für erotische Literatur seit 2004.

André Lederer

Jahrgang 1980
Zum Zeitpunkt der Veröffentlichung dieses Buches Flight Instructor für den Airbus A320 bei FSD, sowie Product & Sales Manager bei einem Reiseunternehmen. Hobbyautor seit 1997.
JoyClub: Lord4Passion

Leidenschaftliche Höhenflüge
Erotische Geschichten für ein ganzes Jahr
Erschienen bei BoD
Taschenbuch: ISBN: 3758320372 /
ISBN 13: 9783758320378
E-Book: ISBN 13: 9783758391453

Wenn die Frühlingsgefühle zuschlagen
Erotische Soft BDSM Geschichten
Erschienen bei BoD
Taschenbuch: ISBN: 13: 9783759712714
E-Book: ISBN 13: 9783759709271

Zudem findet ihr regelmäßig neue erotische Kurz-
geschichten von uns und Gastautoren auf unserer
Webseite:
https://lord4passion.de/kurzgeschichten/

Und hier noch eine leere Seite für deine Notizen
oder falls du ein Stück Papier benötigst ... um etwas aufzuwischen ;-)